THE PRINCIPLE OF SINGLE WOLF

独狼原理

萧星寒◎著

北京理工大学出版社
BEIJING INSTITUTE OF TECHNOLOGY PRESS

图书在版编目（CIP）数据

独狼原理 / 萧星寒著. —北京：北京理工大学出版社，2018.10
（虫）
ISBN 978-7-5682-6001-5

Ⅰ. ①独… Ⅱ. ①萧… Ⅲ. ①科学幻想小说—中国—当代 Ⅳ. ①I247.5

中国版本图书馆CIP数据核字(2018)第172243号

出版发行 / 北京理工大学出版社有限责任公司
社　　址 / 北京市海淀区中关村南大街5号
邮　　编 / 100081
电　　话 / （010）68914775（总编室）
（010）82562903（教材售后服务热线）
（010）68948351（其他图书服务热线）
网　　址 / http: //www. bitpress. com. cn
经　　销 / 全国各地新华书店
印　　刷 / 玉田县昊达印刷有限公司
开　　本 / 880毫米×1230毫米　1 / 32
印　　张 / 11.75
字　　数 / 226千字
版　　次 / 2018年10月第1版　2018年10月第1次印刷
定　　价 / 39.80元

责任编辑 / 田家珍
文案编辑 / 田家珍
责任校对 / 周瑞红
责任印制 / 施胜娟

图书出现印装质量问题，请拨打售后服务热线，本社负责调换

独狼原理 # 目录

刹那间，埋藏在心底的痛苦爆炸了。他忍受不住，拼尽全身力量，高吼一声：

"啊——"

在大街上，在人群中，关少冰发出一声号叫，竟然像在迷茫的荒原上，野狼独自面对残月发出的悲鸣。

狼忽地昂首向天，对着那钩残月，用尽浑身力气，吼叫了一声。

嗷——

吼声飞向四面八方。在刹那间，大地为之震颤，空气为之激荡，连远在天边的那钩残月，也为之忧伤。

我没有可以信赖的朋友，没有可以倾诉的对象。我孤独无助，走在人群里，形同走在无边的旷野上。你们在那个时候开始叫我"独狼"。你们没有叫错。我也觉得自己像一头狼，孤独地走在无边的旷野中，凄厉的北风在耳畔呼啸，还有一钩残月在空中漠视。所有的伤，自己承受；所有的痛，自己抚慰。

这个世界对我太不公平，所有我想得到的东西我都得不到。我的要求其实不高，就希望有一个角落能让我安安静静地做我想做的事。可是，就连这样一个卑微的梦想我都实现不了。不要再破灭我的梦想好不好？

第一部　怪物

刹那间，埋藏在心底的痛苦爆炸了。他忍受不住，拼尽全身力量，高吼一声：

“啊——”

在大街上，在人群中，关少冰发出一声号叫，竟然像在迷茫的荒原上，野狼独自面对残月发出的悲鸣。

1

夜已深，城市依然喧嚣，不肯睡去。

悄悄地，它来了。

隐藏在荧光广告牌的背后，一双浑圆的眼睛闪着碧绿的光。它小心地观察着身边的世界，没有发现异常。它手足并用，沿着质地坚硬的墙壁向上疾爬，看上去极像无尾壁虎。

它猝然停下，背部肤色闪电般变成与墙壁一样的灰色，连纹理也一样，停靠在一盏荧光灯旁的带钩爪的腿也迅速与荧光灯融为一体。它整个身体成了墙壁的一部分，肉眼根本无法分辨出来。

一架轻型警用直升机在鳞次栉比的高楼间逡巡，逐渐远去，最后消失在金光大厦的后面。它立刻起身，敏捷地爬向楼顶，速度快如猎豹。

它很快爬到了楼顶。楼顶中间是一个四边形的游泳池，四周培植着各色鲜花，空荡荡的，没有一个人。这正是它所需要的。

它翻身进到楼顶。此刻，有光照在它身上，可以看到它的体形与人类基本一致，但细节上又与人类大相径庭。正是这种似与不似之间的状态，使它看上去格外恐怖。它浑身赤裸，没穿衣服。它的体表呈浅灰色，光溜溜的，有种金属的光泽；它的脑袋长得像个鸭梨，鹅黄且无毛发，长着一双惨绿的毫无生气的眼睛；它的手指细长，末端有壁虎似的吸盘。

它抓着栏杆，向下俯瞰。

夜幕下的枭阳市灯火璀璨。城市依山而建，谷底里、半山腰、山巅上，高楼层层叠叠，犹如竞赛一般，一处比一处高。一条大江拐了个大弯，穿城而过，跨江大桥和滨江公路在闪烁的霓虹灯下勾勒出大江雄浑的轮廓，远远地能听见大江昼夜不息的轰鸣。下面原本极为宽阔的十二车道高速公路现在看来极窄，还不及一根手指宽。公路上来来往往的车辆则像一只只小小的萤火虫，在迷蒙的夜色里穿行。

街对面，是灯火辉煌的皇家娱乐城。七色彩灯从楼顶瀑布般挂到楼脚，依着某种节奏明灭着。整幢大楼仿佛是一束冲天的火炬，用近乎疯狂的方式，燃尽夜的温柔与宁静，从夜的手里抢来一份苍白的光明。那里是夜行族的天堂。

夜风送来阵阵寒意。

它仰首望天。夜空阴霾密布，没有星星的影子，照亮夜空的反而是城市璀璨的灯火。它的眼睛眨动了一下，迅速改变了眼睛的结构，屏蔽了城市灯火的干扰，穿透密布的阴霾，它看到了它想看到的景色。

满天星光灿烂。

它找到了全天空最明亮的那颗星星——天狼星。那是一颗恒星，比太阳大得多，也热得多。在又冷又黑的宇宙里，天狼星向四面八方辐射出无限的光和热。那光经过漫长的旅程到达地球，成为天穹上一颗普普通通的星星。

一种难以言表的亲切感伴随着激动涌入胸膛。它有些痴迷了。忽然间，它意识到，只有自己在这喧嚣的城市里仰望夜空，而自己从哪里来，要到哪里去，为什么而存在，全部是谜。于是，孤独感犹如毒蛇般窜出，朝着它的心猛咬一口，好痛！

2

很久以后，雷欢问自己，如果那天不带学生去大越山森林公园，那以后的诸多事情是否就不会发生？当时，雷欢并不知道她将遭遇什么，所以她照例对孩子们说："现在是下午两点半，大家就在这附近玩玩，要注意安全，一会儿听见老师的哨声，就马上过来集合。"她挥了一下手，十多个孩子立刻呐喊着，犹如脱缰的野马奔向大越山，片刻即被绿色吞没了身影。

这已经不是孩子们第一次到大越山开展"户外阳光活动"了。

几座小山，几条山沟，几片树林，作为森林公园，大越山也就这个样子。但是孩子们喜欢，他们还是像第一次来时那样的兴奋。

雷欢有些累了，她坐到路边的石凳上，习惯性地抬起左手，扫了一眼“金知了”的画面。上面显示，所有的孩子都在指定的范围内活动。她从近旁的草坪里随便扯了一根草，含在嘴里，然后躺到石凳上，天空立刻映入眼帘。同往日一样，天空依旧是一片单调乏味的灰色，阴郁得有些可怕。

忽然间，她意识到只有自己一个人在这天底下，在这石凳上，没有任何人陪伴。顿时，孤零零的感觉像寒气一样从地底冒出，沿着肌肤爬升、蔓延，向心脏，向心灵最深处进发……她蓦地坐起来，抽出嘴里含着的青草，用力扔掉，仿佛像扔掉那萦绕在心间的不良感觉。她讨厌这种感觉。但没有用，那感觉还在，孤独地占据着她的整个躯体。

一只小鸟在对面山坡的小树丛里叽叽喳喳地乱叫着。

雷欢将金知了从左手食指上取下来，调整了一下形状，塞进左耳朵里。在响过一声水滴跌落的声音后，在她眼前出现了一幅微蓝色的登录界面。账号和密码都保存着，她直接用眼神点击“登录”，经过一秒种的安全验证，她成功地进入智能光网，一个广阔无垠的世界呈现在她面前。

她开始忙碌起来。先是给自己领养的宠物“喂食”和“调教”，几个小时不见，那只蝴蝶犬又聪明了一些；然后是去看姐妹们的留言，有一个姐妹刚刚分享了她购买的一款裙子，另一个姐妹则是告诉大家她成功减重两公斤；接着，她链接到一个图片网站，看一个日本人拍摄的樱花……

眼神、手指和语言交替使用着，雷欢在智能光网上畅游其中，全然忘却了现实里无以言表的孤独。

“老师！老师！”

声音急切而惊慌。

雷欢此时出现了片刻的恍惚，其后才意识到这声音来自现实。她有些不情愿地关掉了正在看的视频短片，从石凳上站起身来，正好看见大脑袋小文从树林里跑出来，满头大汗，一脸苍白。

“什么事，小文？”

“外星人杀死了明明，他……他……他要……”5岁的小文哽咽着。

雷欢的脑袋嗡地一下响了起来，就像有无数只苍蝇在里面狂欢。出事了？她急忙说：“小文，不要哭，带老师去，我们去救明明。”

小文拉着雷欢的手，上坡，又下坡，沿着山沟走了一段，就止住了脚步，胆怯地指了指前面的竹林，不肯再走。空气里有股腥味，一种不祥的预感浮上雷欢心头。她让小文在原处等着，自己朝竹林走去。

四月的风送来更为浓烈的腥味。

她屏住呼吸，继续前行。远远地，可以看见竹叶上有几十点大小不一的殷红色斑点，在绿叶的映衬下，格外惹眼。（仿佛是血？）她的心不由得收紧了。地上有草，挺深，她就踩着深深的野草，一步一步地走向竹林深处。此时的雷欢心跳得厉害，仿佛走在雷区里，每向前一步都可能踩响要她性命的地雷。终于，她看到了明明，仅看了一眼，就急速偏头，不敢再看。

明明的躯体躺在两块青色岩石之间，脸部血肉模糊。岩石上布满了鲜血。

雷欢的胃痉挛着，很难受。她仰头望着铅灰色的天空，深深地吸了一口气，这才压住胃的蠕动，没让午饭吐出来。她打开金知了，拨打了110，向公安局报告此处发生了凶杀案。通话后，她轻吁了口气。这时，她感觉右脚踩着一样什么东西，有些异样，软软的，不像是石头。她移开脚，看见那是一只手，白乎乎胖嘟嘟的，那是她曾经无数次牵过的明明的手。

她再也忍受不住，弯腰呕吐起来。

吐完，她立刻抽身离开凶案现场，一路心神恍惚。生命为何这么脆弱，刚才还活蹦乱跳，现在却永远地躺在那里，无知无觉，无声无息。走到刚才与小文分手的地方，她这才想起小文。小文，小文呢？她抬眼寻找，不见小文的踪影。

她慌了，大声呼喊着小文的名字。难道……找了很久——事实上不到两分钟——她终于找到了小文。他靠在一棵松树上，脸色惨白，浑身颤抖。

“小文，你怎么啦？”雷欢喜出望外，又不无担心地问。

“他，他！”

“他——哪个他？”

“外星人！”小文依旧口齿不清，“刚才杀明明的那个！我……我又看见他啦！”

雷欢诧异极了——怎么会是外星人杀了明明？

这时，空中传来螺旋桨搅动空气的声音。雷欢抬起头，看见三架标有“枭阳市刑侦科”字样的轻型直升机正贴着林梢往这边飞来。

3

“不要过分相信仪器，它和你们一样，会犯错误。”刑侦科科长林强站在没过小腿的草丛里，对着正在使用各种仪器勘查现场的警察高声喊道。他现年33岁，正值年富力强之时，两年海军陆战队的经历使他的体魄在混迹官场多年后仍显魁梧。他把目光转向雷欢和小文。“你们说是外星人干的？”他的声音依然很大。

“别吓着孩子。”雷欢说。林科长道：“怎么对付孩子，你比我行，麻烦你帮我问问。”雷欢蹲下身，拍着小文的肩膀，轻声说：“小文，别怕，你把事情的经过说给老师和这位警察叔叔听，好吗？”

“嗯。”小文就断断续续地讲起来。“我跟明明跑到这里玩，明明要去摘花，我不准，老师说过，不能破坏环境，要保护生态……”

“说你朋友被杀的事。”林科长不耐烦了，“接受教育是小孩子的事情，他可没耐心听小孩子啰嗦这些。”

雷欢问：“你们怎么遇见他——那个坏人的？”

“明明摘花没有摘到，就坐到那边的石头上。”小文说，“忽然竹林里传出很奇怪的声音，明明故意吓唬我，说那是老虎，但出来的却是个可怕的怪物。他的脑袋像个篮球，两只眼睛直冒绿光，手倒像老虎，爪子有我手臂这么长，白的，吓死人了。明明胆子大，他说那是外星人，还走过去和外星人打招呼，结果外星人就把他杀死了。”

林科长问：“他拿什么杀的？”

“他的手爪，他就这样挥，挥，挥。”小文挥舞着自己的手臂，极力模仿那怪物的动作，“明明全身是血，我怕极了，就跑去找老师。”

“只可惜，等我赶过去，已经——”雷欢眼睛通红。

凭经验，林强知道从这个 5 岁小孩身上问不出什么了，就转头大声命令：“把尸体送到直升机上。”又回头说，“你们也到局里去一趟，其他学生我叫人送回去。”

三架蜻蜓似的轻型直升机一字排开停在那边的草地上。雷欢拉着小文走过去。两个警察正把装着明明的白色尸袋抬进直升机的座舱。

“老师，我怕。”

雷欢抱起小文，伸手擦去他脸上的泪水。“别怕，小文，勇敢点儿，有老师在，你不用害怕。”

他们上了另一架直升机。

驾驶员起动发动机，螺旋桨呼呼地转动起来，越转越快，野草被风吹得倒伏在地。随即，直升机轻吼着，升到半空，调整方向，径直飞向枭阳市公安局。

4

林强目送直升机远去。“科长，有人想见你。”耳边传来一名警察的声音，“他说可以为这个案子提供线索。”

“让他过来。”林强不愿意放过任何线索，这是他一贯的办案原则。

一个男人从山沟外面走进来，看不出年龄，浓密的络腮胡和卷曲的头发连在一起，使整张脸显得狭小而苍老。牛仔裤又旧又脏，上身穿一件灰色无袖T恤，背着一个特种部队常用的多功能背包，脖子上挂着摄影机——是非常先进的那种。

络腮胡径直走到林强面前，问：“你就是林科长？听说这儿出了一个案子，跟外星人有关。”

“你是谁呀？”林强对来人的不礼貌表示出不满。

“我是地外智慧生物研究协会的外星人追踪者。”

林强这才看见络腮胡胸前T恤上的图案，那是地外智慧生物研究协会的会标，该协会是目前世界上人数最多的外星人研究组织，拥有五千万名外星人追踪者，眼前这位野人似的人物看来就是那五千万分之一。“我知道，”林强揶揄道，“你就是那种听到有外星人的消息就像饿狗见了热屎一样扑上去的家伙！”

“听你这么说，好像你认为没有外星人？”

络腮胡的反应出乎林强的预料。“不是好像，是的确。”林强一本正经地给他纠正，“外星人只是个现代神话。”

“能否具体解释一下？”络腮胡很诚恳地问。

“古人愚昧无知，解释不了自然现象，就臆想出神鬼之类的万能的东西。现代人呢，仍有许多不解之谜，就编造出外星人来解释，甚至上帝也是外星人。这是外星人干的，那也是外星人干的，多简单。”

“那你怎么解释这些事情？”络腮胡有些激动。

“如果我知道其中任何一个问题的答案，今年的诺贝尔奖就归我了。”林强刮了一下鼻子，轻松地笑着。

络腮胡平静下来。他知道对于面前这个人，愤怒，是没有用的，只有理智的反驳才是上策。“那你怎么解释有数以亿计的人见到过UFO？”他说，“目击者上至总统，下至平民，为数众多，其中包括许多以冷静、理智和真诚著称的知名人士，你不要说那是幻觉。只要这些人当中，有一个人见到的是真正的不明飞行物，就能证明UFO真正存在。”

“证明UFO存在又怎么样？驾驶UFO的一定是外星人吗？”

林强敏锐地抓住对手的弱点，“你们不也猜测飞碟乘员可能是未来人、海底人或地下人吗？”

“但这并不能排除外星人存在的可能性。”络腮胡冷静地说，“有一个著名的德雷克公式——”

“好啦好啦，我可不想浪费时间听你传道授业解惑。”林强不耐烦了，“说吧，你来到底有什么事？”

络腮胡道：“再问一次，这里是否出了外星人杀人案件？”

林强小心翼翼地选择词句：“目击者讲，是一个人形怪物干的，他认为凶手可能是外星人。”

“天啊！”络腮胡轻声惊呼，“四十分钟前，我在附近的公路上见到天空中一个巨大的发着蓝紫色光的物体落向大越山，就赶过来，沿路搜索，突然，一个古怪的人横穿公路，跑向另一边的树林。他浑身铁褐色，脑袋光秃秃的。我连忙打开摄影机，这时他也发现了我，转头看我——他的眼睛是绿色的。随即，他一转身，飞快地钻进了树林。我跳下车，追他，不知怎么的，就追丢了。我在山里瞎转，遇到你们的人，才知道这儿出了事。”

“你见到他是什么时间？”

“大约十分钟——不，准确地讲，是十二到十四分钟以前。”

林强皱下眉头。他记得很清楚，尸检报告上说死亡时间是在二十分钟以前，虽然他笃信无外星人，但此事牵扯一件命案，而且，顶头上司这段时间正在寻他的短处——他说：“你拍到没有？”

“是的，他刚上公路我就开启了摄影机。”

“看来你得跟我上一趟公安局。”

“很乐意效劳。”

林强笑了笑，心想：其实我也不是那么爱挑刺，只是最近几件事让我心烦罢了。他说：“还没请教尊姓大名呢。”

“姓钟，钟扬。”

“跟我来，钟扬。”

两人登上直升机。直升机升上半空，瞅着下面逐渐远去的树林，林强不禁担忧起来：如果真是外星人干的，我上哪儿去抓凶手呢?

5

离开公安局，雷欢给幼儿园领导打了电话，汇报了明明的死和警察的调查，又询问了班上其他孩子们的情况。听得出来，领导非常恼怒。死了一个学生，那是多大的安全事故啊!

雷欢上了轻轨列车，此时正好是下班时间，车厢里挤得像是人肉罐头。雷欢的心沉甸甸的，脑海里时不时闪现出明明死后的惨状：绿色竹叶上的点点鲜血；……每个片段的闪现都带来心灵的震颤，每次她都急忙抹去闪现的片段，以平复心境，但都没用，那惨状很快又会出现，仿佛脑海里有台放映机，不定时地将那些片段放出，带来恐惧，也带来内疚。她不止一次地想：如果我不带孩子们去大越山玩，是不是就不会出这种事呢？

恍惚中，她下了轻轨列车，步行二十多分钟回到明盛小区。这里并排着 36 栋居民楼，每栋楼的外观与结构都是一模一样的，被人称作“水泥棺材”，或者“罐装火柴”。类似的居民小区，枭阳市有上千个，它们一起见证着这座城市 20 年前的兴盛与如今的萧条。

雷欢住 24 号楼，乘电梯直达十二层，再走十来步，就是门口。打开指纹锁，走进去，穿过小小的客厅，走进卧室，那才是真正属于她的世界。

墙上嵌着玻璃鱼缸，里面几尾蝴蝶似的转基因鱼在美丽的珊瑚丛里钻来钻去，悠闲又自在。她凑过去看，同时放了一点儿鱼食。鱼儿们似乎知道主人正在观看它们，都扇动着形似蝶翅的胸鳍，把穿花绕树的把戏玩得更好。

她起身，看着另一面墙上的落地窗。窗外，绵延数里的小山在淡淡的阳光下悠然起伏。其实，窗外是另一幢居民楼脏兮兮的墙壁，所谓的小山只不过是液晶显示屏的画面。她觉着小山有些厌了，就在窗上按了一下，伴随着哗哗的流水声，画面换成了一条山间小溪。

家政电脑“宝儿”告诉她，妈妈下午 3 点给她发了一封视频邮件，问她要不要播放。她选择了播放。在视频邮件里，满鬓白发的妈妈絮絮叨叨说的几句话就是想她，要她注意身体，别为工作把什么都忘了，最后提醒她该考虑个人问题了。“都二十好几的人了，也该找个依靠了。”妈妈说，“我还想抱外孙哩。”

看完视频邮件，她让“宝儿”进入“环球音乐总汇”。据介绍，该数据库里有两亿两千万首歌曲，包括了人类有史以来绝大多数的歌曲。但选择太多，往往令人无从选择。她随便挑了一首中国古典民曲。

听着音乐，她走进厨房，花了半个小时做饭，又花了十分钟吃掉它。饭后，她回到卧室，决定看一部电影度过剩下的时间。按照她的观看习惯，“宝儿”已经为她准备了上百部电影，她随便选择了一部喜剧故事片。故事编得很搞笑，她忍不住一次次地发出笑声。看了二十来分钟，画面忽然扭曲起来。她正要起身，画面恢复正常，却换成了动作片的镜头。“又撞车了！该死！”她心烦地让“宝儿”关掉大屏幕电影。

她静静地坐了一会儿，孤独感从四面八方涌来，包围了她，还想要吞没她。她拼命挣扎，她不想被吞没，她知道被吞没的感觉，那种脆弱得就像一个一扎就破的柔嫩得不能再柔嫩的气泡的感觉极不舒服，她极讨厌，可是，她摆脱不了那感觉——她急忙起身，走进了浴室。必须找点什么事做，才能排遣那无所不在的孤独。

洗完澡，睡意袭上心头。她换上睡衣，吹干头发，然后把床从墙上放下来，展开，躺上去，对金知了说：“新闻。”

“今日傍晚7时，广州市天平桥发生一起枪战事件。二十几名不明身份的人在朦胧夜色中分别乘坐三辆龙虎越野车和两辆霸王面包车在此激战半小时有余。据目击者称，激战中，双方使用了突击步枪和手雷，至少有6人中弹身亡，另有十余人受伤，五辆车均受到不同程度的毁坏，其中一辆越野车完全报废。有人推测是黑帮为争夺势力范围导致火拼。数百名警察闻讯出动，目前该地区仍在警戒，事发原因有待警方进一步调查……”

“该死的黑帮！怎么到处都是！”雷欢很心烦，命令金知了放段音乐来听。听着听着，她睡着了，梦见自己牵着明明的手在花丛中走。天很蓝，云很白，一切似乎都很美好，可是她的心却很茫然……

6

早上七点，雷欢走在去“新雨”幼儿园的路上。她住的地方比较偏远，到幼儿园需要步行半个多小时。

天灰蒙蒙的，太阳还在大山的怀里睡觉，城市亦赖在梦里，不肯醒来。各种形态的现代建筑隐在雾里，朦朦胧胧，看不清楚，它们的风姿只能凭记忆加以想象。雾并非乳白，许多地方浸润着其他颜色，这是大气污染的结果。因浓雾的阻挡，各处的灯看上去只是一个个模糊的斑点，像梦一般。

一路上没有遇见任何人。此时，绝大多数人还在梦中，周围难得的安静。雷欢从奄奄一息的榕树下走过，拐弯，走上过街天桥。

桥面宽阔而平整，两侧有金属护栏。有个人坐在左侧护栏上，面向外侧。雷欢起初并没有在意，匆匆扫了一眼，就把目光移向别处。但她马上察觉出不对劲，下意识地把目光移回到那个背影身上，这次她看清了。

惊异攫住了她的心脏。

那个浅灰色背影在雾里泛着一种神秘的金属光泽，肩宽背阔，肌肉鼓突，脉络分明，似乎没穿衣服。光秃秃的脑袋，像个放大的鸭梨，黄中泛白，油亮光滑，没有一丝皱纹。他坐在护栏上，腰挺得笔直，身体略向前倾，出神地望着前方，宛如入定的高僧。

一个古怪的家伙，大清早，穿得像个外星人似的，独自远眺，想吓唬谁呀？雷欢这样安慰自己，她呼了口气，这才发觉肺里憋了大量的二氧化碳。就在这时，那人蓦然回首，眼睛闪着惨绿的光。一接触那光，雷欢的目光瞬间凝固了，心跳、呼吸、血液循环、胃肠蠕动，连同内分泌一起停止了。

那是怎样的一种光！惨绿，没有一丁点儿生气，带着孤独，带着寂寞，带着寒冷，带着敌视，带着怀疑，带着惊异，以无可阻挡之势，直直地从眼睛刺到心里。

心脏刹那间停止了跳动。

随即，心脏带着恐惧，孤独而有力地搏动起来，身体却变得寒冷，每块肌肉、每根骨头、每滴血液都感受着孤独寂寞的无可奈何与难以抗拒。

记忆之门悄然打开，往昔的潮水淹没了她。

春意盎然，与同事齐游温泉。眼见别人成双成对，自己却孤身只影，心中好不悲伤。又不能把这悲伤表现出来，只好大声笑着，来掩饰自己的真情实感……

夏日炎炎，一不小心，出了差错，让领导一顿臭骂。心里觉得冤枉，极不舒服，好想找个人说说自己的感受，却不知找谁更好。那种无依无靠的感觉，像断了线的风筝飘飞在茫茫大雾里……

秋高气爽，八月十五月儿圆，买一盒月饼，兴冲冲地赶回家，却发觉无人与自己共度佳节。打开月饼盒，取出一个，咬上一口，瞬间泪流满面，再也吃不下去了……

冬夜漫长，只有家政电脑“宝儿”陪伴自己。每次从影视剧所营造的世界里出来，都会倍感现实的冷漠与无情，自己的孤独与无助……

我就像只孤独的大雁，独自背负沉重的苍天，面对苍茫的大地，在无尽阴霾的空间里飞翔。忘了自己来自何方，忘了自己去向何处，甚至忘了自己是谁。看看四周，找不到同飞的伙伴，一个也找不到。累了，无处休息；烦了，无法排解；伤了，无人安慰……

泪水悄然滑落，颗颗晶莹。她没有擦，任由它流淌。

一辆轿车从桥下的公路上呼啸而过。

坐在栏杆上的那个（人？怪物？异形？魔鬼？外星来客？）双手一推，向桥下飞落。在空中，他扇动双臂，蝙蝠般朝前滑行数十米后，落在桥下的公路中间，着地即快速奔跑，转瞬消失在微黄的雾里。

那绝对不是人！从桥上飞下去，跑得还那么快，人绝对办不到。那么他——绿眼睛！小文说过，杀害明明的外星人是绿眼睛。她倒吸了一口凉气。

莫非是“他”？

又一辆轿车呼啸而过。这时，天色微明，空气也不似先前那么凝重。城市逐渐醒来，在浓雾里睁开惺松的眼睛，打了个呵欠，伸了个懒腰，然后开始了一天因忙碌而显得凌乱的运作。

雷欢定了定神，继续往“新雨”幼儿园走去。

不管怎样，课还得给孩子上。

7

整个上午，雷欢都在领导的责骂声中度过：“带着一个班的孩子出去活动，怎么不好好看着？出了这么大的安全事故，责任全在你一个人身上，会对你进行最严肃的处理……”同时，她还必须应付同事的盘问。关于明明的死，同事们的想象力也极为丰富，他们不去写小说，实在是中国文坛的严重损失。

中午放学，雷欢一个人郁闷地往家走。行人来往如织，雷欢只是低着头，默默地赶路。忽然间，前面有什么吸引住了她。她有些恍惚，扭头定神再看那个地方。她愣住了，尽管双腿还在迈动，但她知道自己的全部注意力全都集中在一个人身上。

一个男人。

大街上的人数以千计，可在雷欢眼里，就只有那个如标枪般站立的男人。她在心中问自己：他是谁？怎会感觉如此熟悉？我该知道的。同学？怎么会有种难过的感觉……

那个男人也在看着雷欢，定定的，夹杂着迷茫与努力追忆的神情。他的嘴唇翕动着，仿佛有千言万语压在舌底，无法说出。但他终于还是喊出来了，声音里充满了惊诧与欢喜。

“雷欢，是你！”

“关少冰！”雷欢睁大眼睛，“是你呀。”

“真没想到，会在这儿碰上你。”关少冰激动得手足无措，脸色一阵阵发白。他用几乎颤抖着的手指着街对面，道，“老同学，有空吗？到对面咖啡店坐坐，怎么样？”

雷欢迟疑着，却下意识地点头同意。

他们走进咖啡店，找了个临窗的座位，面对面坐下，电脑侍者驱动六个轮子，为他们送上两杯热乎乎的咖啡。

最初的激动过去了，雷欢渐渐不安起来，双手叉在一起，时而放在桌上，时而放在腿上。关少冰坐在她对面，一边用瘦细的手指拨弄着杯子，一边故作平静地看着雷欢，同时也看着她身后来来去去的男男女女。

《田园交响曲》在空气中流淌，其中掺杂着男女放肆的尖笑和号叫，来咖啡店的人们的修养并不像他们的打扮那样好。

“这咖啡，很苦。”雷欢先打破沉默。

“是呀，很苦，要多放点糖。”关少冰拿起匙子，“你要不要？我给你放。”

“不要，不要，”雷欢捏着杯子，长长的睫毛上下忽闪着，“我自己来——我们有七八年没见面了吧？”

“准确地讲，是八年零七个月又十三天，”关少冰纠正，声音尖且细，“高考结束后，我就再也没见过你。”

“你的记忆力还是那样好。”

关少冰的嘴角抽动了一下：“高中三年的生活，我至今没有忘记，也忘记不了。”

雷欢惶恐起来，双手握住杯子，温热的杯子烫起手来，她急忙松手：“我记得，你考的是昆明生物工程学院。”

关少冰点点头：“在学院里混了两年就被开除了。”

“被开除？”雷欢不解。她知道关少冰性格是孤僻了些，与其他人格格不入，但绝对不是喜欢捣乱的人，况且他很聪明，成绩一向优秀，怎么会被开除呢？

“没错，被开除了。”关少冰苦笑，“知道为什么吗？因为我取得的成就超过了校长大人，于是就被开除了。理所当然，也是我活该。”

雷欢默然。“那你现在——”

“在高贺实验室工作。”说这话的时候，关少冰脸上显露出少有的神采。

对高贺实验室，雷欢只知道它是世界有名的生物工程实验室，就在枭阳市，负责人是个科学怪才，叫高贺。于是她说：“好职业，正是你所爱好的。”

关少冰笑了笑，问：“我记得，你考的是幼师？”

“对，当孩子王。”雷欢淡淡一笑。

关少冰呆住了，这么多年过去了，她还是那样美，美得让他心动，也让他心痛！

雷欢慌忙避开关少冰的目光，端起杯子，喝了一口。咖啡的确很苦，还有一股焦味。她放了一匙糖在杯子里，并用匙子搅动。

关少冰意识到自己的失态：“新闻上说，昨天死了个小孩，听说，是外星人干的。”他转移话题。

“嗯，那个小孩就是我班上的，死得太惨了。”

“哦？”关少冰抬眼看着雷欢，又急忙垂下眼睑，不让雷欢发现自己的窥视。他捏着匙子让它在指间转动，问，“你见过那个外星人吗？长什么样？”

“很可怕，尤其是那双惨绿的眼睛，像魔鬼一样，冷，没有一点儿生气。”

“绿眼睛？”关少冰停止转动匙子，紧盯着雷欢。

“可怕极了。”雷欢垂眼看着杯子。

“你真美。”关少冰说得很慢，仿佛在念一首抒情诗，“有人说，时间能改变一切。我想，这句话错了，时间能改变许多东西，但有些事情，是改变不了的，你说，是吗？”

雷欢没有回答，有个声音在她脑海里反复说着一句话：不管你怎么想，不管你是否接受，不管时光怎样流逝，不管世界怎样改变，我爱你，这个事实，绝对、一定、永远，不会改变。

这话是十年前关少冰对她说的。可惜，这话不能给她带来丝毫感动。

它能带来的唯有深深的恐惧，现在亦是如此。

沉寂良久，关少冰打破沉默：“你的金知了真美。”他几乎是一字一顿，“是、他、送、给、你、的、吗？”

雷欢一下子愣住了。话中的“他”指谁，她当然明白，只是一时之间不知该如何回答，肯定吧，不是事实；否定吧，又恐关少冰误会，该怎么说才好呢？正犹豫着，忽听“啪”的一声响，抬眼看时，却是关少冰给了他自己一记耳光，一记极响的耳光。

“对不起，我不该问这个问题，我没这个资格。”

两人复又沉默。

凝固的空气死死地压在雷欢心上，她忍受不住，蓦地起身：“对不起，我还有事，要先走一步了。”然后，她头也不回地走了，把关少冰一个人丢在热闹非凡的咖啡店里。

关少冰欲喊住她，又自知无用，无奈地坐下。一仰脖，他把整杯咖啡倒进喉管里。

好苦！

8

那是一个阳光明媚的下午，班主任杨老师领着他走进教室。“这位新同学叫关少冰，刚从外地转过来，成绩是顶好的，希望大家多多关心他。”

于是，众同学的目光落在他单薄的身体上。他紧张地接受着同学们的审视，仿佛一只闯进狼群的羊羔。

杨老师给他找了个位置，让他坐下。同桌是个亮丽的女孩。他侧身坐下，不敢斜视。“喂，这是你的。”同桌推过来一叠书。他慌忙去接，手一颤，书滑下，散了一地。

他急忙俯身去捡。

有只白皙的手在帮他捡，那是同桌女孩的手。

地上的书都捡起来后，他一抬头，看见同桌女孩那双清纯的眼睛，眼神里有种说不清道不明的东西，如梦一般。他呆住了，深深地陷进了那双眼睛里。

同桌女孩莞尔一笑："喂，你怎么啦？给，拿好，别又掉了。"

他接过书，想说什么又不知怎么说。

这是他和雷欢的第一次见面。

那年，他俩都是十七岁，花一般的季节，容易动情的年龄。

这些事情，关少冰以为自己已经忘了。岂料，雷欢再次闯入他的生活，将往事连根拔起，一一呈现在他的脑海里。他记得很清楚，每一件事情，每一个过程，每一处细节，甚至雷欢抬眼时睫毛上闪过的微光，他都记得。

虽然他曾努力忘掉这些事情。

虽然他认为自己已经成功地忘掉了这些往事。

但可惜，雷欢又出现在他面前（她还是那样美丽），把他以往所有的努力通通化作无形。

走在川流不息的大街上，走在来来往往的人群中，关少冰忽然有种难以抑制的冲动。他想找个人找个地方谈谈，谈他当年对雷欢的一往情深，谈他当年对雷欢的良苦用心；谈雷欢当年对他的无动于衷，谈雷欢当年对他的莫大伤害；谈他当年的忧伤与痛苦，谈他当年的恼怒与失落，谈他被时间尘土所遮掩的全部往事！

然而，很可惜，大街是陌生的，找不到一个熟悉的角落；路人是陌生的，找不到一个熟识的故友。

能向谁倾诉？

刹那间，埋藏在心底的痛苦爆炸了。他忍受不住，拼尽全身力量，高吼一声：

“啊——”

在大街上，在人群中，关少冰发出一声号叫，竟然像在迷茫的荒原上，野狼独自面对残月发出的悲鸣。八年的时间，带不走他对雷欢的爱意；八年的忙碌，冲不淡他对雷欢的思念。

八年，整整八年！

人生里能有几个八年？

阳光像只无比温柔的手，温柔地抚摸着大地上的万事万物。周围人头攒动，仿佛蠕动的怪兽。

关少冰站在那里，一动不动。男男女女，老老少少，在他身旁来来去去，涌动如潮。人潮人海里，他只是块孤独而忧伤的礁石。

9

遵照领导指示，雷欢下午在家里反思，不用去上班，等待学校的处理结果。已经有家长向学校投诉雷欢，说她是个极不负责的老师，自己的孩子再也不要由她来教——在明明被坏人杀死的时候，她居然在智能光网上晃荡。雷欢觉得冤枉，很想为自己辩驳，却不知道怎么说才好——心底的内疚早就把一切的辩驳扼杀了。

如果我不带他们去搞户外阳光活动，明明是不是就不会死？这个想法在她的脑海里反复出现。与此同时，“被开除”三个字犹如一道巨大而无形的闪电出现在雷欢头顶，随时会劈落下来。雷欢自认自己是个负责任的老师，在同事和学生还有家长眼里，她是公认的有热情、有爱心的老师，可是明明的死把前面的功绩一股脑地抹杀了，她现在成了人人责骂的“罪人”。

胡乱地吃过午饭，雷欢强迫自己什么也不想，让“宝儿”推荐歌舞演出看，却心烦意乱，怎么也无法融入节目。她关掉“宝儿”，躺到床上想睡午觉，可是脑袋却格外清醒，种种念头在脑海里翻腾，激起或愤怒，或不满，或后悔，或伤心的各种感受。睡不着，她只得坐起来。她知道，必须找件事做。很自然地，她想到了杨静宜。

杨静宜是她唯一的知心朋友，只比她小二十天，总是叫她姐姐。而今，她嫁给了市公安局刑侦科科长林强，还有了一个两岁的女儿，生活过得幸福美满。

对，找静宜妹妹。打定主意，雷欢打开金知了，向出租车公司预订了一辆“唐朝”出租车。换了身连衣裙，走出大门时，“唐朝”出租车已经在那里等着了。

出租车在城市复杂的道路上时快时慢地行驶着。雷欢望着窗外，高楼林立，轻轨缠绕其间，犹如丝带，时常有列车在丝带上呼啸而过。处处是鲜艳亮丽的动态立体广告，靓丽的模特摆着或优雅，或狂放，或诡异的姿势和造型，向世人推荐种种商品，偶尔能够瞥见被高楼割裂成碎片的晦涩天空。行人大多行色匆匆，好像前方有数不尽的事情等着他们去做。动态立体广告灯下，老板和销售员眼里闪动着求售的目光，脸上是无比焦灼的神情。只有广场上的年轻人最悠闲，他们身在广场喷泉池边，心思却全由金知了连接进智能光网里，他们对身边的事情置若罔闻，宛如一具具空有肉体没有灵魂的行尸走肉。

雷欢默默地看着周遭的一切。她觉得，如果这个时候有个外星人在观察自己，会发现自己就像是只迷路的甲虫，在偌大的城市怪兽的肚腹里，漫无目的地胡乱爬动。卑微与悲凉齐齐袭上她的心头。

林强家住在主城区，位于锦绣山顶的怡然别墅区，据说那里可以俯瞰大半个城市，尤其是远眺大江时，一种“天下皆由我掌控”的豪情会油然而生。出租车爬上盘山公路，在怡然别墅区门前停下，雷欢用金知了的个人支付系统付了车费。别墅区大门识别出她金知了里的特别来宾号码——那是杨静宜给她的——自动把门打开了。

全封闭的别墅区与拥挤的城市相比，呈现出另一副模样。道路平整，花团锦簇，屋舍俨然，每一个角落都经过精心设计，仿佛一幅精致到极点的油画。雷欢步行到林强家门前，隔着一米高的矮墙向里面张望。花园里培植着三十余种名贵的花草树木，雷欢仅认得其中几种。紧挨花园的是智能楼房，有二十几米高，样子很像童话王国里的宫殿。

她按下门铃。

片刻，身材极为苗条的杨静宜欢天喜地地跑出来。门自动开了，她扑到雷欢怀里，像只伶俐可爱的小燕子。

“雷欢姐姐，好久没来玩呢？想死我啦。”

“想我？你有了林大人，还会想我吗？”

“瞧你说的，哪会呀？我刚才正睡觉，一听阿尔法说你来了，就不顾一切地跑出来了，你瞧，鞋子都没有穿好。”

两人会心地笑了，然后她们手挽手走进花园。

路边的栅栏上缠着些紫色的花，可惜都焉了。“这些花上次来时都还是好好的，怎么——”

“没办法，它们太娇贵了，还有污染。还好，这里比新德里要好，林强说，那里的人要戴防毒面具才敢上街。”

“可惜——”

她们走进一楼70平方米的会客厅。会客厅里富丽堂皇，罗浮宫一般，奢华无比。“我给你看一样东西。”静宜提高声音：“阿尔法，招待客人，再把汉斯送下来。”一张圆桌和几张泡沫沙发从地板下升起来。静宜坐到泡沫沙发上，以女主人的口吻说：“请坐，雷欢姐姐。”圆桌中间裂开一个洞，冒出两杯饮料。静宜把橙汁递给雷欢，自己端起了另一杯，同时高声道：“阿尔法，汉斯呢？”

天花板裂开，掉下来一团白色的毛茸茸的东西，着地后惨叫一声：“喵——”

原来是只猫，细看，又不是，是条浑身纯白、四肢短小的狗，狗“喵喵”地叫着跑到静宜脚边。她把它抱到桌子上，雷欢这才看见它额上有两排四只眼睛，粉红色的。一条喵喵叫的“四眼狗？”

“乖，汉斯，给雷欢姐姐表演一个。”

四眼狗前脚着地，后腿朝天，向前走了几步，又趴到桌上，打了几个滚。静宜扔了一小片食物给它。“我前天才买的，金光集团的最新产品。蛮可爱的，就是贪吃，老是吃不饱。”静宜又扔了一片食物，看四眼狗三下两下吞了下去。“也幸亏我买得早，现在市场上四眼狗奇缺，一只要卖一百万。”

雷欢看着这只价值百万的基因宠物——比自己的身价高多了。“那只三脚猫呢？上次我来看到的那只？”她问。

“死了，不知得了什么病，怎么治也治不好，花了几万块钱，最后还是死了。”

对宠物，雷欢确实不感兴趣。喝了一口橙汁，道：“昨天，我班上有个学生被杀了。”

“哦？如今的治安状况也太差了，在大街上走，就跟在原始森林里探险一样。”静宜感慨，继而说：“林强说，这很正常。他说，现在社会处在转型时期，信息社会的阴暗面，工业化进程产生的后遗症，在我们这里还要加上封建社会的残余，全交织在一起，智能社会又尚未完全发育，搞得乱七八糟的，成了一锅大杂烩，造成人们心理失衡，社会秩序混乱，失业率与犯罪率居高不下。我是说不清楚，也搞不明白。你呢？”

“我也不是太懂。”雷欢摇头。她来找杨静宜，很大程度上是寻求安慰，可是，现在的杨静宜已经不是当年的杨静宜了，她再也无法理解自己说的话……

“好啦，不想这些问题了，来，我们干一杯。”

两人碰杯，静宜仰脖把杯里的饮料喝完。“雷欢姐姐，到虚拟空间玩玩，怎么样？”雷欢摇头。“那我们去自选商场逛逛，看看有什么新首饰和时装。你的裙子也太古气了，像你这么漂亮的人，不穿好一点儿，简直是糟蹋自己。”

雷欢不在意地笑了笑，她对服装和首饰并不太在意，但商场是可以去的。逛商场，几乎是所有女性的天生爱好，即使在网上购物盛行的今天，依然有无数的女性热衷于逛商场。于是，她俩来到车库，坐进轿车，向枭阳市最大的自选商场——银河商厦驶去。

10

阳光陡地凶猛起来，穿过阴云，直射大地，气温因此陡升好几度。路人叫苦不迭，纷纷取出特制遮阳伞，撑出一片阴影罩住自己，以保护娇嫩的皮肤——全球每年有七千万人因直接暴露在阳光下而患皮肤癌。

关少冰没有撑伞，他快步登上大理石台阶，两条大汉拦住了他。他们身材魁梧，每人穿一件黑色无袖 T 恤，T 恤前面印有某种怪兽的头像。“关先生是吧？请跟我们走。”其中一个说。

关少冰也不答话，默默地跟着他们。

进大堂，乘电梯，到了九楼。总经理办公室的门虚掩着，关少冰推门进去。

办公室正中央摆放着一张长方形桌子，桌边有一人。至少有二十秒的时间，关少冰没弄明白“他”的性别。第一眼，他认为那是个男性打扮的女人（穿白色暗纹西装，系斜红方格领带，短发梳得一丝不乱）。再看，又不像，倒像是个男的（至少他没有丰满的胸部）。细看，又似乎是女性（男人怎会有如此白净、柔美、优雅的脸庞呢？）。

带路的其中一个大汉走过去，躬身对那人说道：“温先生，他来了。”

温先生笑容满面，道：“关少冰先生吗？请坐，很高兴见到你。”他说话的声音油腻得像太监。关少冰冷冷地问：“吴经理呢？”一条大汉扬声道：“这位是金光集团新任总经理温先生。”

新任？关少兵有些疑惑，走到桌边，拉开一把椅子，坐下。

温先生竖起左手中指（他的手指白皙修长，保养得很好）在鼻梁上推了推——关少冰这才注意到他戴着一副圆形无框眼镜，然后说道：“关先生想喝点什么？”关少冰摇摇头，不说话。“那抽支烟吧？”关少冰还是摇头。

旁边的大汉刚想发作，被温先生的目光制止了。“资料上说，你不爱说话，果真如此。”温先生说。

“谈买卖吧。”关少冰单刀直入。

“好，爽快，在关先生面前我也就不绕弯子了。我查过公司的档案，知道你和我的前任订有合同，你负责研发新种宠物，公司负责生产销售，以前合作得不错，今后希望我们合作得更好——这次是什么新品种？”

“五不像，像牛、像马、像猪、像狗、像骆驼，又什么也不像。”

温先生笑道：“原来是个杂种。”

“温先生也会骂人！”这沙哑的声音来自门外。关少冰寻声回望，见一个穿黑色T恤的人推开房门，然后让至一边，对他身后那个穿花衬衣的人说：“小心。”

穿花衬衣的人的确需要小心些，因为他实在是太肥了。腹部滚圆，胜似怀胎十月的妇人，双乳暴突，恐怕许多女士也自叹不如，大腿只怕比常人的腰还粗，就是手腕也是常人的两三倍，体重至少在两百公斤以上。他穿着只扣了一个扣子的花里胡哨的衬衣，衬衣胡乱地扎在白底红点的裤子里，走路的时候，总叫人担心他的裤子会掉下来。他走得很慢，每一步都小心翼翼，深恐跌倒，这种紧张的运动使他汗水长流。

他终于走到桌边，温先生早就端好椅子在那儿等他，他一屁股坐下去，如释重负。椅子不堪重负，吱吱呀呀地呻吟着，以示抗议。跟那个大胖子一起来的两个人站到他的身后，其中一个掏出吸水纸巾给大胖子揩汗。大胖子用沙哑的声音说：“我听说你抢了个总经理的宝座来做，我过来看看，凑个热闹。好久都没有发生什么新鲜事了，闷死我了。”

“哪敢让您亲自跑一趟，该我过去看您才对。”温先生毕恭毕敬。

“你现在在干什么？”

“做买卖。”

“跟这个竹竿？——有趣。”

说这话的时候，大胖子把脸转向关少冰，关少冰这才有机会看清他的脸。脸肥得畸形，两个脸颊鼓起且红如胭脂，仿佛脸上左右两边各贴了一片猪肝。脸颊高，就显得鼻子很矮，两个鼻孔却大得出奇，里面黑黑的，不知道有什么。鼻孔下的嘴唇肥厚多肉，严重外翻，似乎上下唇从未碰到一块儿过。中间是粗大泛黄的牙齿，让人随时知道他上一顿饭吃了些什么。由于脸颊太过突出，挤占了眼睛的地盘，使他的眼睛显得极小，不仔细看，还认为那是两道肉缝。耳朵却极大，大得出奇，仿佛两把蒲扇。

猪肝脸，狒狒鼻，猩猩唇，肚脐眼，蒲扇耳——这不又是一个杂种吗？想到这儿，关少冰忍俊不禁，哧哧一声笑。大胖子的手下目露凶光。关少冰忍住笑，说：“还是谈生意吧。”

温先生回到位置：“你先说个价。”

“两百万，现金。”

“不讲价？”

“不讲。”

大胖子吼起来：“你活得不耐烦了吧。”

关少冰直视温先生。“一句话，要不要？”他不爱讨价还价，这一点，他自觉不如高贺。高贺既是科学怪才，也是商战高手，他不行。

“要，当然要。”温先生示意，一名手下将一只仿鳄鱼皮制成的手提保险箱搁到桌子上，打开，里面是一匝匝的钱。他把它推到关少冰面前。“资料呢？”他问。

关少冰取出一张指甲大小的光卡，放到桌子上。“我们要核实一下。”温先生取过光卡，放到光滑如镜的桌子上，点了一下，桌面立刻成了大屏幕，显示着新型转基因宠物的DNA编制公式和流程。片刻之后，温先生满意地笑了。“很好，堪称完美。”他说。

关少冰站起身，提起皮箱，大胖子带来的两个人拦住了他的去路。他们和温先生的手下一样，身材魁梧，穿一件胸前印有怪兽头像的黑色T恤，这种打扮是——猎人公会！

11

关少冰强作镇静，说：“让开。”“给我好好教训他。”大胖子道。“你这头猪！”关少冰挥动皮箱，向靠他最近的打手砸去。可惜，打手们训练有素，轻而易举地夺下了他手里的皮箱，三拳两脚把他打倒在地。忽然听得一声炸响，一名打手捂着肩膀惨叫着退开。

关少冰挣扎着站起来，手里攥着一把小巧玲珑的手枪。“别逼我，你们这些猪，我会开枪杀人的。”他擦了一下嘴角的血，浑身因紧张而微微颤抖。

“别激动，关先生，有事好商量。”温先生的反应很平静。

“把皮箱给我，钱是我的。”关少冰神经质地尖叫着，“快，我没有多少耐性。”

“给他。”温先生命令。

提着皮箱的打手分开众人，走到关少冰面前，把皮箱交给紧张到极点的他，然后退开。关少冰高声道：“你们退后。”就在这时，皮箱的提把闪过一阵火花，三百伏的电击打在他瘦弱的身体上，他惨叫着，丢下皮箱，仰面倒下。

温先生不经意地笑了笑。

“把他给我拖过来。”关少冰被拖到大胖子面前，仍旧昏迷着。大胖子抬起脚，踏在他尖耸的颧骨上。剧痛使关少冰醒来。他睁开双眼，看见胖得出奇的脚踩在自己的脸上，脚的主人正在喋喋不休：“知道我是谁吗？我就是太子……”

太子熊？他就是太子熊，那个尽人皆知亦尽人所恨却无人敢怒、敢言、敢管的黑帮老大！关少冰顿时跌进恐惧的深渊。

太子熊是枭阳市市长的独子，自小娇生惯养，养成无数恶习，成年后更是丧尽天良无恶不作，但因其父的关系，无人敢管。23岁时，太子熊以成立最火爆的智能光网游戏“猎人”的爱好者组织为名，建立“猎人公会”，自封为老大，在合法的外衣下，纠集一大批流氓恶棍，从事敲诈、抢劫、偷盗、强奸等违法犯罪活动。在其父的保护下，他和他的手下坏事做尽却从未受到法律的惩罚。于是，更多的黑道人物纷纷加盟，贩卖毒品、走私军火、贩卖人口、暗杀要人等更大宗的犯罪活动也得以进行。时至今日，猎人公会已拥有1 5000名猎人，是枭阳市第一大黑帮，这已经是一个公开的秘密了。

什么时候金光集团成了猎人公会的呢？关少冰忽忆起曾听人说过，太子熊身边有四员大将，其中最得力的是他的军师，据说姓温，大家都叫他温先生。关少冰立刻后悔起来，刚见到温先生时，怎么就没想到呢？但此时此刻，太子熊的巨足踩在他的脸上，钻心地痛，他后悔晚已。

“你刚才看到我就笑，我知道你在笑什么。笑我丑啊，笑我像猪！我最恨人家笑我是猪！”太子熊边骂边用力踏动，“猪！猪！猪！你才是猪！老子恨不得一枪崩了你。”

“别弄出人命啊，”温先生在一旁提醒，“上一次的事还没有摆平呢。”

“怕什么怕？那个林什么的算什么东西，敢和我作对？迟早要摆平他。”太子熊厉声叫道，又故意压低声音捏着嗓子，对关少冰说：“我要打断你的腿，砍断你的手，看你以后怎么办？要医疗费吗！我有，别的我也许没有，但钱我有的是。钱就是上帝，我有的是上帝。不过——”他的下巴抽动了两下，两只肚脐似的眼睛挤出捉弄人的神情，“如果你肯从我裤裆下爬过去，还肯叫老子三声爷爷的话，我会考虑把你完整地送出去。”

太子熊站起来，叉开两条石柱似的腿，双手抱住滚圆的肚子，得意地俯视关少冰。

摆在关少冰面前的路有两条：要么受辱，要么受伤。两条他都不想选，可事实摆在眼前，不容他不选。他清楚地知道，自己实际上无从选择，唯有屈从。他趴在地毯上，双臂交替前移，身体一寸寸向前移动。他的双眼紧盯地面，怒火熊熊，却不敢表现出来，怕引来更大的灾难。

那段距离很短，现在却如此漫长，漫长得像滔滔不绝的洪水。

洪水？地板忽然变作起伏不定的洪水，他抱着一根圆木在随波逐流。圆木是妈妈在最后关头扔给他的。“孩子，不能放手呀！”这话还未说完，一个大浪打来，妈妈就永远地消失了。温热的阳光照在他疲乏的身体上，他已在洪水里漂了几天呢？两天？三天？还是四天？极度的疲惫，使他总想丢掉圆木，就这样沉入水底，追随父母而去。爸爸比妈妈还要早走一步。洪水突如其来，事先没有任何预兆，当他们发现时村子里已是一片汪洋。爸爸惦记着家里的钱，返身去取，刚进屋，房子就轰然倒塌。这时，他和妈妈已经在水里挣扎了。爸爸死了，妈妈死了，我也死吧！但与生俱来的韧性不让他放手，有一个信念支撑着他：也许下一分钟，就会有人来救我。

得救时，他已经在洪水里漂了三天三夜。

那年，他才八岁。

后来，关少冰回忆起金光大厦里发生的事情，除了滚滚洪水，别的什么事情都不记得了。他不记得自己做过些什么，也不知道自己说过些什么，能记住的，只有两个字：耻辱。

站在金光大厦对面的大街上，（我何时下来的？）仇恨之火在关少冰眼里和心底燃烧，愈烧愈烈，愈烧愈熊。

“我会让你们连猪都不如！”他恶毒地诅咒着。

“总有一天……”

12

在银河商厦，杨静宜采购了好多东西，雷欢笑她干脆把整个商厦买回来，杨静宜说也不是不可能，就是会被累死。两人一起大笑。

回到家里，两人坐在沙发上聊天。女人间总有说不完的话，何况两个从小玩到大的朋友。当她们一起回忆从前上山采野花，遇上马蜂，为了保护妹妹，雷欢挺身而出，与马蜂搏斗，结果被蜇成大胖子时，都忍不住再次大笑。

“主人回来了。”阿尔法报告。杨静宜挣脱雷欢的手，燕子似的飞了出去，不一会儿，把林强迎了进来，帮他脱掉外衣，又踮起脚尖在他脸上响亮地吻了一下。

“别淘气了，有客人在。”

“有什么嘛，雷欢姐姐又不是外人。”杨静宜把丈夫拉到沙发上坐下，轻轻捶打他的双肩，柔声道：“强，累不累？”

“不累。”

“渴不渴？”

“看见你我就不渴了。”林强装作一本正经。

“好坏呀你。”杨静宜春光满面。

雷欢默默坐在一旁，心里不是滋味。杨静宜刚才还和自己有说有笑，情同姐妹，丈夫一回来就把自己丢在一边，不闻不问了。

阿尔法报告：“小主人回来了。”杨静宜一阵风似的跑出去，不一会儿抱了一个小女孩进来。“爸爸。”小女孩热情极了，“雷阿姨，晚上陪小怡玩吧，阿姨好久没陪小怡玩了。”

几个人全都笑了起来。

雷欢觉得自己是个“外人”的感觉越来越强烈。自从杨静宜成了林强的女朋友，她就不时能体会到这种感觉。现在，杨静宜是林强的爱妻，小怡的母亲，外人的感觉日盛一日。一句话，她是这个屋里唯一多余的人。

于是，雷欢起身告辞。尽管林强夫妇极力挽留，小怡也在一旁帮腔，但她还是执意离开，独自踏上回往住处的路。

是的，那不是家，只是住处，住处而已。这样想的时候，雷欢的鼻子酸酸的，想哭的冲动折磨着她。

但她到底还是没有哭。

13

夜色渐浓，城市的灯火次第亮了，带着某种令人恍惚的气息，照亮了灰蒙蒙的天空。出租车在居民楼前停下，雷欢付了车钱，朝楼里走去。背后忽然伸来一只手捂住她的嘴，另一只手揽住了她的腰，把她往后拖。她奋力扭头，瞥见一张泛红的脸，戴着墨镜，下巴上有道惨白的刀疤，脑后梳着几十条小辫。

惊慌中，她张嘴咬住男人的手指，男人负痛，呻吟着放开，她趁机尖叫："救命！救命！救命！"

却见四外无人，那几扇原本敞着的窗户应声而关。居民楼变得悄然而恐怖，只有她凄切的喊叫声在回荡。

男人嘿嘿地笑着，不再捂雷欢的嘴，夹起她，像夹只小鸡一样走向小巷。到了僻静处，男人放下雷欢。"别动，小美人，我可舍不得你死，你太迷人了。"他边说边在雷欢身上抚摸。被侮辱的痛苦与愤怒使雷欢双目圆睁，死盯着男人可憎的面孔。如果目光可以杀人，那个男人早就死一千次了。

男人说："我过山黄想要的女人，没有搞不到的。"

过山黄？雷欢犹如五雷轰顶，肝胆俱寒。

雷欢听同事讲过，过山黄乃枭阳市第一大色狼，外号"人尽可妻"，意思是说无论老与少，胖与瘦，美与丑，只要是女人，他都想要。被他污辱过的女人，没有一千也有八百，这还是有案可查的。但就这么一头色狼，却由于加入了猎人公会，又是太子熊的得力干将之一，而始终未能受到法律的制裁。她记得，同事介绍时，话中全无愤慨，只有佩服、羡慕和忌妒。当时她听得心不在焉，谁想今晚会落到他的手里！

过山黄把手伸进雷欢的领口。“唔，挺丰满的嘛。”他说着，正要动手撕裙子，忽然，一滴水掉在他头顶，他没在意。又一滴水掉下，掉在过山黄脸上。不，那不是水，是一种浅绿色的液体，黏黏的，不知是什么。他猛然抬头，愣住了。

雷欢闭上眼，只知道今晚在劫难逃，可是等了片刻，却感觉不到过山黄新的举动，就睁开眼，看见过山黄满脸惊愕，死盯着头顶上方，浑身僵直，仿佛被施了定身法。随后，他的脸抽搐几下，满面恐惧，肢体也随之战栗起来。“鬼呀！”他尖叫着转身就跑，跑得比兔子还快，转眼就消失不见了。

雷欢莫名其妙，转身，仰头，立即怔住了。

墙上，头下脚上地趴着一个家伙，光线太暗，看不清面容，唯有一双菱形眼睛闪着碧绿的光，仿佛魔鬼的灯笼，在灰暗的夜色里格外摄人心魄。

“是那个外星人！”很奇怪，刚开始时，雷欢丝毫不感觉害怕，而是感到一种无比强烈的震撼。她竟从那双绿眼里解读出孤独的忧伤，无奈的封锁和对爱的渴求！

雷欢看着他，他也看着雷欢。他们就这样对视着，所有的一切都凝固了，雷欢，他，墙，空气，还有时间。

起风了，微冷。

雷欢清醒过来。“你，你是谁？”她紧张地问。

外星人眨了两下眼睛，绿光中汇入了更多的别的内容。

雷欢读不懂。“你能听懂我的话吗？”

外星人又眨了两下眼睛。

这次雷欢读懂了，是痛苦，外星人眼里盛满了难以言表的痛苦。但他为什么会痛苦呢？雷欢正想问，就见外星人移动手足，调头向上，向高处爬去。他的动作快如疾风，却似猫行一般悄然无声，转瞬就消失在墙顶。

雷欢默站了一会儿，才迈步走向居民楼，这时她发现自己两腿酸软，仿佛棉花做的，使不上劲。

14

“最近一次社会调查表明，东南五省家庭婚姻问题严重。调查发现，东南五省大部分地区的结婚登记率不足55%，个别地方只有6.8%，相当多的适婚男女未履行登记手续便同居，由此导致两性关系的极不稳定。在这些地方，重婚或者有配偶而与他人长期同居的现象十分普遍，经济越发达的地区‘包奶’、‘包爷’的现象就越突出。近一年来，当地法院受理的家庭纠纷案中，家庭暴力案多达

154 360 件，占 91.07%。重婚、非法同居，是许多离婚案件、家庭暴力、虐待和遗弃行为产生的根源。正因为如此，很多人选择了独身，或者‘露水’姻缘。有专家称，这是中国传统社会消解到家庭层面的表现……”

钟扬走在空旷的大街上，一边走一边收听金知了提供的语音新闻。他的步子又大又快，长年的外星人追踪生活练就了他一双如飞的快腿。他刚刮过胡子，头发也刚刚理过，仍旧穿着那件胸前印着“地外智慧生物研究协会”标志的浅灰色无袖 T 恤，。闷热的空气从四面八方涌来，挤压着他。他抬起头，天快黑了。经验告诉他，一场暴雨正在酝酿之中，这促使他加快步伐，尽快赶到明盛小区 24 号居民楼。

电梯把钟扬送到 12 楼，他走到 12 号房间门前，按响了门铃。片刻后，门里传出一个年轻女子的声音：“你找谁？”

“我找雷欢老师。”

“我就是，什么事？”

“我想采访你一下，是关于外星人的，就问几个问题，问完了我就走。”钟扬说：“能否让我进去？”

对方沉默了。

“请相信我。”钟扬极力证明自己的身份，“我是地外智慧生物研究协会的外星人追踪者，你大概听说过。我姓钟，叫钟扬，我可以把证件给你看。”

“不必了。”雷欢道。

钟扬也知道现在的社会假证件满天飞，一份证件根本不能说明问题。该怎么说服她呢？这种问题，钟扬绝非头一次遇上。越来越复杂的社会使人与人之间的关系更为复杂，莫名其妙的仇视、普遍的冷漠与不信任、彼此排斥、缺乏交流，已成为现代社会人际关系的普遍现象。现在，该怎样说服门里的她相信门外的我呢？钟扬绞尽脑汁也想不出办法。

屋里的雷欢说：“隔着门你也可以提问题，能回答的，我尽量回答。”

“这样也好——我可以录音吗？”

“可以。”

钟扬就昨天的凶杀案提了一些问题，雷欢回答得很简单，只是按小文的叙述，把过程大致说了一遍。

“就这么简单？”钟扬显得很失望，“新闻里边都说了。”

“既然你已经知道了，还找我干什么？”

“我需要第一手资料。”

门里沉默了，钟扬正想开口说话，门开了，一个姑娘出现在他眼前，令他心神为之一震。那是一个怎样的姑娘！只有两个字可以形容：优雅。她的长发，她的眼神，她的嘴唇，她的衣裙，她的一切都是为这两个字而存在，钟扬甚至觉得，眼前站的不是一个人，而是一团“优雅”。

雷欢说：“站累了吧？”

“哦哦，”钟扬缓过神儿来，“不累不累。”

“进来坐着说。”

他跟她走进客厅，面对面坐下。雷欢说：“其实，我还看见过一次外星人。”“快讲讲！”钟扬催促着。“早晨，上班的路上……”她把早晨路遇外星人的情况说了一遍，非常详细地描述了外星人的模样。她明确指出，这两个外星人在外貌上有相似之处，也有不同的地方。

“这么说，至少有两个外星人在枭阳市活动，或许他们来自同一个星球，说不定还是乘坐同一艘飞船来的。”

“他双眼惨绿，给人的感觉就像是——”她尽力搜索脑海里的词汇，“就像突然掉进冰洞里，浑身被冻住了一般，那样冷，难以形容，难以理解。”

“这好理解。”钟扬接过话头，“你想想，如果你离家数百万光年，独自在异星流浪，面对完全陌生的世界，独自承受这个世界所给予的好奇、仇恨、冷漠与伤害，你不会感到孤独和寂寞吗？你不会感到恐惧和痛苦吗？你不会感到出自内心的寒冷吗？眼睛是心灵的窗户，心冷则眼神也冷，你说对不对？”

雷欢点头称是。

“这样理解其实并不科学，这是把人类的感觉强加给外星人。也许，眼神冷是他们表示激动的方式，或者惊奇也说不定。噢，关于他们，我们知道得太少了。”

“以后也许会知道的。”

“但愿如此——也许我们永远也解不开这个谜，谁知道呢？”他顿了一下，问：“能否问一个与外星人无关的话题。”

“当然可以。”雷欢莫名地紧张，答应得很勉强。

钟扬问：“开始你不开门，后来又为什么要开呢？”

“我感觉你不是个坏人。”雷欢解释说：“看得出来，你对工作极为负责。”

“哦，”钟扬有些惊讶，“感觉是靠不住的，如果我是假装的，你可要倒霉啦——对不起，开个玩笑，你不开门，倒大霉的可就是我了。”

雷欢勉强地笑了笑。

“非常感谢你，真的。”钟扬非常诚恳。在追踪外星人的过程中，他遇到过各式各样的人，被拒绝过无数次，被捉弄过无数次，被侮辱过无数次，被敲诈过无数次，像雷欢这样坦诚的被采访者，为数不多。

雷欢再次笑了笑，优雅至极。

钟扬抬腕看了一下表。“这么晚了来打搅你，真不好意思，时间不早了，我也该告辞了。”他站起来。

雷欢当然不会留他。

他走出居民楼。夜空低迷，遥远的地方无声地亮起一道闪电，空气郁闷得令人窒息，他加快步伐往前走。突然，他感到有什么在注视自己，那目光好冷——遂猛然回首，大楼阴影里的两点绿光倏地不见了，他仔细寻找，什么也没找到。

又一道闪电划过。起风了，很疾，吹得他的衣衫乱摆，同时也带走了暑热与不快。要下雨了，得立刻回家。他这样想着，就跑向那边的街道。他希望自己运气不错，能拦到一辆出租车，在雷雨到来之前，回到江边的家。

15

这里是另一个世界。

雷欢站直身体，惊恐地四处张望。身前身后，紫红的沙砾，一直铺到未知的远方，略有起伏，其间偶有衰败的野草点缀着荒原的单调。夜空迷离而忧郁，一钩弯月在云间时隐时现，地面因此忽明忽暗。这是什么地方？我怎会有似曾相识的感觉？雷欢疑惑不已，睁大眼睛，四处搜索。

一道蛇状闪电在不可测的远方亮起，又熄灭。

她发现地上有一行向远方延伸的脚印，就莫名其妙地跟着它走。那脚印显然不是人的，而是某种四足动物留下的，可以明显看出它有锋利的脚爪—— 一种善于攻击的武器。

突然，脚印消失了，仿佛那四足动物到了这里长出翅膀飞了一般。雷欢正在疑惑，忽听脑后传来一声叹息，轻轻的但又是沉重的。猛然回首，惊见狂风乍起，卷起紫红的沙砾，潮水般汹涌而来。她慌忙低头含胸，双臂紧紧护住紧闭的双眼，即便如此，她仍能感受到凄迷的紫红沙砾在身旁飞奔，就像流淌的血河。

狂风来得快，去得也快，眨眼间平复如初。

雷欢放下双臂，睁开眼睛，站直身体，看见一头动物端坐在面前。月光从那动物背后斜射过来，勾勒出它的轮廓：像狗，又比狗大，一双尖耳直立着，还有一双……一双惨绿的眼睛!

狼！？雷欢惊声尖叫。

狼定定地看着她，眼里盛满某种令她心悸的东西。她心惊肉跳，不知该如何是好。

狼扑上来，叼住她的手腕，把她按倒在紫红的大地上。天上那钩残月冷漠地看着。狼的前爪踩在她的胸口，昂首向天，发出胜利者的嚎叫……

她极度惊慌，呼吸困难……

"不要！"雷欢猛地坐起来，从梦境里逃出。窗外，一道蛇状闪电划亮黑沉沉的天空，照亮她满脸的苍白与悸动的灵魂。

闷雷从东边一直滚到西边，宣泄着无边的怒意。

她慌忙起床，来到窗前，按下隔音键，把大自然的声响关在外面。然后，她无力地靠在窗上，泪水无声地淌下。

十几年了，为什么我总会在雷雨之夜做这种噩梦？天啊，我到底做错了什么，你要如此惩罚我？

16

凌晨三点半，雷雨已经停了，空气清新了许多，城市里的各种建筑湿淋淋的，仿佛缀满露珠的森林。水在城市表面流淌，被有条不紊地排进下水道。

一男一女在昏暗的看上去街道上快步走着，踩着积水发出“哗哗”的声响。他俩三十来岁，看上去一脸的焦急。

女的埋怨道：“都怪你，把琳琳打跑了，现在好啦，她把金知了一关，找都找不到了。”

男的不满意地反驳道：“这能怪我吗？都是你把她宠坏了，刁蛮任性，一点儿都不听话。是她把我气极了，我才动的手，她倒厉害，发脾气跑出来了。”

男的忽然停住，伸手示意妻子看前面。

前面的街道笼罩在黑暗里，隐约可见有个人背对着他们，蹲在地上，同时发出一种古怪的嘎吱嘎吱声。

夫妻俩对视一眼，都感觉很奇怪，又仔细观察。

那人脑袋滚圆，没有毛发，手臂奇怪地扭动着，把地上的什么东西放进嘴里，随即就有嘎吱嘎吱的声音传出。在寂静的夜里，这声音听来格外恐怖。

他似乎在吃什么东西。

“有股腥味，你闻到没有？”妻子抓住丈夫的手，小声说。她发觉丈夫的手也是冰凉的，还发着抖。

那人突然回头，夫妻俩看到的竟是一张破烂的脸，上面嵌着一双惨绿的眼睛，在黑暗里忽闪着，仿佛魔鬼的灯笼。他的嘴左右磨动着，每动一次，就会发出令人牙酸的嘎吱声。

“啊！”女的尖叫着瘫倒在地。

怪物起身，撒腿就跑，转眼消失。在他刚才蹲过的地方，留下一堆红乎乎的东西。毕竟男人的胆子要大些，丈夫走过去，看那堆红色的东西。等他看清是什么东西后，吓得连退几步。

妻子颤声问：“是什么？”

丈夫的声音同样是颤抖的：“是……是个小孩。”

小孩？尸体？妻子趋前一步，看了一眼又急忙转回头，但是似曾相识的感觉促使她再一次看去。这一次她看清了。

“是琳琳！”

她昏死过去。

17

雷欢躺在床上，浑身酸软无力，不想起床。昨夜被噩梦惊醒后，翻来覆去怎么也睡不着，一直折腾到凌晨五点才迷迷糊糊地睡去。醒来后就成这个样子了。雷欢知道该起床了，却不想起来，直到肚子大声抗议，她才爬起来。时间已至九点，她决定出去吃早饭。

换上一条连衣裙，雷欢来到街上。太阳在高高的天上，热情地注视着地上的万事万物。她走进街边的“朱丽叶斯”饭店。

雷欢的早餐很简单：一份蛋卷，一份甜点，一份面包和一杯脱脂奶。

“雷小姐，早上好。”

雷欢抬头，见是一个三十几岁的男人，脖子上挂着摄影机，先愣了一下，继而想起，昨晚刚认识这个人。

钟扬很有礼貌地说：“我可以坐下吗？”

雷欢本想拒绝，又找不出合适的理由，勉强点头同意。

“不好意思，”钟扬坐下，“我有些话想说——你看今天早上的新闻了吗？”

“没有。”

“又死了一个小孩，是个女孩，6岁，她父母讲，是一个绿眼睛的外星人干的。”

“噢，天啊。”

“在他们的描述里，外星人有嘴，他用他的嘴干了一件可怕的事情——他把那个小女孩吃了。记得吗，你说过，你所见过的外星人脑袋上除了那双惨绿的眼睛，没有其他任何器官，现在他有嘴了！这也许是另一个外星人。那么，现在，枭阳市至少有三个外星人在活动。你明白这意味着什么吗？一个考察小组！”钟扬站起来，比手画脚眉飞色舞，“也许，明天，他们就要从某个地方走出来，走到地球人面前。千古哑谜就此解开，人类的童年从此结束，那该是多么伟大的时刻！”

“可是，他们杀了人，两个无辜的小孩，这与我所想的差距太远了，你知道吗？差得太远了。”钟扬如挨了一记闷棍，神情沮丧，情绪一落千丈，与刚才判若两人。

雷欢不作声，默默地听着。

钟扬无力地坐回位置：“我认为，外星人是另一颗行星上经过亿万年生物进化出的最高产物，他们经过漫长的进化，已经拥有神话般的科学技术。同时，他们文明、善良、富有同情心。他们穿越茫茫太空，来到灾难深重的地球，设立基地，研究我们，并在适当的时候出现，向我们传授先进的科学技术，传播高尚的精神文明；地球由此脱离苦海，不再有战争，不再有环境污染，不再有种族屠杀，变得像传说中的天堂。只是现在，现在他们杀了人，极残忍地杀了两个小孩。”

雷欢沉思片刻，道：“你似乎认为外星人就是上帝？”

钟扬愣了一下：“也许吧，我不敢肯定，因为……我也说不清楚。我现在思绪很乱，刚才一听到外星人杀人的消息，我的头就嗡地一下子响起来，各种想法如火山爆发般涌出。很想找个人谈谈，没想到遇到了你，所以就——真对不起。”

“没什么的。”雷欢淡淡一笑，“我正愁没人跟我说话。”

这是一句十足的假话。雷欢知道自己并不喜欢与人说话，特别是和男人说话。和男人说话，她感到拘束、紧张，从心底生出厌恶感，想一走了之。

钟扬道："你很漂亮，尤其是笑的时候。"

"是吗？"雷欢赶紧收敛了笑容。她害怕别人，尤其是男性夸奖她的美丽。美丽已经成了她的一种负担。

就在这时，她看见一个男人走进饭店。他瘦且高，仿佛标枪；穿着过时，因而显得很特别；头发很乱，额前的头发刚好遮住眼睛；脸上有伤，而且青了一大片。他低着头，眼睛盯着脚尖，仿佛周围的一切都与他无关。

他是关少冰。

18

关少冰低着头，旁若无人地走进饭店。饭店里人来人往，甚是热闹，但他无动于衷，热闹是人家的事，与他无关。一种异样的感觉促使他抬头，那只是一种感觉，甚至连感觉都说不上。总之，在那一刻，他忽然抬起了一直低着的头。

抬头就看到了朝思暮想、魂牵梦绕的她。

时间忽然回到十年前，他抬头看见了她眼里的自己。她那长长睫毛上的微光是多么的诱人！

现在，那双眼里有谁？他瞅见了雷欢对面坐着的男人，心灵如同被一支无形的箭洞穿。很痛，比昨天太子熊的脚压在他身上还痛。

他走到雷欢和她的男性朋友(同事？丈夫？情人？)坐的桌子边，一声不响地坐下。雷欢低头瞅着装脱脂奶的杯子，不知说什么好。

钟扬问："这位是——"

"关少冰。"关少冰冷冷地自我介绍。

雷欢连忙解释："我们是高中同学。"

钟扬从这话里悟出点什么，淡然一笑。

"你呢？请问尊姓大名，在哪里高就？"关少冰酸酸地问。

"免尊，姓钟，钟扬，外星人追踪者。"

"一个很好的职业，很有发展前途。"关少冰讥笑道。

钟扬反问："那关先生在哪里发财？"

"高贺实验室。"

"好地方！"钟扬由衷地赞叹。

关少冰骄傲地微笑着。能值得他骄傲的事情不多，但在高贺实验室工作肯定算一件。要知道，高贺实验室是现今世界上最著名的生物工程研究基地。现在世界上有五分之三的人口吃的是它培育的新型农作物，包括霸王米、海稻、春风谷、面包果、营养绿藻、牛豆等。它改变了整个人类的饮食结构，缓解了世界性的粮荒，取得了非常了不起的成就。

"不过——"钟扬继续说，"如果我没有记错，高贺两年以前已经过世了。”

“没错。但实验室还在，还有我。”关少冰微微咬了咬牙。

“真是可惜了，天妒英才啊，高贺应该能做更大贡献的。有人说他这么聪明，是投胎到地球的外星人。”钟扬补充道，“我多么希望这是真的呀！这样我就不用找得那么辛苦了。”

又一个痴迷者。关少冰这样想，然后他问：“你真的相信外星人的存在？就算你找到了外星人，你能保证可以和它们交流与沟通吗？”

关少冰的问题一针见血，指出外星人追踪者的困境。对于人类是否可以和外星人交流，科学界一直分成两大派：一派认为可以；另一派反对。争论多年，没有定论。钟扬想了想，说：“宇宙间的智慧生物总会有共同之处，我想交流应该不会成问题。”

“哼！”关少冰嗤之以鼻，“首先说你的‘智慧’。假设各个星球最初的条件相似，生命的出现是必然的事。但你也知道，智慧并不是生物进化的唯一方向，进化是没有方向，没有目标的。进化只有一个裁判，那就是生物所生活的环境。你进化出的特征适应环境，那么你就活；如果不是，那么你就死。人类能走到今天，也不过是因为智慧这一特征还算比较适应今天的地球环境。没人知道明天是否还会这样，未来，自然是否依然青睐智慧。而且，智慧这一特征的形成，是亿万年间众多历史事件共同作用的结果，其中一环缺少，或者改变，哪怕这一改变是如此微小，也会使今天的人类是另外一副模样——甚至根本就不会有人类出现。你能让这一切在外星球上重演，从而出现与人类相似的智慧生物吗？没有智慧作前提，你们怎么交流？怎么沟通？你想想看，给一条蚯蚓朗诵《静夜思》，它能理解吗？”

钟扬一时无话。

“就是身为智慧生物，人与人之间也是隔膜重重，难以沟通，甚至，根本就无法沟通。”说这话的时候，关少冰的目光扫过雷欢，看见她呆坐一旁，无动于衷，不禁暗自叹息。

“可我们发明了很多东西来帮助沟通。现在科技发达，智能光网包裹着整个地球，偌大的行星就像个小村子。”

“你说的是空间距离，但心理距离呢？”关少冰冷笑，“心理的距离比历史任何时候都要遥远。无数的人，为了一丁点儿蝇头小利，或者其他一些微不足道的理由而相互猜疑，敌视，仇恨，致使夫妻反目，父子成仇，兄弟割袍，同门断席。人都是两面的，根本就没办法沟通，每个人都是孤独的，这还是个人方面的。大的方面，比如信仰，比如民族，比如种族，比如国家……而所谓的人类文明史，根本就是人类的战争史。你说，他们该如何去沟通？这样的世界根本就没有前途。”

“你太悲观了。”

“不，我不悲观。”关少冰说，“我是绝望，对这个冰冷的世界，我彻底绝望。”

“两位，”雷欢忽然站起来。对科学，对两个男人之间的争论，她向来不喜欢。“我有事，先走一步，你们慢慢聊。”

两个男人皆抬头，目送她远去，谁都忘了挽留。

“走了也好，也好。”关少冰自言自语。

钟扬看着他畅然若失的样子，很不忍，说道：“雷欢是个好姑娘，虽然我昨晚才认识她，但她的优雅已在我心里留下了深刻的印象。”

“是吗？你爱上她了？”关少冰有气无力地说。雷欢走了，他已没了说话的兴致。

钟扬继而道：“看得出来，你对她一往情深，好好把握机会，你会成功的。”

一往情深？一往情深又怎么样？十年前的苦心追逐换来的只是伤痕累累。十年后的今天，我还能做些什么来打动她的铁石心肠？关少冰苦笑。

他已彻底失去了说话的兴致。

19

关少冰在明盛小区转悠。同别处一样，居民区入住率不足30%。大概是30年前，大家听说或者看见房地产很赚钱，所以很多大小老板在大小城市同时开工建设，疯狂扩张。整座城市乃至整个国家都成了一个巨大的建筑工地，农村被城市分割、包围、占领……

但现在，一切都已经成为过去。热情不再，激情已，只剩下一栋栋空空的楼房在风雨中飘摇，荒废，见证历史的悲哀。

关少冰轻叹了口气，望向12号楼。来这里瞎转，目的只有一个，那就是等雷欢。关少冰知道雷欢住的房子在几层，但他不敢去，他不知道敲门以后该怎样说——难道开门见山，说我爱你？他一直都是这样，除了在科学领域——甚至在科学领域也只局限于生物学和几门相关学科——他能畅所欲言之外，在别的地方，他都近似于哑巴。有时候，他甚至希望自己的确是个哑巴，这样就不会为怎样说话而苦恼了（别人的废话怎么就那么多呢？）。他希望雷欢走出家门，自己装作是无意中碰见的。然后走上去说："这么巧，又遇见你了。"说这话的时候，一定不能脸红——他幻想着，像十年前一样。接下去我会说："这也算一种缘分吧"——我敢说这个词吗？她会怎么说呢？她说："真巧啊。"然后我说："我新买了一个金知了，不知道你喜欢不喜欢，如果喜欢我就送给你。"要是她说不喜欢呢……

正想着，远处走来一个米黄色的身影。关少冰顿时激动起来，心潮澎湃，想迎上去，却又害怕，慌忙躲到一棵棕榈树下，亦如十年前一样。事实上他连那人的面目都不曾看清楚，只是凭感觉——他相信自己的感觉。他捏了捏裤兜里的金知了，硬硬的还在。雷欢一定会喜欢的——那是他对雷欢的一个承诺。

那米黄色身影伶俜而行，走近，果然是雷欢。她还是那样美丽，那样素净，那样优雅。

关少冰觉得自己的呼吸都停止了。“雷欢。”他怯怯地喊，声音很小，好像是怕自己这一声喊叫会把雷欢震碎似的。

雷欢回头，满脸狐疑。

关少冰连忙解释：“我凑巧路过，不，我是听说你住在这里，不不，我不是来……来找你的，我……”

雷欢站定，站在那棵苍翠的棕榈树下，双眼低垂，不知在想什么。关少冰很想告诉她，她这个样子很有意境。意境是个什么东西，他不知道，他只晓得，雷欢这个时候很特别，有一种特别的说不出的味道。但他说不出，像嘴巴被封住了一样。

“我出来吃午饭。”雷欢开口了。

“我……我知道，早饭你没有吃好，现在吃午饭还不算太晚。”他低头看了一眼金知了，已经是下午两点半了。“是我的错，我请你吃。你想吃什么？随便你。”

“我什么都不想吃。”

周围的空气立刻凝固起来。关少冰觉得捏着金知了的手指微微地颤抖起来，那频率竟和心跳一致。

“哈，美女！”

随着这声尖叫，从巷子旁边驶出七八辆摩托车来，呼啦一声把雷欢和关少兵围在中间。车手全是二十出头的男青年，个个穿得花里胡哨，头发却是清一色的“阴阳头”。左边脑袋剔得溜光，右边头发留得老长，或柳丝一样垂着，或富士山一样盘着，或梳着小辫子。

颜色也染得怪异，红的像鲜血，绿的像草地，有的又混杂了多种颜色。

“天哥我最近缺钱花，想找你们借点儿。”说话的是一个虎背熊腰的黑大汉，穿着一身黑，戴着墨镜，手提铁棒，额头上文着一头吊睛白额猛虎，标准的歹徒形象。

“要得要得。”关少冰急忙掏钱。新闻上把这种小团体称为“都市狼族”，其成员叫“流氓狼”。他们大多小时候就没了父母，缺少管教，小小年纪就学了一身的毛病。这种孩子通常在家里得不到关爱和温暖，十一二岁就会与年龄相近、经历相似的人组成临时团队。最初，他们聚在一起的目的只是贪玩好耍，却往往因为缺钱花而开始小规模的违法活动。等他们到了十七八岁，临时团队经过多次组合，有人离去，有人加入，就逐渐形成了颇为固定的犯罪组织。他们文化不高，很多不过是小学毕业——这在这个年代是非常少见的——做起坏事来只凭一时的痛快，毫无顾忌可言。但他们的罪名小，人数多，流动性大，屡打不绝，犹如生活在城市里的狼群一般，警察也拿他们没有多少办法。

“小妞还挺漂亮，是不是陪哥儿们玩一会儿？”一个流氓狼说。

关少冰急了，掏出两张月亮卡来。“你们别动她，我把钱全给你们！求求你！”天哥把月亮卡插进上衣口袋，转身向雷欢走去。关少冰更急，抓住天哥的手臂。“天哥，求求你，求求你，放了她。”

雷欢转身就跑，但已经来不及了，两个流氓狼抓住了她。她尖叫，拼命反抗都无济于事。居民区寂静无声，天地间仿佛就只有她一个人。一个流氓狼嘿嘿一笑，熟练地打晕了她，终止了她的尖叫。

关少冰红了眼，大吼："跟你们拼了。"于是，冲向天哥。天哥虎背熊腰，羸弱的关少冰哪能斗得过他，反而被他擒住脖子，顺势推倒在地。

"小子，欠揍呀！敢打我？弟兄们，扁他！"

其他流氓狼跳下摩托车，一拥而上，围住关少冰，开始拳打脚踢。群殴是都市狼族最擅长的事儿了。可怜关少冰只是一介书生，手无缚鸡之力，哪里是这帮穷凶极恶之徒的对手，他只能抱紧双臂，蜷曲身体，任由那帮流氓狼踢打。透过流氓狼挥动的拳脚，他看见一个流氓狼把昏迷的雷欢横放在摩托车上，点燃发动机，驾着摩托车越走越远，最后，消失在拐角处。

对于狼族的踢打，他已没有太多感觉。

"怦"一个流氓狼挥拳打在他的鼻梁上，眼泪立即和鼻血一起流向下巴；"咚"另一个流氓狼一脚踢在他小脚上，他向前扑跌几步；"轰"前面那个流氓狼当胸一腿，他摇晃着仰天倒下。

正午，天空阴霾密布，太阳只是一轮朦胧的光影。今天星期几？星期五还是星期六？关少冰忽然想到这个与当前事情完全无关的问题。那太阳，好温暖，就像妈妈的子宫。

一只脚踩住他尖瘦的脸颊，是天哥。他说："小子，这个世界强者为王，弱者，连女人都抢不到，明白吗？笨蛋！"

狼族们一阵放肆的狂笑。

"嘿，这是什么？"天哥从关少冰手心里抠出一样东西，"哦，意外的收获。”他举着那只全新的金知了，笑道，“弟兄们，打道回府。”

关少冰趴在地上，像条死狗一样，爱与恨在他心底翻腾。

爱，爱雷欢，替她担心。（她会遭遇怎样的灾难？）

恨，恨自己，恨自己眼睁睁地看着心爱的人被歹徒劫走，却又无能为力。（我怎么这么没用？）

更恨，恨那些劫走雷欢的人。（你们凭什么带走她？把她还给我，我要让你们付出惨重的代价！）

20

天哥带着狼族众兄弟回到“总部”——一处废弃多年的居民楼，留守的几个人迎了出来，见抬回一个漂亮妞，全都欢呼起来，众人簇拥着天哥来到二楼。

雷欢渐渐醒来，睁开眼睛，就看见好几个男人围着自己，眼神都下流得可怕。天哥走过来，伸手捏住雷欢的下巴，张嘴吐出一小块鸡骨头，道：“真是个美人。”雷欢瞪着他，目光足以杀死人。天哥笑道：“你越恨我，我越高兴。”他站直身体，一挥手，命令道：“把她送到我的房间去——还不快去？待会儿有你们的份儿。”

“哦哦。”三角脸带领几名狼族抬起雷欢就走。

瘦猴凑到天哥面前，满脸堆笑："就凭天哥的本事，什么样的女人驯不服？上次那妞，还不是叫天哥给驯得服服帖帖的。"

"那妞，只可惜死得太快了——嘿，你小子！"天哥喊的是三角脸，"把东西拿出来，快点！"

三角脸怯怯地笑着，把从关少冰那里抢来的金知了交给天哥。"你小子，想死啊？"天哥训道——"轰"的一声响，狼族战士一齐转头，看见身后的墙上出现一个比人还高的大洞，一条人影越入洞口。那是——

"鬼呀！"瘦猴首先尖叫。

且见来者两米多高，双手双脚，如人一般，但空具人形，未穿衣物，与人类的不同全然呈现在众人眼前：铁褐色的皮肤现出斑斑锈痕，两手锋利的勾爪令人胆寒，一颗浑圆的脑袋不见任何毛发，一双惨绿的眼睛格外摄人心魄。

天哥强自镇定，问："你……你……你是什么人？"

绿眼怪物眨着眼睛，吐出两个冰冷的字："独——狼！"

独狼！怪物叫独狼！雷欢心中一阵狂跳！刹那间有种古怪的感觉涌上心头。很久以后她回忆当时的情景，就只记得那种感觉，那种既惧怕——来者是个怪物，又渴望——它是来救我的——的感觉。

"独狼？你——"天哥说到这里，就惊觉那怪物已捏住了自己的喉咙，脸色顿时惨白，对方何时出的手，他根本没有看见。

独狼捏住天哥的喉咙，把他提了起来。

天哥拼命挣扎，使劲儿锤打独狼的手臂，还飞起一脚猛踢独狼下腹。独狼不为所动，继续缓慢用力。天哥“呃呃”的怪叫着，作了最后的挣扎后，终于双眼暴突，四肢垂下，死了。

其余狼族都吓呆了，连跑都忘了。

独狼扔掉天哥的尸体，弯腰，拾起刚才天哥身上掉下来的金知了，然后直起腰，瞪着三角脸。

三角脸清醒过来，怪物那双惨绿而冰冷的眼睛让他心里泛寒。他不由得后退几步，怪物跟进，动作快得不可思议，一只手张开，蒲扇样大，竟将他整张脸盖住。

他毛骨悚然，狠命刺出一刀。

独狼的脸部抽动了几下，似乎是在笑，然后五指一齐用力，像捏鸡蛋一样将三角脸的头颅捏得粉碎。

众狼族吓坏了，惊恐万状。

独狼活动了一下手指，然后紧盯着那些恶贯满盈的“狼族流氓”。

狼族们四下逃窜。

雷欢看到这里的时候就晕过去了。晕过去对她有好处，因为接下来的杀戮更加血腥、更加残忍，也更加惨不忍睹。

21

市公安局刑侦科里，林强看完刚刚送来的尸检报告，不禁皱起了眉头。报告上明白无误地写着：尸体完全复原，没有丢失任何部位。奇怪，小孩的父母说，亲眼看到凶手趴在尸体上吃人肉，可现在……林强双臂互抱，一手撑着下巴，眉间皱成了深深的“川”字，这是他遇到难题时的习惯性动作。他自言自语道：“大概是心理作用吧，他们看见凶手在吃东西，又看见尸体残缺不全，就下意识地认为凶手是在吃被害者，肯定是这样。”

他正要细想，内部电话响起。是突发事件应急处理中心打来的。“林科长，有个事儿找你。”张主任在电话里说。

“什么事？”林强问，“快说吧，不要绕弯子了。”

“是这样的，明盛小区先是出了一起黑帮打架斗殴事件，好像有伤亡，具体情况还不清楚。紧接着又出了一起劫持人质事件。”张主任吞吞吐吐地说。

“这都是突发事件，该你们管啊。”林强心中疑惑，知道张主任话里有话，就自己把话挑明了，“我是干刑侦的，你找我干什么？”

张主任扭捏了片刻，说：“是这样的，有人说，两件事情都和你正在查的那个案子有关。”

“你是说外星人杀手？”

张主任默认了。林强明白对方扭捏的原因：对于新闻来说，外星人杀手是个再火爆不过的话题；对于警察来说，却是一个烫手的山芋，一不小心就会沦为笑柄。林强不在乎这个，他说：“我马上过去。”

林强先安排手下去查看明盛小区所谓黑帮打架斗殴的现场，自己小步快跑，去了二楼的突发事件应急处理中心。

张主任神色别扭地冲林强笑一笑，做了一个无可奈何的动作。是啊，外星人只存在于电影里，而且只喜欢在美国活动，可突然之间，它出现在中国，出现在枭阳市——还杀了人，这可怎么办啊？如果那个家伙真是外星人，照电影里描写的本领，可怎么抓它？如果那个家伙不是外星人，是地球人假扮的，而警察却当成了真的外星人来抓，那不是笑话是什么？

林强走到警用综合指挥系统终端前，大大小小十几个监视器各有显示，六个警察在各自的位置上忙碌着。“张主任，情况怎么样？”他问。

张主任示意，一个年轻的警察替他回答了：“报告林科长，明盛小区水文巷发生挟持人质案，据目击者称，案犯模样古怪，有可能是传闻中的外星人杀手，人质为一名年轻女性，身份正在调查中。现在，案犯与人质乘一辆风神V型翼车沿滨江路西去。”

风神V型翼车？林强不由得皱起了眉头，这是一种性能卓越的新型翼车，采用高性能氢发动机，最高时速超过580公里，要是让它上了超音速路——

“现在翼车在哪里？”

“在这里，”那个警察指给他看，“宝石蓝的。”

屏幕上，那辆翼车正在主干道上发疯似的超车，时速至少在300公里以上。在另一个屏幕上，代表翼车的红点在枭阳市交通网里运行。林强顺着红点前进的方向看，不由得吃了一惊。“快和凤桥驿联系，”他说，“案犯要从超音速路逃跑。”

“接通凤桥驿，快快！”张主任命令，几秒钟后联系上了。“是杨站长吗？我是老张，有一名案犯挟持人质，乘一辆风神V型翼车正往你那里开，请务必拦住他，绝对不能让他上超音速路”。

“是宝石蓝的吗？”

“对。”

“我看见它了，在监视屏幕上，开得真够野的。”

“绝对不能让他上超音速路，案犯很特殊，不到万不得已，不准使用武器，龙队长他们会马上来支援你们。”

“好啦，好啦，我办事你放心，保管没有问题。”

对话刚结束，大腹便便的高局长就幽灵般地出现在林强身后。“老张，有挟持人质的案子？”他说这话时，眼睛却瞟着林强，那意思再明显不过了：林强出现在了不该出现的地方。

“高局长，是的，有个女人质被一个来历不明的案犯挟持了。”张主任解释说：“那个案犯很可能就是林科长正在追查的凶杀案疑犯，所以我叫林科长过来协助。”

高局长不置可否地“哦”了一声，继而说：“就是那个外星人杀手？”

“网络上的说法不可信，”林强对这个比自己矮半个脑袋的家伙说：“我认为是某个异装癖干的。”

“这样啊，嗯。”高局长沉吟片刻，说，“案犯正乘车逃跑，林科长是不是乘白云二号去看看？”

“是，高局长。”

“查到人质是谁了。”一个警察报告，屏幕上出现了人质的相关资料：“雷欢，女，2000 年 7 月 13 日出生……”

林强扫了一眼资料：怎么是她？他心中疑惑，转身离开突发事件应急处理中心，向着直升机停机坪跑去。

22

凤桥驿。

通向超音速路的通道已被封锁。杨站长带着部下，手执武器，守在路障后边的两辆轿车旁，严阵以待。他高声叫道：“没有我的命令，谁也不要乱动。”

风神 V 过来了，以惊人的速度冲向第一道路障——强力拦阻网。

杨站长不由得高兴起来。他知道那网的黏性与韧性是世界上数一数二的，就算是飞机被它网住，也休想挣脱，何况——停住了！怎么会（能）停住呢！？他目瞪口呆，就在离网一米远的地方，风神V忽然停住了。速度那么快，距离那么近，它居然停下来了！他心中感叹：这……这也太不可思议了！

杨站长抄起扩音器："车里面的人听着，我们人比你多，武器比你好，火力比你强，顽抗对你是没有好处的，投降是你唯一的出路。"

风神V静默片刻，原地转向一百八十度，驶回滨江路。

"想跑？可恶，追！"杨站长扔掉扩音器，钻进车里，大声命令手下撤去路障。"快点，快点。"他发动车子，在路障撤开以后驶向滨江路。

滨江路上，车来车往，已不见了风神V的影子。

"它在哪里？快把它找出来。"杨站长大发雷霆。

仿佛从地里钻出来的一般，风神V突然出现在杨站长所乘轿车的左后方，等杨站长发现它，张大嘴想要尖叫时，风神V已经以极快的速度冲上来，一头顶在了轿车的"屁股"上，轿车立刻失去控制，朝前猛冲，直到撞上隔离墩，车身严重受损，这才停住。

杨站长推开车门，跳下来，不要命地跑出二三十米后，扑到地上，一动不动。在他的脑海里，那车应该起火爆炸，碎片横飞了。然而，没有，他又等了好一会儿，还是没有。他扭头看那辆破车，没什么变化。"原来不会炸呀！"他自言自语道。

他爬起来，整了整衣服，理了理头发，环顾四周，到处都是因为刚才的事故而停下来的车。“喂，出了什么事？”一个司机冲他喊。“闭嘴！”他怒道。

就在这时，一辆车子冲入并占据了他的视野。他认得那辆车，是凤桥驿的另一辆轿车，问题是此刻这辆车在空中。他很奇怪：那辆车怎么会飞到空中的呢？有那么几秒钟，他的整个大脑被这个问题占据了，丝毫没有意识到那辆车正向他飞来，等他明白这一点时，已经有些晚了。

他惊叫，趴下，浑身哆嗦。

车从他身体上方掠过，前轮在离他的腿不过半米的地方着地，后轮几乎是擦着他的后脑勺过去的。他差点昏过去，然而还好没昏，所以，自始至终他都感受到车子擦身而过时的凌厉气势和自己心中那份无以复加的恐惧。

那辆车着地后，借着惯性继续前冲，迎头撞上先前撞在隔离墩的车。这一回，爆炸了，巨响的同时，一团赤色的火球冲天而起，将车的残片炸得到处都是。

然而，这一切对杨站长而言都已不再重要。他趴在地上，一动也不动，心想：刚才我差点死啦！就连一直困扰着他的那个问题——车子怎么会飞起来——他都不再想了，他只是趴在那儿，想：老子刚才差点死了。

23

三辆警车呼啸着冲进凤桥驿。带队的龙队长发觉自己来晚了，他下了车，跑向站长办公室。因为多了一辆重型货车和三十余吨转基因水果，站长办公室显得如此拥挤而且混乱，杨站长见了一定会大发雷霆。

“出了什么事？”龙队长问站在货车旁边的司机。

“我也不知道。”司机说，“都是那辆蓝色风神干的，不知道为什么，它像疯了一样直冲过来，我急忙躲它，结果就撞成这个样子了，这不是我的错。”

“那边也是一样？”龙队长朝收费亭指了指，亭子的废墟下面压着两辆轿车，不远处还有一辆，四轮朝天。

“对，是它干的，开它的人肯定是个疯子，不然不会这样干……”

“它去哪儿了？”

“什么？”

“我是问那辆风神车，它上哪儿去了？”

“上了超音速路，闯进去的，你看那儿还有一个口子。”

“我们去追，快点。”龙队长钻进自己的车，发动，转向，从风神Ⅴ撞开的口子驶上超音速路，另两辆警车紧随其后。

超音速路是公路发展的极致，路上的车轻易就能达到音速，最快的能达到三倍音速。翼车就是其中一种，所以，龙队长对能在超音速路上追上风神V并没有信心。去追，不过是回局里好交代罢了。

“龙队长，风神V目前时速80公里，在你前方12公里处。”听到这个消息，龙队长疑惑不已，怎么会那么慢？才80公里？莫非它的发动机……他抓起内部通话器：“好消息，风神V的发动机坏了，这是我们的机会。弟兄们，抓住他，我们一起去领本年度最佳警察奖。”他心里多接了一个字：金。

接着他发布命令，布置对风神V的围追堵截和疏散车辆的工作。几分钟后，他就看见了那辆宝石蓝的风神V，速度果然很慢。“追上去！围住它！”龙队长命令。三辆警车开足马力，追上风神V。风神V也快起来，但时速始终在300公里以下，只是不断做S线运动，阻止警车超过它。300公里离它的最高时速还差很远，这更坚定了龙队长的判断。饶是如此，警车也不敢去超它，要知道，时速300公里，轻轻的一碰也会酿成一场巨大的灾难。

不久，前方路口驶出两辆警车，在风神V前方，同向前进。这样，风神V前后共5辆警车。龙队长开始喊话：“车里的人听着，你已经被包围了，你逃不掉啦，停车，立刻停车……”

风神V没有停，不但没有停，反而加速，车首一挺，就撞到前面4号车的屁股上。4号车吓了一跳，往旁躲闪，车身擦到护栏上，蹭出一道长长的火花。风神V又将车首转向5号车。5号车知道下一个挨撞的会是自己，忙往前冲，岂料，风神V并不紧跟，这样，4号车与5号车之间就出现了风神V可以逃跑的友好通道。正是看出了这一点，急得龙队长在内部通话器里大喊大叫：“它要跑！5

号车，打回来，截住它！2号车，3号车，一起加速，加到最快！追！”当他握到加速柄要推时，他忽然想到一个不该在这个时候想到的问题：风神V的发动机显然没坏，那为什么先前它会那么慢？它在等什么？

后面发生的事情就不怎么好描述了，就算是身在其中的龙队长也无法说清到底发生了些什么。后来，在向局长汇报时，他是这样说的：“我看见风神V要逃，就叫前面的车打回来。前边的5号车先打回来，横在路中间，暂时挡住了风神V的去路。风神V并没有停，甚至想停的念头都没有，它仍旧狂冲，我和2号车3号车紧跟着，就在我认为它肯定会撞上5号车时，它忽然向右一拐，就从5号车右边绕了过去。这一动作太快了，简直令人无法相信，我至今也想不明白，它是怎么做到这一点的。余下的事情就是2号车和3号车以时速400公里的速度撞上5号车，当即起火爆炸，4号车也被波及，它们的残骸由于巨大的惯性，还在超音速路上前行了2公里，真够吓人的。至于我，若不是反应快，技术好，及时刹车，我现在只怕也和那几个人一样，躺在太平间里了。”最后，龙队长总结道：“有一件事情要说明一下，我们是坐在时速三四百公里以上的车里，车距又小到容不下第二辆车，根本没有太多的时间让我们考虑‘该怎么做才对’这个问题。一切都是在百分之一秒内发生的，余下的事情不过是那百分之一秒的继续。所以，对挟持人质的那个家伙我不得不表示佩服……”

有一件事，龙队长没向任何人提起，包括他最亲最爱的人。当他的车不受控制地冲向那堆燃烧着并且还在向前猛冲的残骸时，他认为自己死定了。结果他没有死，他活下来了，在距离残骸不过一米的地方，他奇迹般地刹住了车。这一结果不是因为他反应快，也不是因为他技术好，而是因为在叫 2 号车 3 号车加速时，他根本没有加速，所以，他活了下来。

事后，他反复问自己："当时我尖叫了吗？"他不知道答案，他记不清当时发生了些什么，无法回答。叫没叫呢？他不知道，但无论结果如何，他活下来了。

24

"什么？毁了五辆警车！？"在得到对方肯定的回答之后，林强关上了通话器。这太令人难以相信了，五辆！他低头瞅着直升机下方向远处延伸的超音速路，心想：到底风神 V 里坐着怎样一个人呢？

金知了响了，提示说是小黄打来的。

"林科长，我在案发现场。"

"情况怎么样？"

"你不会喜欢这里的，简直就是屠宰场。"小黄说，"一共死了 9 个，全是都市狼族。"

“枪打的？”涉枪案一直是公安局心里的一根刺。

“不是，”小黄很肯定，“应该是被某种锋利的冷兵器，比如刀之类的东西杀死的。”

“刀？你是不是武侠片看多了？”林强一向不喜欢光怪陆离、怪力乱神的东西。

“每个死者的死法都不一样，有一个家伙的脑袋被敲得像铁棍打烂的西瓜，另一个的肚子开了一个洞，肠子撒了一地，还有一个被拦腰斩断……我都说不下去了，想吐，这里的气味难闻极了。”

“发现凶器没有？”

“没有，无论是刀还是枪，都没有发现。”小黄犹豫了一下，“有个法医告诉我，如果他没有看错，死者都是被像虎爪一样的利器杀害的。”

“虎爪？老虎十年前就灭绝了，哪来的老虎？胡说八道。”林强生气，“处理好现场，回来我看你的报告。”

林强正打算挂掉金知了，它立刻报告：“静宜呼叫你。”林强愣了片刻，这个时候，她打来干什么？“强，雷欢姐姐是不是被外星人绑架了？”杨静宜的声音十分焦灼。

“你怎么知道的？”

“新闻正在播出。”

“什么？”林强怒从心起。

“高局长还发言说，警方一定会尽全力保护人质的安全，将罪犯绳之以法。他还说，你已经立下军令状，一定会在枭阳市境内将歹徒抓住，否则，你将引咎辞职。”

“该死的，哪个立军令状啦？老混蛋！”林强怒不可遏。现代传播工具多快！枭阳市境内，人家十分钟就传出去了，何况——

“你没立呀？”杨静宜顿了一下，旋即撒娇道，“你可要保护好雷欢姐姐，一定要把她平平安安救出来，别让她受到一点点伤害。”

“你平时从不过问我的案子，今天怎么回事？”

“因为被绑架的是雷欢姐姐，她是我的姐姐，我的好友，我的救命恩人，她对我特别重要。没有她，就没有我们家的幸福生活。你要答应我，答应我把雷欢姐姐平安救出来。”

“我尽力吧。”

“你一定要把她平安救出来。”

关掉金知了，林强更加焦急：高局长把此案公之于众，还帮他立下军令状，存心让他下不了台；妻子又苦苦哀求。“开快点！”他大声对驾驶员吼道。

“它就在前面。”驾驶员说。

林强低头一看，果然，下方超音速路上飞驰着的正是宝石蓝的风神V。“追上去，”他兴奋起来，“用超凝胶来对付它。”

直升机全速前进，很快追赶上风神V。林强在瞄准仪上找到风神V，探测在3秒内完成，锁定，所有数据输进超凝胶喷射控制器，他按动发射键，一股浅黄色液体自机首喷口射出，射到风神V的车顶盖上。那液体并不四溅，而是沿车体流动，在颜色变成鹅黄色的同时迅速凝固。

风神V仍高速前进。

林强继续喷射。这时，天地间出现一幕奇景，仿佛是超音速路上狂奔的风神V用鹅黄色的绳子牵着空中的直升机在放飞。

超凝胶越聚越多，风神V的蓝色车体被完全盖住，又向后流淌，形成水母触手似的胶丝体，在地上拖着。更要命的是，轮胎也被裹住了。

浓烈的臭鸡蛋味在空气中迅速弥漫。

又往前开了两公里，风神V传出几声金属断裂的声音——不知是离合器坏了，还是轴心断了，抑或是兼而有之——在滑行了六七米后，终于停住了。此刻，它已被鹅黄色超凝胶完全裹住，身后还有由无数胶丝体组成的长逾百米的尾巴，这使它看上去像一头庞大无比的黄色水母。

直升机绕着风神V转了一圈，然后降落，林强打开内部通话器，召唤龙队长和他的手下。在通话时，他一直紧盯着那头“怪兽”，深恐它会骤然变化，打自己一个措手不及。

幸好没有。

“有一个坏消息，”驾驶员说，“生命探测仪显示，里面是空的，没人。”“什么？”林强瞪大了眼睛，如果是这样，那岂不是……他抓起突击步枪，跳下直升机，直奔“黄色水母”。

"黄色水母"没有动静。

林强端起枪，冲车窗一阵猛扫，还是不见车里有什么动静。他慌了，抓住车窗外的超凝胶拼命扯，一时间扯不掉，他更着慌，端起枪，又是一阵扫射。终于扯掉了，车窗露出一个洞，他探首进去望，里面果然空无一人。

怎么会没人呢？林强不由自主地后退两步，如果不是怕在部下面前出丑，他早就跌坐在地了。他两眼无神，茫然地望着远方。他知道，他输了，彻底地输了，利用车载主控电脑，罪犯从他眼皮子底下带着人质溜走了。输了就得付出代价，代价就是辞职，就是失去现在所拥有的一切。

辞职！他深深吸了一口气，想想静宜早就不想让他当警察了，说是太危险，她一个人在家里又太寂寞时，他的心里好过了一点儿。

25

雷欢幽幽醒来，觉得口渴，发现身边是淙淙流动的小溪，就起身捧了水来喝。然后她才察觉到自己是孤身一人在这儿，那个外星人呢？他在哪里呢？她慌忙起身张望。

没有人。

他已经走了？她长吁了口气，侧身坐到岩石上。她太累了，那个怪物带着她，抢了一辆她只在广告里见过的风神车，而且开得飞快，还不断地加速，然后就是撞击，巨响和爆炸，所有警匪片里的场景她都亲身经历了。她害怕极了，担心车马上要翻掉，甚至没有具体害怕的内容，她只是害怕，整个身心都被害怕占据着。尤其是最后一幕，当风神车以三百多公里的时速冲向前面的警车时，她以为自己死定了，那时她害怕得再次晕了过去。所以，现在她就不明白了，自己怎么还活着？她很疑惑：以那样的速度冲过去，怎么会没有撞上呢？如果撞上了，我怎么还活着呢？

所有的问题都没有答案。她低下头，看着手腕上的金知了，不由自主地想起买它时的情景。那时她和好朋友杨静宜在一起，有说有笑，开心极了，她霍地想起这里少了些什么了。

少了朋友，少了关心她、爱护她、照顾她的人。

她不禁惆怅起来，这惆怅仿佛是酒，越久越浓。她忽忆起钟扬曾说过的话："如果你只身在远离家乡数千光年的星球上，你不会……"她想，用不着去那么远的地方，就是在地球上，就是在拥挤的城市里，就是在喧闹的人群中，同样能感受到孤独的存在，那是一种刻骨铭心、抛之不去、难以名状的痛苦。

雷欢抚摩着金知了……不，这只金知了不是我的，我那只是酷鱼造型的，被坏蛋抢去了，这只是呆鸟造型的，是谁的呢？独狼从地上拣了一只，就是这只……

雷欢启动金知了，初始画面出现了。奇怪，居然是第一次使用。

她输入自己的个人账号和密码，身份验证之后要她确认删除原来那只金知了的入网信息，她确认了。片刻之后，她以前保存在智能光网上的个人资料下载到了金知了里。她急忙翻看联系薄，一个个熟悉而又陌生的名字闪电般掠过，却不知道现在这种情况拨打谁的电话更合适。谁会在这个时候帮助我呢？她的目光停留在杨静宜的名字上。

她正要拨打，忽然闻到一股鱼香味。起初她以为是错觉，是饿了的缘故，这荒山野岭的，哪来的鱼香味？然而她再闻，那香味的的确确存在，而且就是从对面草丛里飘过来的。

她抬头，陡见小溪对岸草丛里有个红色球状物体，那是——一颗脑袋！那颗脑袋长在青草——不，是长在绿色的身体上！她想惊叫，又急忙用手捂住嘴，一双眼睛瞪得比铜铃还大。因为那颗脑袋上有一双惨绿的眼睛，眼睛里有某种似曾相识的东西。

又一个绿眼外星人？

雷欢压住心底的惊恐，颤声问道："你……你……你是谁？"

绿眼外星人眨着双眼，嘴唇翕动着，吐出两个模糊的字音：

"独——狼。"

雷欢奇怪极了："你也叫独狼？"

"独狼"看着雷欢，不说话，向前迈步，走出草丛。

"我想——"雷欢把下半截话生生吞了下去，呆立不动，因为她发现独狼身上的绿色正迅速褪去，转换成金属似的黝黑色。

原来独狼会变色！

原来这个独狼就是那个独狼！

独浪两三步跨过小溪，把手里端的快餐盒递给雷欢，然后转身，沿着刀削似的石壁往上爬。他的动作迅猛，片刻就爬上了山顶。他选择了一块最高的石头，面对远方，默默地坐下。

雷欢觉得这一幕似曾相识，却忆不起何时何地见过。她低下头，打开快餐盒，里面有饭有菜，还有一条鱼。她真的饿了，就坐到岩石上，狼吞虎咽起来。自始至终，独狼都静静地坐在岩石顶上，腰挺得笔直，眼望着远处天与地交界的地方，仿佛那里有某种值得他一生追求的东西。

雷欢吃完饭，把快餐盒放到岩石上，仰头望着独狼。“喂，我可以走了吗？”她叫道。

没有回答，独狼沉默如石。

“喂，我走了。”雷欢试探性地沿着小溪往下游走，她知道这条小溪迟早会汇入大河，而有河的地方通常都会有人家，但她还是很担心，每走一步都小心翼翼，如履薄冰。

正如她担心的那样，独狼飞一般地从山顶上滑下来，一会儿工夫就到了她前面，用金属般黝黑的身体挡住了她的去路。他还是没有说话，只是用眼神告诉雷欢：回去，赶快回去。

雷欢无可奈何地回到原处，独狼又坐回那块最高的岩石，继续眺望荒凉的远方。

又是死一般的沉寂。

雷欢忍无可忍，再次站起来，像头暴躁的母狮一样吼叫起来："你抓我来到底想干什么？"

独狼不作声，石像般不动。

见独狼不搭理她，雷欢更来气了。以前，她沉默寡言，连她自己都认为自己不太喜欢说话，可是现在她只沉默了一段时间却有一大堆话要说。她叫道："独狼，你是聋子，还是哑巴？你倒是说话呀。"

这话彻底激怒了独狼，他自山顶滑下，动作快得难以想象。他落到雷欢面前，将一张恐怖的面孔压到她眼前，睁大的眼睛里透着浓烈的愤恨与痛苦。

她盯着那双具有魔力的眼睛，觉得自己的心神被麻醉弹击中一般，空荡荡的，连恐惧也消失不见了。她想偏头，想闭眼，以躲开那双惨绿的眼睛，却偏不了头，闭不了眼，她如同着了魔一样，失去了对肢体的控制能力。

对峙持续了几十秒，独狼突然后退，嘴唇艰难地翕动了几下，只发出几个不连贯的毫无意义的音节。他用六个手指的古怪巴掌，使劲拍打自己粉红色的后脑勺，眼神流露出无限的痛苦。

雷欢仔细分辨他发出的声音，发觉除了 dú 就是 láng，难道在他的星球上这两个字就是唯一的交流语言？

独狼握紧拳头，然后将三根手指竖起，指着自己的嘴，又将手指伸到雷欢面前，使劲摇了摇。

“你是说，你——”雷欢猜测着，“不会说话？”

独狼点点头，很难过的样子。

原来如此！

对于外星人，雷欢也约略知道一些，那些生活在别的星球上的智慧生命模样通常都很古怪，但他们科技发达，智慧超群，而且许多还有特异功能。她猜测，或许他们用思维投射的方式进行交流。于是，她看着独狼，在大脑里反复想一句话：你好，独狼，你从哪里来？你想干什么？

独狼转身，爬上石壁，复又坐回那块最高的岩石上，眺望远方，仿佛他是洪荒时代就坐化在那儿的石像。

他没有反应，雷欢有些失望。她坐到小溪边的岩石上，呆鸟造型的金知了在手心里攥着，她却没有了拨打它的心思。直到很久以后，她才明白为什么当初自己没有选择从独狼身边逃走，她只是拿出自己的所有耐心来等待，等待命运之神的安排。

时间无声无息地流淌着。

第二部　追捕

狼忽地昂首向天，对着那钩残月，用尽浑身力气，吼叫了一声。

嗷——

吼声飞向四面八方。在刹那间，大地为之震颤，空气为之激荡，连远在天边的那钩残月，也为之忧伤。

1

大富豪娱乐中心没有白天黑夜之分，永远喧闹，永远金碧辉煌。太子熊叫手下到各处游玩，自己进了预订的房间。过山黄说，给他准备了一个韩国美女。

屋里没开灯，他嬉笑着：“小宝贝，怎么不开灯？我来啦……”一盏聚光灯忽然亮了，光柱直指太子熊。他伸手挡住强光，怪叫：“可恶，谁？快关上！”

暗处传来一个毫无热情的声音：“太子熊，欢迎，热烈欢迎。”聚光灯暗下来，仍只照亮太子熊和他身边的东西，房间的另一半笼罩在黑暗里。太子熊揉了两下被强光刺痛的眼睛，问：“你到底是谁？”

“这并不重要，重要的是我能给你一大笔财富。”

“不就是钱嘛，我有的是。”太子熊继续揉着眼睛，他感觉脸有些冷，仿佛有寒风刮过。“那你有多少？”神秘人冷笑着，用洞悉一切的腔调说。太子熊道：“我为什么要告诉你？”其实，猎人公会有多少钱，他自己也不知道，经济方面一向由温先生掌管，他只管用钱。

神秘人冷哼一声：“我可以给你一亿。”

“什么？”太子熊也禁不住怪叫起来。

“别激动，太子熊，不是我小看你，你这头猪当然没有一亿。”

“你竟敢说我是猪——”太子熊站起来，咆哮着，“我……”

“别激动，肥猪。”神秘人胸有成竹，“你现在可以看到花花绿绿的钞票像落叶一样在你周围往下掉，为了这，你挨几句骂又算得了什么？猪。”

太子熊仰首向天，满脸潮红，双眼盯着天花板，神情如痴如醉，如中了魔一般。继而，他展开双臂，像欢迎什么东西一样挥舞着，身体也随之旋转起来。而实际上，他周围除了空气，什么都没有。

他转呀转，由极慢到极快，又由极快到极慢，最终停了下来。

“感觉如何？”神秘人问。

“美，美极啦，那些钱，像雪片一样往下掉，简直美死了，比……还过瘾。”太子熊神情依旧亢奋，“只是时间短了一点。”

“这是没有办法的事，‘心想事成’的效力只有这么长。”

“什么心想事成？”

“‘心想事成’是我发明的一种迷幻药，它直接作用于大脑管兴奋的区域，能使人在幻觉里拥有他所想拥有的一切东西，金钱、美女、权力，一切的一切都可以拥有。”

“你什么时候给我吃的药？”太子熊惊恐地问。他觉得神秘人可怕起来，就睁大眼睛看，可惜，神秘人坐在暗处，只能依稀见到他的轮廓。

“不是吃，”神秘人笑着，“是喷射。你进屋时，我借灯光的掩护把‘心想事成’喷到你脸上，后来我们在谈钱，所以你会看到钱。”

太子熊忐忑不安地问：“你不会让我白过瘾吧？”他现在很疲倦，平日的嚣张气焰不知去向，反而有些害怕。

“真聪明，不愧为猎人公会的老大。”黑暗中，神秘人干巴巴地鼓了两下掌，“你这‘瘾’字用得特别恰当，你已经上瘾了，上了‘心想事成’的瘾。这玩意儿比海洛因厉害一千倍，只需要一次，就是神仙也离不开他。像你刚才被喷中的那点儿，足够五十个人上瘾。想知道发瘾的情形吗？让我告诉你吧，就像有千百条鞭子在抽打你的肉，有千百把钢刀在剜割你的心，有千百只蚂蚁在噬咬你的骨髓！”

太子熊大汗淋淋，惊恐不已。“你到底想要干什么？”

“不是要你干，”神秘人纠正道，“而是和我，和我做一笔交易。事成之后，你将得到一亿的佣金，还有大量的‘心想事成’，这辈子你都用不完。”

“什么交易？快说。”

“我要你追捕一个人，你当然不行，得动用你的猎人公会。他不是普通人，你看新闻吗？”

“从来不看。”

“难怪这么孤陋寡闻。”

太子熊刚想发作，从心底升起的倦意却将他的怒火扼杀了。“到底要抓谁？”他问。

“外星人，就是现在枭阳市闹得挺凶的那个，我所在的组织对他很感兴趣，想抓住他研究一下。我们已经查出他叫独狼，孤独的独，豺狼的狼。”

太子熊眯缝起眼睛，倦意已经升级为睡意。“外星人？独狼？你们自己怎么不去抓？”

“你应该知道，有些事我们不太方便去做。”

“你是哪个组织的，出得起一亿？”

“这个你不必知道，一亿，对我们来讲，小数字。这里有五百万，是你们的活动经费。对付外星人，可不是件容易的事。”

五百万？这个数字把太子熊吓清醒了一些。对方出手这么阔绰，一亿想必不成问题，况且……他打定主意，道：“我答应你。”

“我给你一个追踪仪，上面能显示独狼所在的位置，你们只需动手抓人就行了。还有，有个女的和他在一起，不许你们伤害她，记住这一点。”

暗处丢过来两样东西，一张月亮卡和一个微型追踪器。“你现在是不是很累，想睡觉？”

太了熊点头，眼皮犹如灌了铅一般沉。

“你可以滚蛋了。”

太子熊如蒙大赦，站起身，无精打采地往外走，与进来时的嚣张气焰相比，简直判若两人。“记住，一亿。”神秘人在他身后幽幽地说，“还要提醒你一句，不要以为杀了我就可以解决问题，‘心想事成’只有我一个人能配制。”

2

猎人公会正在总部开会。温先生的目光扫过肥胖无比的太子熊、扎无数小辫的过山黄和凶神恶煞般的薛猛，道：“猎人公会成立以来，规模不断扩大，现在已有4位理事，15 000名猎人，但还不够，我们还要扩充实力。今天，介绍一个新人给大家认识。”

一个美女推开房门，走进办公室。她二十来岁，黄种人，长发披肩，旗袍裹身，脚登水晶鞋，手提鳄鱼包，集合了目前对美女的全部要求，惹来过山黄夸张的尖叫。

温先生介绍道：“春水美枝子，日本人，绰号‘辣妹’，擅长柔道和枪械。”“原来‘辣妹’就是你呀！”过山黄说，“我早就想——”温先生高声打断他的话：“她的本事不容置疑，就在一个小时前，她为猎人公会追回一笔九十万元的债，就凭这一点，她有资格成为理事。”太子熊说：“既然温先生都这样说了，以后她就是我们的五妹。温先生，你没什么意见吧。”温先生把目光转向美枝子：“还不快谢谢太子。”美枝子行点头礼：“谢谢太子。”

“我给你介绍一下其他几位理事。”温先生说。

“猎人公会共有四位理事：老四‘黑煞神’薛猛，身高2米14，体重150公斤，拳脚功夫了得，是‘雄霸’武术学校的总教练。老三过山黄，绰号‘人尽可妻’，大富豪娱乐中心总经理，喜欢与美女打交道；老二‘胡狼’卡洛斯，胡狼军品集团的首席执行官，擅长暗杀，尤其是爆破；老大温先生，是猎人公会的军师，目前经营金光集团。最后是太子熊，猎人公会的龙头，顶梁柱与保护神。”

“辣妹，快过来，到这儿坐。”过山黄笑嘻嘻地说。美枝子坐到过山黄身旁，同时打开他伸来的手。

温先生说：“太子，召集我们来，有什么重要的事吗？”“温先生，我们到底有多少钱？”太子熊问。温先生愣了一下，因为太子从来不过问钱的事——他扶了扶眼镜：“具体有多少我也不太清楚，你知道每天都有开支。”“大概有多少？”“大概呀，我想一千万总有吧。”温先生问，“太子，有什么地方要用钱吗？”

太子熊道：“我接了一笔买卖，一亿。”

“什么？一亿？”所有人都吃惊地盯着太子。太子说：“有个神秘组织出资一亿，要我们抓住最近闹得很凶的那个外星人，他还告诉我，外星人的名字叫独狼。”温先生很意外：“外星人？”过山黄眨巴着眼睛：“外星人那么厉害，我们哪是他的对手？”温先生问：“你见过他？”过山黄忙道：“没有。”

“没有就不要乱说。”温先生看着太子，“对方还说什么？”

“他们给了我五百万作为活动经费。”

“哇，五百万！”过山黄为之咋舌，“可以快活一辈子。”“如果对方是打肿脸充胖子，怎么办？”美枝子开口。“你是说，对方只有这五百万，却一下子全部拿出来作活动经费，以示有钱？”温先生问。“这种可能性不是没有。”美枝子回答。沉吟片刻，温先生又问：“太子，你认为呢？”

太子熊说：“我认为没有问题，这笔买卖我已经接下来了，他还给了我一个追踪器，说能显示外星人的行踪。”“他们自己为什么不去抓？”温先生问。“我也问过，他说他的组织不方便出手。”太子熊忽然恼怒起来，“总之，这笔买卖我已经接下来了，从现在起，一切以这件事为中心，还有问题吗？”

温先生答道：“没有。”他说没有意见实际上也代表其他人没有意见，在猎人公会里一向如此。

美枝子忽然问道：“谁负责抓？”“你想？”太子熊问。美枝子点点头。“那好，我把追踪器给你，你负责追捕独狼。”太子道。“太子，她刚加入猎人公会，对猎人公会还不熟悉。”过山黄说。太子熊笑道：“那就麻烦你多指导指导。”过山黄笑道：“乐意之至。”

太子熊掩住嘴又打了一串呵欠，不知怎么，最近老想睡觉，怎么睡都睡不够。“还有事没有？没有就散会，”他说。

这次是真的没事了。

美枝子刚打开“雪莉”跑车的车门，过山黄就笑嘻嘻地凑过来：“辣妹，今晚我们一起研究怎么抓独狼，好不好？”“不就是想和我套近乎吗？装什么装？上车。”“求之不得。”过山黄钻进车，关上车门，问，“去哪里？”“你家。”美枝子坐好，点燃发动机，小跑车轻快地驶上公路，汇入车流中。

3

过山黄靠在床头，点燃一支烟，悠然吐出一团烟气。他有些困，眯缝着眼睛，瞅着刚刚穿好衣裳的美枝子。他和不同类型的女人接触过，也算见多识广，却从未见过她这么疯狂的。

“你真疯狂，”过山黄吸了一口烟，“你叫我想起我的往事。宝贝，你不想听吗？”

“你说吧。”

“你越来越可爱了。”过山黄伸手抓住美枝子的肩头，想把她拉到自己身边。美枝子奋力挣脱，过山黄也不想勉强她，就开始讲自己的故事。

“那年，我才8岁。有一天，我打开家里的浏览器，进入成人频道，我看得热血沸腾。告诉你，我早熟，8岁时就发育得跟大人差不多。有人说这和什么环境因素有关，反正我8岁就懂男女之事。

“见鬼了吧。”

“我浑身燥热，在屋里转来转去，无法抑制，你也知道，性欲来的时候，比什么都难以控制，我想起邻居家有个小女孩——”

美枝子失声叫起来：“你就去强奸她？”

“真聪明，猜得太准了，如果你不是日本人，我肯定要怀疑你就是那个小女孩了。你的中国话说得太地道了。”过山黄笑道，继续讲，“小女孩当然不干了，她的样子可怕极了，像疯子一样。我有些怕了，又不甘心，这时，我抓住一样东西，重重地敲在她后脑勺上，她摇晃着倒下……”

“回家以后，我害怕极了，如果那小女孩真的死了，我非被我爸爸打死不可。你不知道我爸爸打人有多凶，只要我有一点点错，他就把我往死里打，我下巴上的伤疤就是他给我的纪念。我越想越怕，最终决定离家出走。”

“后来呢？那个小女孩，后来怎么样呢？”

“我不太清楚，只是听说她没死，后来怎么样了我就不知道了。”过山黄吸了两口烟，问，“你在想什么？”

“在想独狼的事。”美枝子说，“下午开会时，温先生问你见过独狼没有，你说没有，但你答话时抽动了两下嘴唇，我相信你见过。”

“我的确见过。”过山黄不得不承认，“你太聪明了。”

“说来听听。”

“就在两天前，我在明盛小区强奸一个女人时，看见了他。当时他头下脚上，趴在墙上，浑身黑漆漆的，看不清楚，只有两只眼睛放出狼一样的绿光，可怕极了——”

“然后你就落荒而逃了？一定是这样。”

“你怎么知道？”

“不用动脑筋都能想到。”美枝子笑道，“想不到我们大名鼎鼎的过山黄会被一个外星人吓得魂飞魄散，丢下到手的美食落荒而逃，真没想到啊。”

过山黄很不舒服：“你没见过他，当然不知道他有多可怕了。”

“可怕？”美枝子笑得前仰后合。

“有什么好笑的？”过山黄脸上挂不住了。

美枝子收敛笑容，一本正经地说：“如果那个外星人是地球人穿上奇装异服假扮的，却把你这位‘人尽可妻’吓得半死，这不是笑话是什么？”

“不会吧？”

“哼，不会？”美枝子说，“我今天之所以敢接这个任务，就是因为我敢肯定独狼是个冒牌货。外星人？胡扯。”

“该死的，敢唬我？要是我知道是哪个混蛋干的，我一定给他好看的。”

“机会是现成的，只是不知道你想不想报仇？”

过山黄愣了一下，问：“你是说我去抓？”

“真聪明。你也知道，我刚刚加入，对组织还不熟悉，而且一进来就立了个大功的话，你们的面子上都过不去，好像只有我才能干这样的大事。其实，你也行的，不只是在床上。”

“哪个该死的，敢吓唬我？把追踪器给我，我去抓那个挨千刀的。”

美枝子从包里取出巴掌大的追踪器，展开，启动搜索功能。10秒钟后，屏幕显示的枭阳市地图上出现了一个亮点。“他在郊区，离这里并不远。”她说。

“明天，”过山黄信心十足地说，“我一定会把他抓到。”

4

天刚蒙蒙亮，过山黄就开始召集人马。

猎人公会可不是只会喊打喊杀靠着人多欺负别人的小组织，如今，这个组织强大得难以想象。首先，不是谁都可以参加猎人公会的，要通过温先生的严格审查，这从来源上保证了猎人的素质。其次，新猎人必须到雄霸武术学校进行为期一年的技能培训，“黑煞神”薛猛是那里的校长兼总教练。最后，优秀者将被送到总部的地下靶场训练半年的射击，掌握各种现代枪械的使用，此事由“胡狼”卡洛斯负责。至于武器，由胡狼军品集团走私而来，其型号、火力与性能不比正规部队差，甚至比一些警察的装备还要好。在编制上，猎人公会效仿美国海军陆战队的编制，每 8 人为一组，武器配备上，也没多大差别。

过山黄站在“悍马”L2500 型越野吉普车上——事实上，此款民用“悍马”架上 35mm 自动榴弹发射器就与军用悍马无异了——看着 3 组共 24 名猎人迅速登上后面的两辆“霸王”车。他们都身着猎人公会的战斗服，胸前印有醒目的怪兽标志，腋下夹着 R 枭阳 M 折叠式突击步枪。他们都面带笑容，即将开始的杀戮令他们兴奋无比，仿佛服用了兴奋剂。

对此，过山黄很满意。追踪器显示，独狼目前在一个叫阿风峡谷的地方，那里是云雾山脉的中部，非常偏僻，即使展开大规模的搜捕行动，甚至枪战，都不会引起太多的关注。

过山黄挥一挥手，大声喊道：“出发！”3 辆车发动，鱼贯驶出和平公园，朝阿风峡谷前进，猎人们一路上高唱《猎人之歌》：

越过高山，流血千里，

跨过平原，伏尸百万；

我们——

是骄傲的猎人。

效忠太子，视死如归，

上天入地飞，黄腾达；

我们——

是勇敢的猎人。

……

5

四个小时后，温先生领着太子熊走进太平间。

“何成也参加了这次行动，”温先生边走边介绍，“他负责开货柜车去运送外星人。由于雨天路滑，他迟到了半个小时，这倒救了他的命，他到的时候，战斗已经结束，遍地都是死尸。”

“死了多少个？”太子熊捏着鼻子问。太平间特有的味道令他想吐。

“24个，各有各的死法。”温先生拉开一条尸袋的拉链，“这个人是被一种细长的利器在脑袋上穿了个洞，肯定不是子弹打的。”太子熊探首望去，见死者鼻梁上有一个拇指大的洞，直通后脑勺。温先生拉开另一条尸袋，里面的猎人没有头。他介绍说，“这个是被扔到岩石上，摔破脑袋摔死的。”

“温先生，你全看过吗？”太子熊问。

“全看过。”温先生继续往前走，“这一个人的左右颈大动脉被割破了，失血过多，又挨了一枪才死的。”

太子熊停住脚步："温先生，我不想看了。"

"太子，这个人的死法特殊，浑身上下没有一丝伤痕。"温先生没有停住，继续解说，"他是被活活吓死的。"

"吓死的？"

"对，被吓死的。真想知道，他死前到底看见了什么。"

太子熊闷声道："过山黄呢？"

"只有他没死，住在特护病房里。"温先生推了推金丝眼镜，"我是借口车祸，把猎人们的尸体送到这里的，得赶快处理掉。"

"这倒也是，你就把他们处理了吧，老规矩。"太子熊说，"我们去找过山黄。"

他们走进特护3号病房，坐在床边的美枝子站起来。太子熊冲过山黄道："你小子，命真大，部下都死光了，就你一个人还活着。"过山黄有些恐慌："不是我命大，是我还想为太子你出点力。"

太子熊笑了："真乖，什么时候能出院？"

"医生说至少要三天时间，那个外星人咬得真狠，难怪叫'毒'狼。"过山黄神气起来。

"追捕独狼这事儿本来是美枝子的任务，你怎么去做了？"温先生问。"这要怪我，"美枝子抢着说，"是我叫他去的。""是我自己要去的。"过山黄忙道，"你把外星人说得那么凶，我不信，就从美枝子那里拿了追踪器，去抓外星人。"

"结果把24名猎人的性命全丢掉了。"温先生的不满溢于言表，“说一下事情的经过，具体点儿。”

“我拿到追踪器后，看到独狼在阿风峡谷，就连夜组织猎人，从超音速路上赶过去。本来我的计划是很周全的，就是大罗神仙也逃不了，可谁知道他居然会变……”

“别胡说，他又不是孙悟空！”温先生道。

“我没有胡说！真的！”过山黄急了，“独狼确实会变，只是——只是与孙猴子的72变不同，是一种……”

他想找更准确的词汇来形容，一时间竟找不到，以至于像陷入了沉思。温先生不想听他替自己的失败找借口，就说：“他是怎么杀死24个人的？”

“我不知道。”

“什么？”

“真的，独狼变化后神出鬼没的，我没有看见他杀人——谁都没有——我们的人莫名其妙地失踪了，然后在别的地方发现他们的尸体，每一个的死法都不一样，太可怕了。”

“那你呢？你是怎么死里逃生的？”温先生严肃地问，那话里的意思是：你当了逃兵吧？

过山黄没有当逃兵，他永远记得那一刻。

那时，清晨的微风还有几丝寒意。带来的猎人都莫名其妙地失踪了——或许他们都死了吧？他一个人在阿风峡谷的底部逃亡，左面是万丈峭壁，高耸入云，右面峭壁万丈，猿猴难攀。他攥紧突击步枪——那是他最后的希望——踉踉跄跄、跌跌撞撞、慌慌张张地奔跑，不要命地奔跑。

过山黄心跳得厉害，呼吸越来越沉重，就像肺里灌进了铅。视线也变得恍惚，周围的景物都摇晃起来。

他仍旧跑，直到他发现这儿就是刚才他出发的地方，他才惊讶而恐怖万分地停下来。

莫不是遇到鬼了？

他双腿一软，瘫倒在地，颤抖的手牢牢抓着枪，紧张地东张西望，搜寻独狼的影子。一种矛盾的心情在他脑海里盘旋：他既希望发现独狼，结果了他，好回去交差——死了那么多猎人，没个结果，太子会饶过他？又不希望独狼现身——那家伙太可怕了，根本没看清楚他的模样，就杀死那么多人！

很久——也许是 3 分钟，也许是 30 分钟，都没有发现独狼的影子。或许他已经走了。过山黄缓过神来，发觉咽喉干涩，疼痛，仿佛几千年没有喝过水。不远处有条小溪，清澈见底，难得的干净。他走到溪边，半蹲下，捧起清且凉的溪水，猛喝了一口。再要喝时，水里的人影促使他猛然回头。

他看见了一双眼睛，一双惨绿的、毫无生气的眼睛。

他呆住了。此时，他忘了跑，忘了叫，忘了枪，忘了一切。

那双眼睛里有种魔力——他想不出别的词——洞穿了他的心扉，让他像中了麻醉弹一样，全身酸软，不能动弹。

后来，这双眼睛常常盘踞在他的梦中，给他带来恐惧。

忽然，那双眼睛眨了一下，剧烈的疼痛从肩膀传来。怪物咬住了他的肩膀，他飞了起来，怦，水花四溅，他掉进了小溪，溪水将他温柔地包裹……

但这些过山黄都不能说，他不能说出自己的害怕——那样只会让别人嘲笑，让别人轻视，让别人瞧不起——所以他说：”简单地说，他从背后偷袭我，我没来得及反应，就被他咬住肩膀，扔进小溪里了。大概老天爷说我还没有活够，于是就让我活下来了。”

“咬？”温先生不明白了，“你是说他用嘴巴咬你？”

“对，他的嘴巴就像大猩猩的嘴，长满了牙齿。”过山黄说，“而且，刚开始的时候，他不是那种样子，当他再从树林里出来的时候，就变成后来的样子了。”

“什么乱七八糟的？”太子熊听不懂了。

“有件事忘了说，有个女人和他在一起，新闻上说他绑架的那个，但似乎他很维护她。那个女人我见过，就住在明盛小区，她叫什么来着？”

“雷欢。”美枝子在一旁补充。

“大概是这个名字。”过山黄望着太子熊，他知道自己这次闯了祸，是生是死全看太子熊一句话。但是，太子熊的注意力显然不在他身上。

太子熊在打瞌睡，摇摇欲坠。

“太子，太子，”温先生连喊两声，“你怎么啦？”

“什么事？哦，没事没事。”太子熊连连打了好几个大大的呵欠。

“下边怎么办？”温先生问。

“我自己会处理，啊——”又是一个呵欠，“我走了，你们继续谈。”

太子转身走出病房，温先生跟了出去。

见太子熊无意处罚自己，过山黄松了口气。他转过头，冲美枝子做了个鬼脸，却发现那女子陷入了一种莫名的沉思，根本没有注意自己的表演。

6

夜色正浓。

雷欢倚在旅馆房间的落地窗边，向外俯瞰。这个枭阳市的郊县仍然繁忙，车水马龙，彩灯闪烁。白天，她自昏睡中醒来后——她昏睡了整整 6 个小时——自己去药店买了些药，然后住进旅馆。

此刻，她心中空洞无物，连孤独哀愁也没有。

现在时间是晚上十一点整。

雷欢扭头看着墙上那座形如燕子的电子钟，钟面显示，今天是 2027 年 4 月 12 日，星期一。星期一？她心湖一动，今天，今天星期一，该上课呢！蓦地，她想起班上那一张张灿若鲜花的笑脸，她突然之间好想见到他们，真的好想。随即，她开始想那个只能称为住处的家，想那张水床，想鱼缸里的热带鱼（没人喂它们会不会饿死？），还有液晶窗里的山水画（我走的时候选的是小溪？）……

独狼的出现打断了雷欢的回想。他趴在窗外，朝楼顶指了指，就飞快地往上爬去。

雷欢犹豫着来到楼顶。独狼白天的表现实在可怕：他居然会变，而且在极短的时间里，干净利落地杀死了那么多猎人。虽然说猎人们都罪有应得，但毕竟那也是一条条生命啊……

除了独狼，楼顶没有其他人。他已经恢复到最初的模样，此刻，他站在栏杆边，仰首向天，模糊的影子被拉得又细又长，显出无比的孤单。他的神情十分专注，其中夹杂着莫名的忧伤和温情。真是奇怪，他怎么能把如此矛盾的表情融于同一张脸上？

独狼在看星星。

满天都是星星，独狼只盯着一颗。

看到这一幕，雷欢怦然心动，一件尘封的往事从心灵深处跃出，类似的情形，她见过！

那年，雷欢十七岁，读高一。

有一天，她收到一张纸条，邀她晚上教学楼顶见。纸条没有署名，但她知道是谁，有些事情必须说清楚，就去了。

那一夜，星光灿烂无比。

一个瘦削的人撑着栏杆，仰望星空，神情专注而忧伤。星光把他淡淡的身影投到地上，朦胧而孤单。是关少冰，班里出了名的才子与怪人。“你知道那颗星星叫什么名字吗？”关少冰问。雷欢摇头。“天狼星，全天空最亮也最孤独的星。”关少冰有些激动，“它因亮而孤独，因孤独而亮。”

这话雷欢不明白，茫然地望着关少冰。

“这星空真的很美，”关少冰说，“就像你一样。你知道吗，我是个孤儿，不善言辞，别人都把我当怪物看待，只有你不会这样。和你在一起，就是什么也不做，我也会感到快乐，我想我喜欢上你了。”

“别说了，”雷欢打断他的独白，表情木然，“对你所谓的喜欢，我只能说声谢谢，再说声对不起。”

关少冰如当头挨了一棒，呆住了，良久才艰难地说：“我不知道该怎样说才能准确表达我此时此刻的心情，我只想说，我是真的爱你，你就不能给我一个机会吗？”

“你是真的也好，假的也罢，这都是你的事，与我无关。”雷欢说完，见关少冰满脸凄凉，于心不忍，又说，“你是个好人，我相信你以后能找到比我更好的人。”

“好人？好人有什么用？”关少冰突然尖笑起来，“我是天下第一大傻瓜、大笨蛋、大蠢货，白痴、笨蛋、猪！你是高高飞在天上的白天鹅，我是伏在烂泥坑里的癞蛤蟆，哈哈哈……”

雷欢横下心来，转身快步离开。

身后，关少冰在笑，凄惨的笑。

如今，独狼也凭栏仰望星空，孤身只影。如果他能说话，他会说些什么？雷欢在心里叹了口气。她不是独狼，她不知道。

独狼回首，一双绿眼摄人心魄。

雷欢心神大震，这眼神分明——分明和关少冰一个样！她立刻想起另一件事。读高中时，因关少冰性格孤僻，沉默寡言，又时有惊人之举，同学们背地里都管他叫“独狼”。这就是为什么我第一次听到那两个音时脑海里想到的是“独狼”，而不是“毒狼”甚至“读郎”的原因！莫非……

雷欢的震惊，无法言表。“关少冰！”她失声叫起来。

独狼（关少冰？）不解地看着雷欢，眼睛仿佛在问：谁是关少冰？然后他往天上一指，示意雷欢往上看。

雷欢仔细观察，看出他指的是天狼星，问：“你从哪儿来？”

独狼摇头。

“那你住在哪儿？你指给我看，好吗？”

独狼还是摇头。

“不想说还是不能说？”

独狼连摇两次头。

“都不是，那你知道自己的家在哪里吗？”

这次，独狼的头摇得更凶，眼里的痛苦与忧伤浓得要流出来。

“原来是这样。”雷欢恍然大悟。见独狼痛苦忧伤的样子，她有些心酸，想说些安慰的话，却不知从何说起。

沉默良久，雷欢自言自语道：“我想回家。你想吗？”

7

雷欢走到旅馆门口，有辆粉红色光魔跑车驶过来停住，车门打开，里面端坐着独狼。不用说，这车是他偷的。雷欢急忙上车，这里人很多，她怕引起骚动。

车继续开，雷欢枯坐了几分钟，无聊起来，就打开金知了收听语音新闻：正在美国加利福尼亚州南部熊熊燃烧的森林大火到目前为止已经使 76 万亩森林和 2500 幢房屋毁于一旦，并造成至少 250 人死亡。然而，更令人担心的恐怕还不仅仅是火灾和损失本身，前几天，有关部门曾怀疑火灾是有人故意引燃的，警方还对几名嫌疑人进行了追捕。5 日，美国一些媒体又披露了恐怖组织 GSD 的确有在美国纵火的计划。其实，早在今年 2 月，美国本土防卫司令部就曾向全国执法机构发出警告，称 GSD 可能以纵火的方式发动针对美国的新一轮袭击……

“又是恐怖行动，就不能有点别的？”雷欢抱怨着，想换个音乐频道，忽然意识到路边的景物似曾相识，就问：“我们这是去哪儿呀？”独狼在电脑屏幕上指给她看。“回枭阳市？”雷欢说完这话立即后悔了。今天是星期二，不知道孩子们——她急忙改变话题，“你会变形，是吗？”

独狼把右手递到她眼前，这时，它和鹰爪差不多，不久，它开始变化，虽然缓慢，但的确在变化：手指逐渐缩短，靠拢，指甲逐渐变尖变弯……逐渐趋于定形。雷欢认出来了，是狼爪，那手从鹰爪逐渐变为狼爪！

这是什么本领？她目瞪口呆。

西游记里的孙悟空会72变，他喊一声“变”，就变成了想要变的东西，独狼的“变”与此显然不同，是一种渐变……

8

格斗对手看起来挺瘦小，“黑煞神”薛猛颇看不起他。几个回合下来，他才发觉对手比自己想象得要厉害许多，如果不小心应付，自己可能要输。果然，那个黄皮肤的印度人灵活地避开他的重击，抬腿踢中他的小腹，剧烈的疼痛使他弯下腰去，脸上又中了一拳，他仰面倒下。

输了吗？不，薛猛不服。他自小被父母遗弃，在黑道中长大，没上过一天学，连自己的名字都不会写，唯一的爱好就是打架。从小到大，他打过无数次架，有时他把别人揍得鼻青脸肿，有时别人把他打得遍体鳞伤，在打人和挨打的经历中，他成长为一条身高 2 米 14，体重 150 公斤的壮汉，从此就再也没人敢正面和他作对了。现在，那个印度人用什么鬼瑜伽把他打倒，他当然不服。

薛猛忍痛站起，抽出一把匕首，疯狂地刺向印度人，招招刺向要害。薛猛怒吼着，一刀接着一刀。印度人多处受伤，连声哀求，要薛猛放过他。

印度人下巴挨了一刀，鲜血直流，他转身要逃，后背上又挨了一刀，鲜血飞溅。薛猛追赶上去，一手勒住印度人的脖子，另一只手高举匕首，越过肩膀，扎向印度人的胸膛。

印度人惨叫，挣扎。薛猛怪叫，像一头猛兽，叫一声，就扎一下，鲜血喷涌。印度人抓住薛猛的手臂，作最后的挣扎。薛猛停止扎刺，双臂勒得更紧。印度人胸口上有五六个窟窿，往外汩汩地冒血。薛猛明显感到，印度人体内的血正在迅速流失，力量正在迅速减弱，他的生命正在迅速消散，他要完了。

薛猛兴奋起来。他就喜欢这种感觉，他不由得大叫。

就在这时，四周昏暗下来，印度人消失了，紧接着，周围又亮了起来，是虚拟游戏室的灯光。“出什么事啦？”薛猛怒喝，“老子玩得正高兴，你活得不耐烦了吧。”他摘下头盔，伸手揪住面前那名猎人的衣襟。猎人颤声道：“太子找你。”“他来了你就可以让老子不高兴够？”薛猛用力一推，将猎人推到地上。“太子很着急。”猎人辩解说。

“你倒有理——”薛猛一边骂骂咧咧，一边解开被称为“外壳”的白色连衣裤服，从里面走出来。正是这套服装创造出了薛猛刚才所在的“空间”，它能让在里边的人真实地看到、听到、闻到、尝到、摸到、感觉到它为你创造的所有东西。

薛猛走出房间，一名猎人迎上来报告：“抓住一个偷玩‘妖魔空间’的小孩，怎么处理？”

那小孩顶多十二岁，又黄又瘦，乱蓬蓬的头发像鸟窝，眼神里倒有几分傲气。薛猛问：“你很爱玩‘妖魔空间’？”

小孩点头。

“级别如何？”

谈到电脑虚拟游戏，小孩顿时来劲了：“我比他们都高，一滴血可以闯五、六关，他们都叫我‘头号杀手’”。

“不错嘛，‘头号杀手’，你为什么偷着玩？”

“没钱呗。”小孩没有丝毫难过，“爸爸妈妈都没有工作，家里穷得水都买不起，我就跑出来了。”

“没钱不要紧，你去偷去抢，去把别人的钱变成自己的钱，你就有钱了，明不明白？”

小孩似懂非懂地点点头。

“你马上出去找钱，找来了我奖励你免费玩十个小时的‘妖魔空间’，要是找不来，我砍掉你的双手，看你以后还敢不敢偷玩？”

薛猛说完，继续前行。从刚才那个小孩身上，他多少看到了自己当年的一些影子，他自小迷恋电脑游戏，越暴力越喜欢。在真实世界里，杀人要受到惩罚，而在虚拟空间里，就算你杀光了全世界的人，也没人管你。他最喜欢的，就是这一点，那种感觉太真实了，甚至比真实的还要真实，就像刚才，印度人血液的流失，肌肉的搏动，凄厉的惨叫，死命但却无用的反抗，都清楚无比地传达到他的大脑，他由此获得从现实所无法获得的快感。专家说这是电脑游戏中毒症，是当前的社会性疾病之一。去他专家，老子就是喜欢！薛猛总这样想。

薛猛走进办公室，太子熊坐在办公桌后面等他。

“太子，找老子做啥子？”在太子面前，薛猛从不避讳什么。

“抓独狼。”太子眯缝着眼睛，“过山黄失败了，我希望你能成功。”

“太子，你放心好了，不就是抓个外星人吗，容易得很。”薛猛大大咧咧道。

太子警告他：“可不能小看他，他还会变形。”

“那有什么了不起？”薛猛说，“老子明天就把它给你抓来。”

9

独狼倏地睁开眼睛，天将黑未黑，透过车窗，他看见街对面伊里斯大酒店十二层左数第九个房间亮起了灯。雷欢还没有睡，他猜测着，大概正在洗漱。下午，他和雷欢回到市区，雷欢住酒店，他睡在偷来的车上。突然他看见一行数人匆匆走进酒店门口，胸前面目狰狞的怪兽标志格外显眼。那标志独狼见过，就在昨天，在阿风峡谷，那个天色阴晦的上午，他记得很清楚。

又来了，那些猎人！他心中一阵莫名的激动，一种原始的渴望浮上心头。渴望什么?

他渴望血腥！？

他渴望将那些人杀死！？

他渴望……

来不及理清这些突如其来的情绪，他推开车门，跳到街上，朝伊里斯大酒店奔去。

傍晚的宁静立即被尖叫撕碎。

停车场另一侧的客车上立刻跳下七、八名猎人，手举着R枭阳M突击步枪，朝独狼后背猛扫。他们本来是预备队，没想到反而先投入了战斗。

暴雨般的子弹射向独狼，他左右纵跳，避开第一轮弹雨。子弹在他身边嗖嗖飞过，有惊无险。前面是街中心的绿化隔离带，植有松树和柏树。他飞快地越过隔离带，同时，子弹把那些绿色植物变成无数木块。

他继续往前跑，刚从一辆疾驰而来的轿车前冲过，又驶来一辆，眼见着就要撞上，他双腿屈伸，跳到空中，在车顶上一点，已到了另一边，动作迅疾如闪电。司机可没独狼的本领，子弹将他打得血肉模糊，当场死去。失控的轿车径直向前冲去，在与护栏擦撞数次之后，被一段倾斜的路面送上半空，翻了个身，然后车顶朝下，重重地砸到公路上，又向前滑行数米，这才停住。

独狼已到酒店门口，迅速跳到大门上方的巨大酒店招牌上——用中文、英文和希腊文写着店名以及酒店的与众不同之处——然后手足并用飞快地往上爬。

猎人们清醒过来，举枪射击。

独狼忽然不见了，仿佛蒸发掉了。

猎人们再度面面相觑。就在这时，巨大的酒店招牌铺天盖地砸落下来，根本就无法躲避。在招牌裂成万千碎片的同时，他们也失掉了生命。

10

“黑煞神”薛猛带着十余名猎人闯进酒店，两名保安迎出来。“滚到一边去，”薛猛挥舞着手里的双管 35mm 霰弹枪，“不然打爆你们的头。”两名保安知趣地退到一边。

薛猛来到服务台，抢了房门钥匙，和几名猎人乘电梯直抵 12 楼。神秘人物提供的追踪器显示，独狼在伊里斯大酒店 12 楼 9 号房间。在 1209 房门前，一名猎人从背包里取出麻醉弹，拧开保险，作好投弹准备。另一名猎人将房门钥匙插进锁孔，慢慢拧动。

就在这时，下面传来枪声。

出了什么事？猎人们都看着薛猛。薛猛后退半步，平端着霰弹枪，扣动扳机。这普通的房门哪里经得起 35mm 高爆弹的轰击，一下就炸出了一个巨大的窟窿。

猎人们持枪闯入，没有发现独狼，只从衣柜里搜出一个女人来。薛猛听说过，这个女人叫雷欢，厉声问：“独狼在哪里？”

雷欢说：“我不知道。”

“你和他在一起，你会不知道？快说，免得吃苦头。”

“你们抓他干什么？”雷欢不答反问。在她的印象里，抓外星人的应该是国家安全局或者科学研究院，而不是像猎人公会这样的黑帮。

“关你屁事，快说，独狼在哪里？”

这时，外面传来惊天动地的巨响。薛猛命令：“去看看。”

一名猎人趋近窗户，往下观看，却看不出去，似乎有个半透明的东西挡住了他的视线。他正在纳闷，突然窗户碎裂，一个什么东西扑了进来。

11

独狼趴在窗户上，观察屋里的动静。

一名头目模样的猎人坐在床边，两名猎人押着雷欢，另一名猎人站在门边。

怎么办?

头目模样的人说："去看看。"押雷欢的两名猎人中的一个应声走向窗户。独狼知道，机会来了。他破窗而入，扑到那名猎人身上，左手扼喉，右手抢枪，动作疾如闪电，在捏碎猎人脖子的同时，他的枪也射出了致命的子弹，打中雷欢身边的猎人。

本来独狼想先射坐在床边的薛猛，但考虑到雷欢的安危，选择了先射猎人。

薛猛的反应不可谓不快，听见窗户的异响，他立即后滚翻，以避开可能射来的子弹。但独狼的子弹射向了他的手下。他滚到床的另一边，抓起霰弹枪，就见一个人自半空扑落下来，惊得他连开两枪，那人半截身子都被高爆弹炸飞了，但还是扑到他身上，鲜血劈头盖脸地淋了他一身。他这才看清，扑下来的是一名猎人。

独狼前扑，抱住雷欢就地一滚，躲开了守在门边的那名猎人射来的子弹。然后，他抬手射击，将那名猎人打倒在地。

薛猛推开压住他的尸骸，挺身起来。

独狼头也不回，倒脚一勾，勾在床沿上，床马上立起，倒向薛猛，将他再度压倒。等薛猛推开床，从血泊里站起来，独狼和雷欢都已不见了踪影。“该死。”他怒吼着，冲前面的墙壁开了一枪。

12

独狼拉着雷欢往电梯跑，电梯门被锁住了，他们就沿着楼梯往下跑，刚下了一层楼，就遇见一大群猎人，急忙又往楼上跑。

猎人们大呼小叫着追上来，仿佛一群野兽。

也不知跑了多少层楼，雷欢累了，跑不动了，大口大口地喘着气，双腿直发颤，怎么也迈不动了。“还还…是你你…自己跑…跑吧，”她边喘气边说，“他…他们…要抓抓的是…是你。”独狼竖起食指，伸到雷欢眼前，用力摇晃几下，然后拉着雷欢继续跑。雷欢忽然踩滑，一个趔趄栽倒在地。独狼急了，也管不了那么多，伸手抱起雷欢继续跑。

薛猛也加入到追击者的队伍中，他的嗓门比谁都亮，连密集的枪声也掩盖不住他的声音。每吼一次，他就要开一枪，以此宣泄他体内被鲜血激起的欲望。此刻的他，浑身是血，使他看上去极像来自地狱的恶魔。

他大吼一声，扣动扳机。

这次射出的是一枚杀伤弹，内有 180 粒小弹丸，由爆炸形成的冲击波将其推向四面八方，杀伤力巨大。杀伤弹落到独狼身边的墙上，爆炸，数十粒弹丸尽数射向他的后背，他向前扑跌几步，稳住身形，体内那股原始的欲望潮水般涌动着，令他血脉贲张。

那欲望如此强烈！

他放下雷欢，朝前一指，又指自己，再往后一指，用力一挥。

雷欢明白，独狼是让自己先走，他断后。但他目光里的那种凶残——那是一种让人从灵魂最深处感到害怕的凶残——让她想起许多往事：明明残缺不全的尸体，歹徒脑浆迸裂，猎人撕心裂肺的惨叫……

她惊恐万分，跌跌撞撞往楼上跑。

又上了两层楼，她无力再跑，靠在墙上，大口喘气。旁边的电梯门忽然开了，她偏头去看，里面是四名全副武装的猎人。

她双腿一软，瘫倒在地。

13

送走雷欢，独狼贴墙而立，将枪放到身后，体色迅速变得和墙壁一样，即使仔细看，也不能把他和墙壁区分开。

猎人们匆匆跑过。

没有头目，也不是猎人的全部，看来他们改变了策略。但现在独狼管不了那么多，如果把他们放过去，势必会把雷欢置于危险之地。他扫射，毫无防备的猎人们纷纷中弹，惨叫着滚下楼梯。

薛猛领头的第二队赶到，他看见独狼，恶狠狠地射出高爆弹。高爆弹在独狼身后爆炸，冲击波将他推到半空，然后重重落下。

落地就不见了。

那枪还在，薛猛等人朝枪和枪的周围猛射，楼层被射穿了，还是不见独狼的踪影。根据刚才的作战经验，猎人们立即背靠背站在一起，枪口和眼睛一起上下左右移动。

一具猎人的尸体突然直立起来，摇摇晃晃地朝众猎人走来。他小腹上中了一枪，半凝固的乌黑的血慢慢往下淌。这不是致命伤，致命伤在脑袋上，子弹从前额进去，从后脑勺出来，带走大半个脑袋，脑浆混着鲜血顺着后背往下淌。

这是怎样一种恐怖！

猎人们都屏住呼吸，彼此靠得更紧了，有人忍不住呻吟起来。

薛猛首先清醒过来，大喊："他是独狼！"

然而，已经迟了。

那具“尸体”手里突然多了一把R枭阳M突击步枪，枪口喷着愤怒的火舌，子弹像雨一样射向呆若木鸡的猎人。

猎人们纷纷中弹，惨叫，倒地，身亡。薛猛还想躲避，但已经来不及了，两枚子弹钻进了他的额头，在那里造成了巨大的破坏……

到弹匣空了的时候，独狼才停住射击。他扔掉枪，体色极快地改变，很快变回铁褐色。独狼看着满地死尸，有些得意地想——小把戏而已。然后，他转身朝楼上跑去。

雷欢怎么样了？上了楼顶了吗？

14

独狼推开楼顶入口的门，走进楼顶。楼顶空荡荡的，没有见到雷欢。他慌了，他生平还没这样慌过。

雷欢，雷欢，你在哪里？

他跑回楼顶入口，正要开门，里面的聚能炸药爆炸了，门和他一起飞了起来，一直飞到楼顶外侧，撞断一段栏杆也没能停住，他及时用脚钩住楼顶边缘，蝙蝠一样倒挂在那里。

合金做的门继续下落，等了好久才听到它落到大街上的声音。

伊里斯大酒店有 52 层，高 198 米。一瞥之下，独狼竟然看见了雷欢。拥有比鹰眼还锐利的眼睛的他，看见街上四名猎人押着雷欢走向一辆车。

楼顶入口串出 5 名猎人。

独狼双腿用力，直挺挺地转了 180 度，面对猎人。猎人们举起了枪，但没有射击，独狼知道这是自己唯一的机会。

他高高跃起，苍鹰般凌空扑击。在空中，他已经摆好最佳的进攻姿势，对手的每一步反应都在他的计算之中。他知道，他马上就会品尝到鲜血的滋味，为此，他的血液沸腾。

猎人们呆若木鸡。

独狼已经扑到，身体尚在空中，左手张开，盖住头一名猎人的脸，在落地的同时一拧，骨头碎裂，死了；右手往前猛伸，伸进右边的那名猎人张大的嘴里。那名猎人惊愕：手臂怎么能全塞进我的嘴里……随即他追赶同伴去了。

第三名猎人正暗自庆幸自己有挡箭牌，正在调转枪口，就见一只怪异绝伦的手从同伴后脑勺伸出。难道那怪物……他的意识到此为止。留在他记忆里的最后一件事是自己脖子“喀滋”的声响。

第四名猎人已成功转过枪口，并且扣动扳机，开了一枪，打在被独狼拧死的那名猎人身上。独狼口一张，长逾两米的红色长舌闪电般弹出，正中他的额头。他仍在想：独狼只有两只手，拿什么来杀我？我好运气！

最后一名猎人完全被吓傻了。他无法相信这会是事实：不过几秒钟的时间，同伴全死了！然而事实摆在眼前，不容他不信。而且那怪物正冷冷地看着他。他的神经完全崩溃了，怪叫着，不顾一切地奔跑。真的是不顾一切，当他跑到楼顶边缘时也没有止步，一直跑下去，“跑”到 52 层楼下的大街上。

楼顶入口又闪进一名猎人，扬手丢出手雷，就在独狼脚边爆炸。独狼已经跳到了半空，远远离开楼顶，石头一般往下坠去。

风在耳边吹，大地迎面扑来……

15

他知道，在如此短的时间里，想进化出一双翅膀是不可能的，但想办法减缓冲击力总是可以的。他在空中变化身形，调整姿势，尽力舒展身体，像猫一样下落……

这短短的几十秒钟被拉长得像一个世纪。

他终于落到一辆停在街道中间的大客车上。在众人的惊呼声里，又增添了金属与玻璃碎裂的巨响。

巨响过后，沉寂笼罩街头。这突如其来的沉寂令人们有些无所适从，感觉这个世界少了点儿什么，全都紧盯着客车车顶。在人们期盼的目光里，独狼站了起来，虽然缓慢，虽然奋力，但他的的确确站了起来。从 52 层楼顶跌下来的他，居然没有受到任何伤害！

猎人们清醒过来，隐蔽在街边的一排车后边向独狼射击。

独狼跳下大客车，来到街上。一辆警车呜呜怪叫着赶来凑这里的热闹。独狼恰好跳到它面前。驾车的警察惊慌失措，连方向盘也忘了打，警车高速撞向独狼。

以下的事情没人看清楚。有人说是独狼把警车举了起来，也有人认为是独狼使用了神秘且威力巨大的意念力，反正，警车忽然飞起，越过独狼，斜斜地落到猎人们作为掩体的一排车里。于是，车辆撞在一起，发出剧烈而刺耳的金属撞击、撕裂与破碎的声音，然后就是剧烈的爆炸。一个火球接着一个火球炸开，声音震耳欲聋。蓝色、紫色、黄色、白色和黑色的烟弥漫整条街道。

独狼穿过烟雾，跑向关押雷欢的车子。四名猎人还惊异于大爆炸的惊心动魄，两个便被扼断喉咙，雷欢失声尖叫，余下两人才发觉死神已经来临。

独狼拉着雷欢朝街边的光魔跑车跑去。

远处阳台上，狙击手举起眼镜蛇式远程狙击步枪，十字光圈里，独狼与雷欢在烟雾里奔跑。

正奔跑着，雷欢大腿突然中弹，一个趔趄，摔倒在地。独狼返身，双手抱起雷欢，继续奔跑。雷欢的血滴到地上，每一滴都触目惊心。

狙击手二次扣动扳机。

子弹射中独狼右肩，削去一大块皮肉，绿色体液喷涌而出。独狼没有停步，仍旧往前跑，跑向公路边那辆粉红色光魔跑车。

狙击手放下枪，把食指抽出来，活动了一下，又把狙击步枪稳稳举起。

距离光魔跑车只有一步，但一枚子弹把这一步变成天涯。那子弹直接命中独狼右后背，他只觉得天地突然间昏暗起来，仿佛黑夜提前降临，整个世界都在离他而去，只留下他一个在深深的黑暗里。除了——

旁边闪出一名警察，高喊：“举起手来。”

除了抱着的雷欢让他感觉自己还活着，他什么都看不见了，凭着最后的印象，打开光魔跑车的门，把雷欢塞了进去，然后自己打开前车门，钻了进去。

警察围上来。

独狼眼前还是黑暗。他告诫自己，不能慌。靠记忆，他启动了光魔跑车。“怦！”前面撞上了什么东西，后退，又是“怦”的一声。这时，他已约略能看到东西。不，不是东西，只是光，白得可怕的光。跑车拐弯，然后加速，箭一般冲出硝烟迷漫的建新路。

16

天已经黑尽，城市到处流光溢彩，一副黄金时代的样子。光魔跑车拐进一条僻静的巷子，停住。

独狼靠在驾驶台上，昏昏沉沉的。视力已经恢复，但肩膀上的伤口还在往外滴绿色体液，这不是好现象。他知道自己的身体有超强的自我修复能力，这点伤早就该——

莫非我不能自我修复了?

更重的伤在背上。射中他右后背的那一枪虽然只留下一个不大的弹洞，也没有往外流体液，但那儿传向全身的痛却是最重的。

疼痛使他难以承受。

他想吼想叫，想把痛苦宣泄出来，偏又不能。这给了他双倍的痛苦。

后背的肌肉突然颤抖起来，不受控制地颤抖。他想停住，但停不下，后背肌肉根本不受控制。

肌肉越颤越凶，就像蜜蜂扇动翅膀一样，发出一种怪异的嗡嗡声。

他浑身都颤抖起来，越颤越快。

突然，“嘭”的一声，一股猩红的液体自他后背弹孔处激射而出，喷溅到座椅上。

他身体同时前冲，趴到驾驶台上，死去一般。良久，他缓过神来，扭头看座椅上的东西。一摊猩红的液体中间裹着一颗长长的子弹，正是射进他后背的那一颗。他拾起那颗子弹仔细端详，又盯着那摊猩红的液体，奇怪地想：我的体液是绿色的，后背喷出的怎么是猩红色的?

车后座传来呻吟声。他偏头看去，雷欢还在昏迷中，裤子上的血已经凝固。他退到车后座，小心地掀开雷欢的裤子，看见子弹从大腿内侧穿过，削去很大一块肉，留下拳头大小的洞。不幸中的万幸，子弹没有打中大血管，否则，光是失血过多就足够要她的命。他仔细清理了伤口，伸出舌头在伤口上来回舔着。舌头上具有止血、消炎、杀菌等神奇功效的唾液大量分泌。

你不会有事的，雷欢，有我在，我不会再让任何人伤害你，他这样想着，看着，盼着。

如果可能，他愿意永远这样守着。

17

猎人公会总部，太子熊正在听温先生汇报半小时前伊里斯大酒店血战的事。“死了 56 个猎人？”太子熊惊道，“这个混账薛猛，到底是怎么搞的！”

“薛猛也太鲁莽了，明目张胆地在大街上枪战，肯定是全国的头条新闻。”温先生火上浇油。太子熊更来气了：“公安局那里不知道又要拿多少钱去疏通，该死的薛猛。”金知了响了，他抓起来就破口大骂，没骂几句他停住了，脸色微变，然后点着头，挂掉了金知了。

“怎么啦，太子？”温先生问。太子喃喃道：“他要我去一趟。要我抓独狼那个人。”“太子，我和你一起去，好不好？”温先生建议。太子略微想了想，同意了。

他们走到嘉华饭店 414 房间门前，敲门。门开了，两人一前一后走进房间。没有开灯，屋里黑漆漆的，温先生按了一下镜架，启动红外夜视功能，眼前顿时绿了起来。

“两位，请坐。”神秘人说道。“这位想必就是鼎鼎大名的温先生吧？”“不敢当，不敢当。”温先生寻找发出声音的地方，没有看见人，他继续搜索。“温先生，你在找我吗？哈哈，你找不到我的，就凭你的红外夜视眼镜。”温先生讪讪地笑了笑。被别人看穿计谋，毕竟不是件愉快的事。“你怎么知道？”他问。神秘人说：“你进门之后扶了一下镜架，然后东瞧瞧西看看，一般人在黑暗之中是不会有这个动作的，除非他能看得见。”

温先生道：“佩服。但不知阁下为何不肯以真面目示人？”

“见到我的真面目对你们不利。”

“为什么？”

“不为什么。还有什么问题吗？”

“你喜欢黑暗？”

“黑暗让人易于思考。你还有问题吗？”

“没有了。”

提问的温先生反倒被问住了。经过初步观察，温先生对此人得出如下结论：说话简明扼要，一语中的，头脑敏锐，思维缜密。温先生曾到神秘人住的饭店查过，服务员对神秘人的印象都是冷得可怕，至于样子，都只知道他很瘦，具体长什么样，太普通了，没有印象，说不出来。

“该我问了。”不知身在何处的神秘人说：“傍晚的抓捕行动我已经知道了，你们死了多少人？”

“56个，老四薛猛也死了，还有几十个被公安局抓去了。”

“下一步你们打算怎么办？”

“召胡狼卡洛斯回来。”温先生说：“他才是这方面的行家。”

“警察那里没问题吧？”

“没问题，我保证没问题。”太子熊几乎是拍着胸膛说的，接着他又补充道：“市长是我亲爸爸，公安局长是我干爸爸，谁能把我怎么样？”

“那倒也是，太子嘛！”神秘人酸溜溜的，似乎对太子炫耀自己的家世很不满。

“独狼到底是什么人？”温先生忍不住问。

“你不是说没有问题了吗？”神秘人笑了笑。“先告诉你们一个秘密，他根本就不是外星人。”

“什么？”温先生与太子熊同时惊愕。

“独狼他虽然神通广大，本领非凡，但他的确不是外星人。他是现今生物进化的顶点，这个世界的最优秀者，堪称登峰造极——有些孙悟空办不到的事情他能办到。”

“比如——”

“比如他——温先生，你想套独狼的消息？”

温先生干咳了一声，掩饰自己的尴尬。对手比他想象的还要机敏，换作别人早就顺着话接下去了，他居然能停住，难得。

神秘人道：“还有事吗？”太子熊说：“我的‘心想事成’用完了。”“沙发旁边的茶几上有一瓶。温先生，你看得见，你就帮他拿一下吧。”

温先生依言拿了，他想他知道太子最近反常的原因了。这几天，太子比往常贪睡多了，好像总也睡不够，性格温和时像熊猫，暴躁时却胜棕熊千百倍，而且，何时温和何时暴躁像天气一样难以捉摸，他可以为一件指甲大的小事大发雷霆，却对另一件关系猎人公会生死的大事不闻不问。看来，肯定和这个什么“心想事成”有关。

“有个问题，最后。”温先生说，“不知道该怎样称呼阁下？”

神秘人沉默了片刻，说：“就叫我天狼吧。”

18

夜正央。

雷欢倚在窗边，木然地看着夜空。同往常一样，夜空被璀璨的灯火照亮，全然不见星星的影子。像昨晚那样美丽的星空，也只有在污染少的农村地区才能见到。她只是木然地看着，无所思，也无所忆。

傍晚的激战中，她大腿中弹，昏了过去，醒来的时候已到了车上，伤口奇迹般愈合了，独狼安排她到一家小型旅馆休息。但经历了那么多事情，她哪里睡得着呢？

独狼出现在窗外。雷欢退后几步，冷眼看着他推开窗户跳进来。

“你别过来，杀人犯，刽子手，恶魔。”雷欢恶狠狠地说。

独狼怔住了，雕像一般站着。

“你都干了些什么？杀人，杀人，杀人，除了杀人，还是杀人，连几岁的小孩你都不肯放过！”

独狼眼中绿光疾闪。

“我倒底做错了什么，你像影子一样缠着我？你倒是说话呀。我好好地教我的孩子，日子本来平平安安，因为你的出现改变了一切。我的生活从此充满了血腥的追杀，惨烈的枪战，这些都是你给我的！”

她突然意识到这根本没有用，独狼是个哑巴，不会回答她的任何问题。于是，她紧咬嘴唇，不再说话。独狼朝她走去。“别过来，我叫你别过来！”独狼从她旁边走过，走到墙角那台电脑前，伸出异样的手指在书写板上飞快地划着。电脑屏幕现出字来：“对不起，我也不想这样。”

雷欢愕然。她没想到独狼不会说但会写。

独狼继续写道：“我也不知道那些人为什么要抓我，但你要明白，自卫，是生物的本能。我不能被抓，不能失去自由，更不能让你受到伤害。”

“你也不知道？”惊奇已代替了刚才的愤怒，雷欢问。

独狼写道：“我不知道。”

“那你从哪儿来？”

“我不知道。”

“这都不知道？”雷欢奇怪到了极点。

“我说的是真话。”

雷欢沉吟着，思考最佳的提问方式：“你来地球上多久了？”

“加上今天一共 30 天。”

“这么肯定？”

“肯定，我对数字的记忆特别牢。”

“在此以前呢？”

“什么意思？我不懂。”

“在这 30 天以前你在哪里？你不可能只活了 30 天。”

“我不知道。”

独狼再次重复这四个字。他接着往下写道：“我没有以前的记忆，也没人告诉我。我的记忆是从云雾山开始的，那以后我就在城市里乱转。我的与众不同令所有见到我的人都弃我而去。我好孤独。”

雷欢沉默了：“那你怎么知道你叫独狼？”她转移话题。

“从有记忆的那一刻起，我就知道我叫独狼，还知道许多其他的知识，但没有涉及我身世的记忆，一丁点儿都没有。我其实很想知道我是谁，来自哪里，要去哪儿，为什么和你们不一样。”

失忆症？雷欢不由自主地想到这个词。这时，她注意到一个细节，独狼写自己名字时的确写的是孤独的独，与她当初第一次听独狼费劲地说自己的名字时所想的字是一样的。不是读书的读，不是歹毒的毒——歹毒！她的思维跳跃起来：白天独狼那双凶残的眼睛，明明残缺不全的尸体……

“你为什么要杀明明？”她失声叫起来。

“谁是明明？”

“我班上的学生，才3岁，在大越山被你杀死了。”

“没有，我没有去过大越山，更没有杀死小孩。我也是听说有与我类似的怪物在大越山杀死小孩，以为是同类才赶过来的，结果遇见了你。我没有杀小孩。”

“你不要骗我好不好？我最讨厌人家骗我。”

“请相信我，我没有骗你，我的的确确没有杀小孩。”

雷欢沉默了。这到底是怎么回事？难道还有另一个独狼？独狼的话能信吗？

就在这时，灯突然灭了。

雷欢惊叫一声。她扭头往窗外望去，远远近近的灯都灭了，城市笼罩在朦胧的夜色里，隐隐约约，只能见到一些大楼的影子。停电而已，没什么大不了，她安慰自己。四周浓稠的黑暗让她失去方位感。她不喜欢这种感觉。她记得旁边有椅子，瞅着略为明亮的窗户，确定好位置，试探性地坐下去。

糟糕，没有椅子，她一下子坐到地板上。

黑暗中，一点光亮起来。起初很小，忽闪忽闪的，像萤火虫。

她被它吸引住了。

那光逐渐变亮，稳定下来，不再闪烁，有一支蜡烛那么亮了。

雷欢看清了，照亮自己惊愕的脸的是一根手指，肌肉是玻璃般透明，里面的骨头看得清清楚楚。亮的部位像流动的水一样迅速扩展开来。食指亮了，然后是中指，接着是无名指，尾指和拇指也跟着亮起来，最后整个手掌都亮了起来。

整个房间都被照亮了。

那只手的主人自然是独狼。此刻，他正温情脉脉地看着跌坐在地板上的雷欢。

雷欢盯着那手掌，久久回不到现实中来。

19

他在城里游荡，漫无目的。

一张张陌生的面孔在眼前来回晃动。别人不认识他，他也不认识别人。在这喧闹而拥挤的城市里，他只是并且永远是微不足道、毫不起眼、一无是处的异乡人。

漫无目的的瞎逛让他很累。他不喜欢甚至极端讨厌这种感觉。他喜欢做的事情是：确定一个目标，全力以赴，把它由梦想变成现实。再苦再累，他也心甘情愿，就算是付出的辛苦全部付之东流，他也能接受。

他就是无法忍受漫无目的。他知道他必须为自己找一个目标，必须，而且就是现在。一种欲望燃烧起来。熊熊的欲火烧得他焦头烂额。他却不知道这欲望是什么。

我到底想干什么？他反反复复问自己。

没有答案。

唯有走，去寻找答案。

两条腿机械地运动，仿佛梦魇。

街道灯火通明，恍如白昼。

一对母女牵手走来。小女孩不过三四岁，额前画着美人痣，显得伶俐可爱。

看见那小女孩，他忽然明白他要找的是什么，手指不由得颤动起来。他想起一篇散文：在这个世界上，我是个异乡人。我是个异乡人，世间没有人懂得我心灵的语言……

他悄悄跟上那对母女。

他知道行人很多，不会有人注意他，但那小女孩……他的手指颤动几下。

我这是怎么啦？

不应该这么做！这样做是不对的！

但那个小女孩……

母女俩离开街道，走进一条巷子。

他不紧不慢地跟着，尽量掩饰自己的身份与目的。只有他知道自己心中那种渴望是多么的强烈，多么的难以抗拒！他的喉结上下移动两下，嗓子异常干涩，艰难地继续背诵。

我漫步在空旷的原野上，遥见溪水涌出山涧，直上山巅。我看到光秃秃的树林顷刻披上绿装，继而开花结果，尔后落叶，树枝落入谷底，瞬间化为一条条颤抖的毒蛇……

就在这时，路灯连同四周居民家的灯一起灭了，世界陷入无边无际的黑暗中。

天助我也！

他怪叫一声，猛扑上去。

20

4 月 14 日，星期三，阴转多云。

清晨，一名黄种男人走在云锦西路的人行道上，身穿灰色风衣，左手拎一只黑色密码箱。他大约 40 岁，身材矮胖，皮肤略灰，脸扁宽而胖，头发微卷，紧贴头皮，棕黑色眼睛深邃得像口井。走到“道格拉斯”快餐店门前，他左右扫了一眼，快步走了进去。

吃饭的人不多，有二十来个，几个服务机器人在人群里穿梭，端送顾客要的饭菜。他边走边观察，在一张没人的桌边，坐下，把密码箱靠桌腿放好，又取出一副宽边墨镜，动作优雅地戴上。

“一杯脱脂奶，两份道尔顿肉丁，两份意大利香肠，两份花柳菜。”黄种男人对机器人说，“还要一杯红酒，格罗姆牌的。”

“好的，请稍等，三分钟内为您送来。”机器人转身离去。

男人从怀里抽出一台笔记本大小的袖珍光脑，打开，用指纹启动，进入无线智能光网，没费什么周折，就在阿姆斯特丹国立图书馆的网站里找到了名为《定向爆破与城市建筑》的书。他把它下载下来，然后离开光网，认真看起来。他看得津津有味，不时用点头摇头或者轻叹微笑，对书中的说法表示肯定或反对。机器人送来早饭，他就一边看一边吃。

书看完时，早饭只剩一杯红酒。他端杯，一饮而尽。味道很醇，他很满意。放下酒杯，他合上袖珍光脑，塞进内衣口袋，走到收银台，用月亮卡付了账，然后迈着轻快的步子往外面走去。

当他走到门口时，机器人发现了桌下的密码箱。它比大多数人有良心，走过去，伸出有两根手指的手抓起箱子，高喊："先生，您的箱子。"却在这时，密码箱里传出一个洪钟似的声音。"我是一枚高能量定时炸弹，还有15秒就要爆炸了。现在进入倒计时状态，15、14、13……"

店里的人立即像炸了窝的蚂蚁，乱吼、乱叫、乱冲、乱撞，争先恐后地朝门口跑。

"9、8、7……"那催命的声音无情地继续着。

男人没有慌，心平气和地把墨镜往上推了推，甚至还流露出一丝得意之情。

他身后，惊恐的人们呼喊着涌出饭店。他的平静与周围的惊慌形成鲜明的对比，而这一切，都是他造成的，为此，他感到无比的自豪。

"4、3、2、1"

如他所料，饭店里传出惊天动地的巨响，一个如太阳般耀眼的火球腾起，将数以亿计的碎片送上天空，又雨点般撒落下来，几乎将跑在最后的人埋住。

他若无其事地走到街边的雪铁龙牌吉普旁，回头看了看已成废墟的饭店，还有惊慌失措的人群，感到很满意。计算得太精确了，爆炸完全摧毁了道格拉斯饭店，没有伤到人，公安局不会深入调查，这样的案子太多太多。

没有人能比我干得更完美，他这样想。他摘下宽边墨镜，拉开车门，在把身体送进去的那一刹那，他兴奋地想：我胡狼卡洛斯又回来啦。

21

“昨夜又发生一起外星人袭击小孩的案件。据受害者的母亲讲，当时她们正走在回家的路上，突然停电了。就在这时，什么东西怪叫着扑过来，抢走了她的女儿。两个小时后，警方找到了小女孩的尸体。尸体残缺不全，与前次外星人袭击小孩的作案手法一样。警方声称，不排除罪犯故意模仿外星人的作案手法以混淆警方视线的可能。此案将做进一步调查，希望市民提供有利线索，警方将予以重奖。同时，希望广大市民提高警惕，严防犯罪分子再度作案。另据消息灵通人士称，昨日建新路伊里斯大酒店的血战引起中央的重视，国安局、公安部和中科院分别派出精英组成专案组奔赴枭阳市调查此事……”

雷欢放下碗筷。又死了一个小孩，又是外星人干的。但显然与独狼无关。她记得很清楚，昨晚停电的时候，独狼和她在一起。

那会是谁干的呢？莫非是另一个外星人？

雷欢端起碗筷，继续吃饭。她决定待会儿问独狼。至少昨晚那小女孩不是他杀的，对于能肯定这一点，她感到由衷的高兴。

吃完早饭，雷欢走出旅馆，粉红色光魔跑车驶到她面前，她钻进车里：“你知道吗，昨晚又死了一个小孩，目击者说是外星人干的，我知道不是你。不过，有个问题想问你。”雷欢一上车就喋喋不休。她知道不用给独狼说话的时间；现在她已经习惯同哑巴独狼在一起了。她问：“在你的记忆里，你有同类吗？”

独狼很肯定地摇头，又轻轻地点点头。“是不知道还是没有？”

雷欢给弄糊涂了。这回，独狼先点头，后摇头。雷欢彻底糊涂了。这时，光魔跑车拐了个弯，驶上主干道，她看见一个路标，似乎见过，忙问：“我们去哪儿？”

独狼用手在空中写了几个字。可惜雷欢不认识。独狼就抓过她的手，在她手心里写。重复一遍之后，她认出了那三个字——你的家。对，没错，就是这三个字。又要见到那些可爱的热带鱼了，又要见到那帮天真活泼的小家伙了……

她兴奋起来，任思绪像小鸟一样飞翔。

一辆车飞快地从光魔跑车旁边驶过，车首的怪兽标志格外抢眼。它驶到前方五百米处，“嘎”地停住，跳下四条彪形大汉，抓住正在公路边行走的一个少女，把她往旁边的小巷子里抬去。

“停车停车！”雷欢喊起来，“快去救她，不然，她就完啦！”独狼停住车。“不要杀人，好不好？”雷欢央求道。

独狼没什么表示，径直跑向小巷。

雷欢目送独狼远去，正思忖那少女怎么样了的问题，又一辆黑色轿车驶过来，车上跳下几个男人，胸前的怪兽标志足以说明他们的身份。

在小巷里，四名猎人正欲对那少女施暴。独狼的突然出现吓坏了所有在场的人。猎人们早就听说过独狼的厉害，此刻真的见到了他，自然吓得魂飞魄散，惊叫着四散而逃。

独狼很想追，追上去把四个混蛋全部杀死，干净利落，绝不拖泥带水。但他没有动。雷欢的哀求还在他耳边回响："不要杀人，好不好？"这柔柔的声音让他心动。她不喜欢我杀人，他想，她说过，这世界上最可宝贵的就是生命，生命是宝贵的。

地上的少女瑟缩着，圆睁着惊恐的双眼，想看独狼，又怕看，目光闪烁不定。她不知道眼前这个怪物会把自己怎么样。新闻里这几天一直在说他，说他是杀人不眨眼、吃人不吐骨头的魔鬼。

独狼心中忽然一凛，一种不祥的感觉跳到他的心头。什么不祥——雷欢！这感觉如此强烈，促使他转身以猎豹的速度奔跑。

光魔跑车还在，但已是人去车空。在雷欢坐的地方，留着一张打印纸，上写：

要想见雷欢，请到胡狼军品集团总部。

胡狼敬上！

独狼愤怒地挥拳猛击跑车，打出一个深深的窟窿。

22

太子熊得到一个非常不妙的消息。市长爸爸告诉他：伊里斯血战惊动了中央，北京派出一个由中科院、公安部和国安局联合组建的特别调查团来枭阳市。奇怪的是，反腐专家，人称"铁面包公"

的陈剑鸣也在其中。

“根据我的估计，他们表面上来查外星人，实际上是来查别的什么事。所以，这几天你要收敛一下，别去惹是生非。尤其是莫去招惹那个什么独狼。有人盯着呢。”

“你放心，爸。我叫猎人们放风出去，谁敢胡说八道，我让他全家死绝。”

表面上看，猎人公会的存在是市长庇护的结果。但事实上，猎人公会也为市长摆平了很多事情。利用一切可以利用的资源，是久居官场的熊市长一贯的处事原则。而猎人公会，是他可以依仗的重要资源，许多台面上无法解决的事情，猎人公会在台下予以解决。可以讲，两者是相得益彰，狼狈为奸。

结束通话，太子熊想做的第一件事就是揍人。他转动椅子，面向大富豪娱乐中心一楼大厅里来来往往的人。一对青年男女携手走过，男的无意中抬头看了太子熊一眼。“看什么看？没看见过吗？”太子熊尖叫着。女的抬头，见到胖得畸形的太子熊，不由得一笑。

这笑宛如一把钢刀直刺太子熊心窝：“该死的，还敢笑！给我打！往死里打！”太子熊咆哮起来。五名猎人狂风般冲过去，二话不说，对那一男一女拳脚相加。两人猝不及防，被打倒在地，连声惨叫。

太子熊得意起来。欺负人乃快乐之本，他一向这样认为。这时，手臂却无端颤抖起来。不只是手臂，身体的其余各处也在颤抖。而且他无法抑制这颤抖。

身体越颤越厉害。

“太子，太子。”猎人察觉不对劲。

太子熊把手伸向自己怀里，因为剧烈的颤抖，这一简单的动作竟变得非常困难。

汗泉水般涌出，顺着脸颊直往下淌。

他的手终于伸进怀里，奋力一抓，再一把拉出来，一大堆乱七八糟的东西掉到地上，滚得到处都是。

他看见了他想要的东西，站起身，想去捡，摇晃几下，像座山一样朝前倒下。

他不觉得痛，眼里仍只有那样东西。

那是一个带喷嘴的香水瓶子，小小的，十分精致。

“太子，你要这个？”有一个精明的猎人捡起那香水瓶子，另外三个合力把太熊扶回座位。太子熊仍盯着那瓶子，仿佛那就是今生今世他所追求的目标。

猎人把瓶子递给他，他如同守财奴捡到一坛黄金，欣喜异常。他按动喷嘴，第一次竟喷偏了，第二次才真正喷到他脸上。啊，太舒服了。他躺倒在座椅上，浑身上下像没有一根骨头，绵软无力。

瓶子里装的是“心想事成”。

几分钟后，太子熊恢复正常，只是显得疲倦。他道：“我不想再见到他们，叫他们滚蛋。”猎人们依言，放开那一男一女，两人死里逃生，心中说不出的惶恐，一路跌跌撞撞而去。

太子熊想休息了，偏巧这时金知了响了。“谁呀，这个时候找我。”他嘀咕道。找他的是温先生。“太子，我在胡狼军品集团总部，我们已经做好了迎战独狼的准备，就怕他不来。”

“这些事情你看着办就行了，我不想管。”

“太子——”

“不用说啦，我想睡觉。”

太子熊关上金知了，连打几个呵欠，说：“这个温先生，真是麻烦，什么事都来找我。”说罢，又是呵欠。不过一分钟，他就在座椅上睡着了。大富豪娱乐中心里那么喧闹，也没能把他惊醒。

23

胡狼军品集团坐落在枭阳市西郊三危山的一条山谷里。

山谷状若葫芦，腹大，口小，三面环山。谷底，流淌着一条清且浅的小河。方圆几十公里只有十来户人家，一直过着贫穷但自得其乐的生活。几年前，胡狼军品集团把山谷辟为总部后，这里失去了往日的宁静。

从表面上看，它和别的地方没什么两样。但若你不是该集团的人而想进入山谷时，迎接你的会是一群穷凶极恶的狼狗和一帮同样穷凶极恶的猎人。就算是该集团的人，进出山谷也要受到海关式的严格检查。不知道的人都会奇怪：一家生产仿真手枪和玩具坦克的工厂，有必要这么保密吗？一天夜里，山谷来了许多辆车，一个失眠的人过去看热闹，就再也没回来。他妻子报了案，查来查去，没查出什么结果来，最后不了了之。从此以后，大家只是暗地里议论这家神秘的工厂到底生产什么，包括人肉香肠在内的奇谈怪论满天飞，就是没人再提查真相的事。

其实，胡狼军品集团什么也不生产。它最多的工作就是从境外秘密进口武器，大到肩射导弹，小至胸针手枪，应有尽有，然后转手卖给各地的帮派社团，赚取巨额差价。胡狼军品集团是当前黑市中数一数二的黑道武器供应商。

但眼下，胡狼军品集团压倒一切的任务就是抓住独狼。为此，远在美国度假的“胡狼”卡洛斯赶了回来。虽然有一个典型的外国人名，但卡洛斯并非白皮肤红头发的老外，而是个地道的黄皮肤黑头发的中国人。事实上，他这个名字和外号都不是他的，这个名字和外号原本属于活跃于 20 世纪后半叶的世界头号杀手。该杀手的经典之作是在 1975 年 12 月 21 日，亲率五名得力干将，直闯位于奥地利首都维也纳的石油输出国组织总部，将正在那里开会的七十余人，其中包括“欧佩克”十一个成员国的所有石油部长，绑为人质，分别向各国勒索六千万到一亿不等的赎金，最后，他不但得到了赎金，而且毫发未损地从警察眼皮底下溜走。现在这个胡狼卡洛斯就是看了描写他的影片《胡狼传奇》之后，对他佩服得五体投地，遂把自己的名字改成卡洛斯，绰号改成胡狼。他希望自己和真正的胡狼卡洛斯一样出色，成为当今世界头号杀手。

回到枭阳市，胡狼卡洛斯立即着手调查，研究独狼的优势和弱点。很快，他就发现独狼特别在意雷欢。现代版美女与野兽？他暗自笑着。他从不把喜怒哀乐写在脸上。然后他制定并实施了绑架雷欢的计划，还把集团所在地变成了一座遍布机关的堡垒，就等着独狼的到来。

但是，独狼没有来。

24

整整等了一天一夜，独狼始终没有现身。这使得所有的猎人都焦躁起来。许多人认定独狼不会来了：他怎么会为了一个地球姑娘而来冒生命危险呢？他又不是傻子！

又等了一天，还是没有独狼的讯息。就连一向以耐心著称的温先生也不耐烦了。天黑的时候，温先生决定去睡一觉。自从胡狼抓回雷欢，他就守在胡狼军品集团的大门处。不知过了多久，温先生被人唤醒，嘟囔着说："什么事？"那猎人急道："独狼……独狼来啦！死了四个人啦！"温先生这才忆起自己身处何地，所为何事。

“在哪里？”他惊问。猎人没弄明白，迟疑了一下才醒悟过来，“哦，独狼没看见，只找到四具尸体。”温先生松了口气。“带我去看。”他命令道。

夜色正浓，没有星星，也不见月亮，温先生瞅了一眼金知了上的时间，凌晨一点二十七分，正是一天中人最疲倦的时候。独狼很会挑进攻的时间。

四名猎人的尸体躺在小河边。温先生蹲下身，仔细查看他们的死因。没有血迹，没有刀口，没有弹孔。是什么杀了他们？他掀开一具尸体的衣领，脖子上有血红的网纹。这像是……僧帽水母干的。僧帽水母是一种剧毒的腔肠动物，数百根细长的触手上密布毒刺，毒性极强，且兼有麻痹神经的本领，能使受害者无法言语，在两分钟内痛苦死去。但这里哪来的僧帽水母？这里又不是海边。温先生站起身来，向四周观望。那淙淙流过的河水让他蓦地明白了。

“各组注意，立即避开小河。独狼可能在河里。注意，注意你们遇到的一切东西，尤其是触手，它可能会要你们的小命。”讲完，温先生带着猎人继续前行。很快，他们发现了第二批、第三批死者，倒在小石桥边。脖子上的血色网纹十分明显。

第四批死者倒在距离小河三十米处的矮墙下，包括九只大狼狗。脖子上没有血色网纹。温先生翻看他们的眼睛，瞳仁没有收缩，这是被电打死的标志。怎么会这样呢？他低头看脚下，地上有水，水是从小河那边流过来的，原来如此。但电是从哪儿来的呢？他不由自主想起那些会放电的动物。电鱼，其电压可达 70 ~ 80 伏，电鲇

400 ~ 500伏，而电鳗比它们都高，达600 ~ 800伏。独狼会不会——

往前没走多久，就看到第五批死者。他们双手捂着脖子，以各种姿势倒在走廊上。温先生拉开一名死者的手，看他脖子有没有伤口。没有找到。再找，他发现死者手背上有一个小小的伤口，像是被什么刺给划伤的。他又检查了另外几个人，大的伤口都没有，刮伤似的小伤口却每人都有。一个在下巴上，一个在手腕上，还有一个在鼻梁上。难道就是这些小伤口要了他们的命？温先生站起身，走了几步，想不出答案来，回过头去看那些尸体。每个人都用鼓突的眼睛回看他。鼓突的眼睛？这不是窒息而死的特征吗？难怪他们全都捂着脖子，原来是呼吸困难所致。但这里怎么会令人窒息呢？他把目光移向那些小小的伤口。他想起南美有一种小而美丽却剧毒无比的蛙，名叫箭毒蛙。此种蛙皮肤分泌的液体毒性冠于一切蛙毒，十万分之一克即可致人死命，而且速度奇快，从中毒到死亡要不了一分钟，是真正的“见血封喉”。这种蛙毒快速致命的秘密在于它能阻碍中毒者体内的离子交换，使神经细胞膜成为神经脉冲的不良导体，这样由神经中枢发出的指令就到不了组织器官，心脏首先有反应，逐渐停止跳动，接着是肺。于是，中毒者就死了。中箭毒蛙的症状是：胸口疼痛，呼吸困难……所以死者全都捂着自己的脖子，而且双眼鼓突，神情恐怖……

温先生叹了口气。谁能想象那么小的伤口竟会要人性命？好可怕的独狼！

突然，右后方传来激烈的枪声。

25

温先生带领手下迅速冲过去。枪声密集，显然不是一两支枪发出的。

那就只能是交战。

独狼，你终于要现身啦！

温先生觉得自己的心跳加快了。

在宿舍旁边的花园里，一名猎人端着枪，狂叫着，漫无目的地乱射。离他不远，躺着两名猎人，身中数弹，血肉模糊。另一名猎人躲在围墙边。“他疯了！”他喊：“他朝我们开枪，把阿东他们打死了。”

“打掉他的枪！”一名猎人举枪射击，那人手臂中弹，仰面倒下。众猎人围上去。温先生问：“出了什么事？”

那人惊恐万状，“我的眼睛瞎啦！”

“怎么瞎的？”

“我也不知道。走到这儿的时候，眼前突然暗下来，越来越暗，最后竟什么都看不见了。我害怕极了，就——”

温先生看他的眼睛，没有肿胀，也没有破裂：“在这以前——”他尽力选择好的提问方式，“有没有什么特别的事情发生？”

“特别——有哇！走过那边的树林时，我仰头看树顶，正巧掉了一滴水下来，掉进了我的眼睛。”

“现在是凌晨两点，哪来的露水？分明是独狼在捣鬼。”温先生道：“我知道有一种千足虫，属节肢动物，主要分布在巴拿马的山谷里。它能分泌一种麻醉液体，这种液体进到人眼里，会使眼睛失去视觉，不过，是暂时的，过一段时间，视觉会恢复正常，你小子算运气好。”

这时，更多的猎人从四面八方进到花园。

“你们怎么来啦？”温先生很奇怪。

“不是你叫我们向花园靠拢吗？”

“我什么时候这样说过？先前不是命令大家不准随便离开自己的位置吗？”

“是你说的，”“就在刚才，”“我是接到命令才过来的。”……猎人们七嘴八舌地说。“是的，温先生，你下了命令的。”一直跟着温先生的猎人也出语证明。“是吗？”温先生一时语塞。他仍然不敢肯定刚才自己真的下过这样一道命令。我这样命令过吗？我怎么不记得呢？是太紧张的缘故吗？

“那是什么时候的事？”温先生突然问：“我是说，露水，不，毒汁掉进你眼睛是几分钟以前的事。”

“大概——二十分钟前。”

“我们中计了。”温先生道。他觉得脸上湿漉漉黏糊糊的，他知道那是汗水，就取出纸巾擦。不行，汗水边擦边流，手也不知为什么抖起来。对手太可怕了，还没有见到他的影儿，就死了二十几个人，如果不是运气好，那死者里边就会有温先生，他刚刚与死神擦肩而过！

“我们怎么办？温先生。”

“哦哦，”温先生清醒过来，“独狼肯定上卡洛斯那儿去了。我们没事了。”

“温先生，我们不去——？”

“不用。卡洛斯能够应付。这是他自己说的。”

温先生蹲下，摘下金丝眼镜，用一块绒布细心地擦拭，但仍然掩饰不住双手的颤抖。

26

“雷小姐，你对独狼了解多少？”

说这话的时候，胡狼卡洛斯漫不经心地把目光投向远方，一副从容自如的样子。他坐在一把宽大的椅子上，一盏聚光灯从背后照着他，他的面部因此隐藏在黑暗里，看不真切。他很喜欢这个造型，神秘而且轻松，神秘是想令人心生恐惧，轻松则是因为成竹在胸。

“我什么都不知道。”雷欢坐在卡洛斯旁边。两天来，她一直这样坐着。说完，她又加了一句，“就是知道也不会告诉你。”

“是吗，想不到你对独狼还挺有情义的。”

“真不明白，你们为什么抓独狼，他哪点得罪你们了？”

“他没有得罪我们。”卡洛斯道：“是有人出资一亿，要我们抓他。想想吧，他值一亿，宝贵得很。”

一亿？雷欢吃惊地想：一后面有八个零！

“对我而言，钱还是其次，关键在于，我找到了一个足以和我匹敌的对手。这么多年，我苦心钻研枪械、爆破等技术，达到了登峰造极的地步。我想炸断一个人的中指，绝不会伤到他的食指，我想摧毁一条大街，那条大街就不会有一根柱子还能立着。我想要什么样的结果，就会有什么样的结果，可这又令我陷入无敌的寂寞境地。没有什么人也没什么事值得我用全部心思去对付。都太简单太容易了。我好寂寞！但现在独狼出现了，神话般的本领，超乎想象。我终于找到对手了。”他斜眼看着雷欢，“你懂我的话吗？”他并不打算让雷欢回答，继续说：“你不会懂的。高手的寂寞，没经历过的人肯定无法理解。”

雷欢的确不理解。寂寞的滋味，她品尝过，知道那不好受，也许比死亡还可怕，但高手的寂寞……她不能理解。

卡洛斯手腕上的表忽然闪了两下：“你的独狼来了。”他得意地笑着，“正在进大门，很大胆。”

27

独狼背靠着围墙休息。连番变形已消耗了他太多的体力。

一抬眼，他看见了雷欢。

雷欢和一个男人并排坐在库房前方空地中间的一个平台上。灯光从背后照着他俩，使他俩的面部看不真切。但这丝毫不影响独狼的观察，他看出雷欢座椅下有一枚炸弹，男人座椅旁摆着一支眼镜蛇式狙击步枪。

卡洛斯高声道："独狼，我知道你来了。出来吧，用不着偷偷摸摸的，像一个英雄一样站出来，正大光明地和我斗，胡狼卡洛斯绝不会输给你这个异类。"

独狼走出围墙的影子，来到空地上。空地有草，浅浅的，不明原因的焦黄。四周立即亮起几盏灯，照在独狼焦黑的身体上。

"你怎么不说话？"胡狼卡洛斯问。

"他不会说话。"雷欢帮忙解释。

"原来是个哑巴。"卡洛斯有几分意外，他猛地操起狙击步枪，抵住雷欢的头，"束手就擒吧，独狼。"

独狼急了，往前扑出，腿刚一着地，就陷了下去。

草丛下是泥浆！

泥浆一下子漫过他的胸脯，他手一扬，拇指粗细的蛛丝射出，粘到旁边的一棵枯树上，正待使劲把自己拉出泥潭，却发觉浑身酸软，根本使不上劲，而他还在往下陷落。

他的意识逐渐模糊，昏昏欲睡，两只绿眼不由自主地合上了。原来，泥浆里富含麻醉物，并且极具渗透性。所以，独狼刚接触淤泥就神志不清，四肢无力，一个劲儿地往泥潭里陷。

泥浆很快没过他的脖子。

雷欢急得大叫："独狼！"这叫声仿佛晴天霹雳，一下子劈进独狼模糊的意识里。他努力睁开眼睛，而眼皮好像生了根、长了锈、上了锁一般，怎么也睁不开。他不住地命令自己：睁开眼睛，睁开眼睛睁开眼睛……好不容易，他睁开了眼睛。

一睁眼就看见了雷欢。

雷欢高喊："独狼，你快起来呀。振作点，千万别放弃。"

独狼清醒了许多，身体悄悄地变化着：关闭皮肤，阻止麻醉药进入，排出体内的麻醉药……

卡洛斯把枪横放到自己的膝盖上，仍旧满脸堆笑："放弃吧，独狼，何必跟自己过不去呢？想睡就睡吧，睡一觉又有什么关系呢？不用担心什么。我不会伤害雷欢的，她那么漂亮，我可舍不得。"

独狼突然奋力拉动蛛丝，眼见大半个身子都脱出泥潭了，泥潭忽地腾起耀眼的火花，把他吞没了。他在火花里痛苦地挣扎了几下，手一松，再次陷进泥潭。

这一次，他被完全吞没了。

卡洛斯站起来，大笑不止。直到他感觉这样放肆的笑有失绅士风度才停住。他把目光转向雷欢："没想到吧，我在淤泥里还装了高压放电装置，九千伏的。"

雷欢死盯着泥潭，希望能找到独狼还活着的证据，然而没有，泥潭上除了几株枯黄的野草，连个气泡都没有。独狼仿佛从这个世界消失掉了。卡洛斯说："雷小姐，不用找了，独狼这回死定了，九千伏高压电，谁能抵挡？"雷欢瞪了他一眼，把脸转向远处。她丝毫没有意识到，此刻她担心的，是一个面目狰狞的怪物。

枯树上，独狼喷出的那根乳白色蛛丝还在风里飘呀飘的。

"真不明白，就连独狼这样的怪物也会有人喜欢？"

"至少，他比你好。"雷欢赌气地说。

"你很喜欢他么？"

雷欢心神剧震，脸色苍白："我怎么会喜欢他？"

"瞧瞧，反应这么激烈，不喜欢才怪呢，"卡洛斯笑道。能揭穿别人心底的秘密，他感到很高兴。

这不是真的！

"独狼肯舍生忘死来救你，明知是陷阱还是不顾一切的来，可见他也够痴情的。"

雷欢觉得自己的心都要跳出来了。她咬紧嘴唇，不让自己说话。

"只可惜，你们注定不能在一起，你是人，他是怪物，美女与怪物的故事，童话里才有。"卡洛斯诡异地笑了笑，"下面我们来玩一个游戏，就你和我，游戏规则很简单，我放你走，你跑过那道围墙后，我就开枪，直到打死你或者你运气好，逃脱了。”他按下座椅上的一个开关。平台一侧伸出一块折叠式跳板，展开，搭到泥潭以外的硬地上。

雷欢慌慌张张跑过跳板，好几次都差点掉下去。

卡洛斯微笑着目送她远去。她已失去利用价值，剩下的用途就是供他猎杀。他稳稳地端起眼镜蛇式狙击步枪。

雷欢跑得跌跌撞撞的。卡洛斯打开夜视仪，搜索雷欢。雷欢跑过了库房边上的围墙。卡洛斯扣住扳机，只要他手指动一动，无论多么美丽的雷欢都要灰飞烟灭。

他决定开枪了。

就在这时，一个圆桌大小的泥团自泥潭中飞出，占据了瞄准镜的全部视野。他偏头去看，见那团淤泥陡地展开一对蝙蝠似的肉翅，悄无声息地猛扑过来。

翼龙!

他尖叫，扣动扳机。子弹在翼龙左翅上穿了一个洞，但它仍然扑下来，右翅一拍，拍飞了卡洛斯的枪，左翅一扇，把他扇倒在地。然后它收了双翅，落到卡洛斯面前，一双惨绿的眼睛冒着冰冷的怒火。

独狼没有死！独狼回来啦!

卡洛斯做梦也不会想到，正是他安在泥潭里的高压放电装置救了独狼。独狼的神经本来被药物麻醉了，高压电的刺激反而让他清醒，身体的每一个细胞都被激活了。他以前所未有的速度变化着，快得连他自己都很吃惊。

他进化成一头翼龙，飞出了泥潭，在最后关头救了雷欢。

卡洛斯吓坏了，拼命往后逃。独狼头一扬，利嘴啄下，咬住了卡洛斯的脚，把他往后拖。“停下，快停下——”独狼没有停。“我在雷欢身上装了炸药！”

独狼停住了。

卡洛斯双手撑地，往后移动，同时声嘶力竭地大叫：“独狼，我知道你厉害，但我在雷欢血管里注射了液体炸药，遥控器在我手里，你敢动我，我就炸死雷欢。”

独狼犹豫着。

这给了卡洛斯充足的时间。他已经退到椅子旁边，只要再退一点点，他就有生的希望。如今，他是多么渴望能活着离开这里呀。

就在这时，独狼的尾巴贴着地面无声地伸到卡洛斯面前，当他看见时，尾巴尖端已扎向他的眼睛。他慌忙用手去挡，哪里挡得住呢？那尾巴立刻戳瞎了他的右眼。他惨叫着，仰面倒下，无意中按下了起爆开关。

爆炸声瞬间响起。

独狼双翅轻拍，飞到半空。爆炸扬起的尘土在他脚下掠过，又落回地面。

平台被完全摧毁了。

独狼巡视了一圈，没看见卡洛斯，就向雷欢跑的方向飞去。

雷欢听到身后的爆炸声，正奇怪地回头张望，陡地看见翼龙，大吃一惊，等她看清翼龙那双惨绿的眼睛，就不再害怕了。

独狼无论怎么变，双眼总是绿的。

28

在去赌城之前，太子熊先到王半仙处算了一卦。

王半仙在枭阳市小有名气。关于他的最有趣的说法是他的年龄之谜。没人知道他到底有多大岁数。每次别人问他这个问题，他都笑而不答。许多人回忆，自己还在吃奶的时候，王半仙就在那里摆摊算卦了，现在，自己的孙子都上学了，王半仙少说也有九十多岁了；也有人反对这种说法，因为他小时候王半仙的胡子就有两尺长了，他那时就该有六七十岁了，现在至少一百三十岁；最为夸张的说法是，明万历年间，王半仙在枭阳市替人“看过去，测未来”。

太子熊与王半仙结缘很久了。他爸爸妈妈结婚多年，不知何故，一直未能生育，两人都很着急，去各大医院检查过无数回，各种治疗不孕不育的特效药吃了不少，全没效果。后来，他妈妈听说王半仙的送子神水很灵，抱着试试的态度去求了两回，没承想，居然真的怀上了。那就是太子熊。这么一来，他爸爸妈妈对王半仙自是崇拜之极，他呢，也连带着信了，每回有什么重大事情要做，都会到王半仙这儿来转上一圈，听听大师的意见。

王半仙的铺子设在阳光花园，占地四百平方米，装饰十分豪华。王半仙有两个徒弟，一个负责接客，另一个负责收钱，生意一直不错。找他的人很多，男女老幼，高矮胖瘦，三教九流，全有。据传，某首长也曾微服来访，王半仙言其尚有半年官运，半年后果因一件经济要案而锒铛入狱。

太子熊来照顾生意，当然属于优惠对象。负责接客的那个徒弟直接把他请进内房。

“大师，好久不见。”太子熊对王半仙很有礼貌。

“太子，别来无恙。”王半仙道。他身着一袭奇怪的青衣，非儒，非佛，非道，不知属哪门哪派，倒有点像电影里的外星小丑。一捧雪白的胡子足有两尺长，加上满头银丝，颇有几分仙家气韵。“不知太子今日到此，有何贵干？”

“给我算一卦，测测这几天的运程。最近倒霉透了。”

王半仙眯缝着眼睛，上下打量太子熊，沉吟片刻，道：“太子，你好像瘦了许多？”

“是啊，大师，这样不好吗？”

“不，太子，此乃好事一件。你想，你在‘增瘦’，增加自己瘦的程度，增瘦与增寿同音，你在增加自己的岁数，您老要长命百岁，不，五百岁。”

“是吗，有这样的好事？不说这个了，这几天我干什么事情都不顺心，烦，似乎要发生什么重大的事情。你帮我算算。”

“太子是说上边的特别调查团？”

“你怎么知道？”太子熊吃了一惊。

“你当老夫是吃干饭的，连这点芝麻绿豆大的小事都算不出来？”

“是是是，大师，我错了。我不该怀疑您。您老继续说。”

“你父命中该当有此一劫。他乃奎星下凡，转世为人，尽享人间荣华富贵。不意当年在天庭时，言语中得罪一将，乃镇守南天门四大将之一增长天王魔礼青。此人善使一口青光宝剑，取人首级当在千里之外。想当年，孙悟空与之恶斗三天三夜，未分胜负……

太子熊知道王半仙又要滔滔不绝，没完没了地说下去，急忙打断他的话。“大师，大师，我爸爸该怎么办？”

王半仙道：“你父尚有七七四十九年官运，只要度过此劫。”

“怎么度劫？还请大师明说。”

“今晚我开坛作法，点七七四十九盏清油灯，念七七四十九遍《大慈大悲咒》，颂七七四十九遍《虚空藏传》，即可保佑你父平安度过此劫。”

“那就请大师帮忙了。”太子熊顿了一下，“钱怎么算？”

王半仙正色道：“钱乃身外之物，生不带来，死不带去。太子提钱，愧煞老夫了。不过，请动四方神灵，少不得要花些钞票。”

太子熊不耐烦了。每次都这样，啰里啰嗦：“说吧，要多少？”

“就和上次一样吧。”

“又要八万一？”

“九九之数，大吉大利。”

“好吧，给你。”

“多谢太子。”

“你还没说我哩。”

“不用说了，太子天圆地方，生就的福相，什么大灾大难都与你无关。今日尤其喜气在眉，如若赌城走上一遭，定能满载而归。”

既然大师都这样说了，太子熊当然非去赌城不可了。

太子熊去的这家地下赌城叫“红湖地下娱乐城”，是由防空洞改建而成的。听说，以前日本人的飞机轰炸枭阳市，人们就躲在洞里不出来。现在，躲在洞里不出来的是职业赌徒。每天，这里都有人一把暴富，瞬间成为百万富翁，也有人一把赤贫，几千万家当输得一干二净。有好事者做过统计，该娱乐城能同时容纳两千人参赌，每天的流动资金平均九千万，最高纪录达四亿。

太子熊带了两名猎人进了赌城，到总台换来两百万的筹码，然后去打麻将。他们打的是时下最流行的玩法：傍大款。每次输赢都在五万以上。也不知怎么回事，太子熊输得多，赢得少，没过多久，两百万筹码就用光了。他再叫猎人去取，自己在一旁发呆，心里琢磨：王半仙今天是不是看走眼了？

正想着，那边闹起来了。本来赌城就是一个喧闹的环境，但这种闹法……已经有人跑出去看了。正是他回头尖叫一声："警察！"

警察！？不会吧？韦老板可是公安局长的干儿子……

大批全副武装的警察闯进来："全都趴下，不准动。"他们大声命令着。太子熊有些迷糊，是在做梦吧？他瞅着身边的人一个个动作熟练地抱头蹲下，觉得很滑稽，想拧一下大腿，证实自己是不是在梦里，又不敢，怕疼，只得抱头蹲下。

后来，在本市早间新闻中是这样报道的：

"今日凌晨六点半，在市代理公安局长林强的亲自指挥下，市公安局会同武警部队，一举端掉了'红湖地下娱乐城'这一本市最大的赌窝。当场抓获赌徒 943 人，缴获赌资三千多万，各类赌具 212 种 1845 件，此案正在进一步审理之中。林代局长表示，此次'打黑除恶扫黄去赌'专项行动将会坚定不移地开展下去，务必为枭阳市营造一个安宁的生活环境。"

29

前面是紫红的沙砾，后面是紫红的沙砾。左边是，右边还是。雷欢就站在紫红的沙砾铺成的荒原上茫然四顾。夜空布满死灰，不见星星，也不见月亮，阴郁得可怕。朦胧的光影里，风儿在轻轻哭泣。

这是什么地方？雷欢问自己，怎会有似曾相识的感觉？我来过这里吗？

她恐慌而迷惘。

忽然响起了一声凄厉的嗥叫，太轻微了，像叹息，以至于她不敢确定自己是否真的听到了这样一声嗥叫。传来第二声嗥叫，这一回，她听清了，嗥叫声凄厉而忧伤，仿佛在宣泄心中无限的感慨，这声音像……

像狼？

她的心禁不住颤抖起来。

风吹云动，一钩残月移出黑云的包围，洒下清冷而朦胧的光。她看见，前面山丘上，端坐着一头灰色的动物，像狗，又比狗大，一对三角形的耳朵直立着，两只眼睛闪着惨绿的光……

她的心猛缩一下：狼！

狼忽地昂首向天，对着那钩残月，用尽浑身力气，吼叫了一声。

嗷——

吼声飞向四面八方。在刹那间，大地为之震颤，空气为之激荡，连远在天边的那钩残月，也为之忧伤。

狼嗥虽猛，但转瞬间消失在夜风的哭声里，一切又恢复了原样。雷欢迷茫而惊慌。那狼把目光移向雷欢，眼里流露的东西令她心神俱震。那眼神，她见过，的的确确见过。

但，什么时候，在哪里，见过！梦中，还是现实？

那狼站起来，向她走来，走得不快，但一步一个脚印，走得坚毅而又执着。

她很害怕，惊叫着，声音听上去像生了锈一般。她很想跑，但不管怎么使劲，也跑不快，似乎越使劲跑越跑不快，而她又不能指望不使劲而双腿迈得飞快，把狼远远地甩在后面。

狼逼近了，满嘴都是冷森森的牙齿。

她极端恐惧，歇斯底里地尖叫一声：不——

“不！”她从噩梦中逃出来。一个大炸雷正好响起，掩盖了世间一切其他声响。

她坐起身来，睁大眼睛，四处张望。此刻，她坐在一个山洞里，旁边有一堆快要熄灭的火，外面正哗哗地下着暴雨。她想起来了，昨晚（？）独狼把她从卡洛斯手中救出后就来到这里。独狼没在山洞里，他上哪儿去了呢？

又是一个大炸雷。

伴着雷声，已恢复成人形的独狼大踏步走进山洞，腋下夹着两个饭盒。他一进山洞，关切的目光就停留在雷欢身上。

雷欢呆住了。

这眼神，分明和梦里一样，因为饱含深情而让她心酸与恐惧。

而且，如果忽略颜色——她的的确确在现实世界见过，在另一个时间，在另一个地方，在另一个人的脸上，也有这样的眼神！

那个人是——关少冰！雷欢尖叫起来，“你是关少冰！”

独狼看着雷欢，莫名其妙地，似乎不明白她话里的意思。他把饭盒放到雷欢手里，打开，一盒是白饭，一盒是家常糍粑鱼。看着糍粑鱼，雷欢又一次怔住了。她老家在武汉，自小就喜欢吃家乡的特产糍粑鱼。这一点本非什么秘密，但独狼是从哪里知道的？而且，她想起，第一次独狼给她的饭菜中，也有糍粑鱼，那个时候，她刚刚认识独狼。那么，只能证明一点……

“不要骗我了，好吗？你就是关少冰，对吗？否则，你怎么知道我喜欢吃糍粑鱼？”

独狼摇摇头。

“你为什么不承认呢？虽然我不知道你怎么会变成现在这个样子，但我会尽力帮你的。”

独狼还是摇头，很坚决地摇头。

雷欢更加疑惑：怎么会不是呢？

独狼把筷子递给雷欢，示意她吃饭。鱼凉了就不好吃了，那可是他凭着超人的嗅觉从二十公里外的饭馆里找到的。

雷欢迟疑着，吃起饭来。

30

太子熊端起一碗白米饭，吃了几口，重又放下。这饭太难吃了，比起酒店里的美味佳肴，相差何止十万八千里。但这是监牢，监牢只供应这种白米饭。饭送来的时候，他发了一句牢骚，遭到狱警一顿臭骂。狱警说：“在牢里边你还想吃香的喝辣的呀？做梦吧你。”

太子熊没办法，又饿得发慌，午饭没吃，晚饭再怎么着也要吃点儿。他端起碗像吃毒药一样，勉强吞了几口，饭粒哽在喉咙处，咽不下去。他一阵恶心，把饭吐了出来。这时，狱警说，有人要见他，他如释重负。

来人是温先生。他和太子熊隔着玻璃墙，用电话交谈。

温先生说：“太子，你还好吧？”

“救我出去，我不想过这种苦日子。”

“太子，你忍一忍吧。”

“怎么——”太子熊惶恐起来，“我爸爸他？”

“不是他不救，只是他——”

“只是什么？你快说呀。”

“熊市长被撤职了，正在检察院接受审查。主要是为人民广场的事。反腐专家陈剑鸣办理的。”

“他们果然是冲我爸爸来的。”

“是呀，表面上他们是来查外星人独狼的事，暗地里却是查你爸爸。熊市长的胆子也太大了，人民广场几十个亿的工程款也去动，结果——唉，我看，这次是在劫难逃了。”

什么？太子熊愣住了，足足有半分钟才回过神来：“温先生，你快想想办法，救我出去。我不想死，我还年轻，我不想坐牢。我要离开这里，多待一分钟也会让我发疯的。我真的受不了了。温先生，救我，不管花多大的代价我都愿意。”

温先生无言以对。

“劫狱，对，劫狱。”太子熊猛然醒悟，用力拍打自己的脑门，“叫猎人们带着枪冲进来，救我出去！”

“太子！”温先生无可奈何地喊了一声，“在目前的情况下，我们不宜采取任何鲁莽的行动。”

“不宜？”太子熊像从未听说过这个词一般。

“昨天晚上，我和卡洛斯伏击独狼，还是让他逃了，死了二十几个猎人，卡洛斯也生死未卜。现在，猎人公会里人心惶惶，许多人都想一走了之。你想这个时候，让他们来劫狱，他们会乐意吗？”

“谁敢不来，我扒了他的皮！”

“公安局正盯着我们，希望来个一网打尽。你让我们劫狱，不是给他们机会吗？”

“那我——怎么办？”

温先生语重心长地说：“先不要急，慢慢来，先等局势稳定下来再说。到时候我去疏通疏通关系就行了。你的罪名不过是参赌，没什么大不了的。你先忍一忍吧。”

两行泪自太子熊眼窝里滚出来：“你可快点呀。”

温先生点点头。其实他心里明白，太子熊的罪名说都说不完。只是，没了他的保护，猎人公会恐怕难以维系，自己——唉，说什么也得想办法把太子熊弄出来。

太子熊擦了一把眼泪，又道：“还有一件事，你到天狼那里去拿‘心想事成’，我手里边的用完了。”

“‘心想事成’到底是什么？”

“一种药，让人快乐和兴奋——这个你就别管了。”

“太子，你瘦多了。”温先生犹豫再三，还是问道：“是不是因为‘心想事成’？”

太子熊黯然了：“也许是吧。上瘾后，我也发觉身上的肉像水一样，哗哗地往下掉。进来时称过，轻了六十多公斤。”

“想办法戒掉它。”

戒？太子熊想都没有想过。他从来没有强迫自己干过什么事情，从小到大，他都是想干什么就干什么，恣意妄为，即使闯下天大的祸事，也有父母顶着。父母只有他这么一个宝贝儿子，什么事都由着他的性子来。现在温先生却要他——他心虚地说：“我恐怕戒不了。”

温先生也知道太子熊不是什么意志坚强的人，要他戒“心想事成”，只怕比登天还难，就只好同意去拿。

探视时间到了，温先生无可奈何地起身离去。

太子熊默默地望着温先生远去的背影。失去了父亲的荫护，失去了猎人的保护，他是如此脆弱，也许一个两岁小孩都可以把他打倒。不知怎么的，他生平第一次感到孤独。

那种绝望的感觉促使他暗自祈祷：温先生，你要快点呀，不然，我可死定了。

31

黄昏，雷欢独自走在回家的路上。

街上车不多，人也很少，都行色匆匆，忙着赶回自己的家。家，多么温馨的字眼！雷欢不无伤感地想。

前面街道转角处围着一大群人，正在观看超大屏幕上的新闻。

“免去熊瑞文枭阳市市长职务，任命尤灿为代理市长；免去高扬枭阳市公安局局长职务，任命林强为代理局长……”

通告尚未念完，大屏幕下的群众就议论开了。

有的说：“这下好了，熊市长垮台了。以后我们可以过安稳日子了。”

有的表示怀疑：“那也不一定。如果这次没能把他彻底打倒，他爬起来还会更凶。”

另一个人同意这种看法：“苦日子还得过。”

马上有人反对：“这回他死定了。知道吗，是陈剑鸣，反腐专家，铁面包青天，亲自审案。”

“还有，他这回的案子可大了。贪污一百多亿啊。人称共和国第一贪。抄家的时候，光是价值连城的钻石、戒指、珍珠项链，就装了三十几箱。”

“啊，这么多！”众皆惊叹，没有对此种说法的真实性产生任何的怀疑。

“还有太子熊呢。”有人提醒。

“还不是全靠他老子。”有人不以为然。“他老子完了，他也威风不了几天了。”

“你们还不知道？今天早上，查封红湖地下娱乐城的时候，太子熊也在其中，给公安逮了个正着。”

“阿弥陀佛。”

雷欢听到这里，也激动不已。太子熊一完，猎人们就不会追捕独狼了，自己不也可以过安稳日子了吗？她异常兴奋地向前走去。这时，天色渐晚，城市的灯火次第亮了，照亮暗的天空，照亮暗的角落，也照亮了独狼墨绿的眼睛。

32

深夜十一点，温先生走出方局长的家。在方局长那里，他没有得到任何他想要的东西。事实上，三天来，他找了十几位领导寻求帮助，其中不少昔日受过市长及太子恩惠。但可惜，今时不同往日，有的千方百计推托，有的坦言拒绝，还有的干脆避而不见。总之，没人愿意帮太子熊这只落水狗。

夜风带着寒意在大街上纵横。温先生紧了紧衣服。一辆电脑出租车驶过，他拦住了它。

坐在车上，温先生思绪如潮。仿佛是约好了一般，这十几天里接连发生了许多事情，每件都令人头痛。熊市长遭撤职，太子熊到了牢里，猎人公会的靠山轰然倒下，形势岌岌可危，问题多如牛毛，比如经费，比如人员，比如太子，唉……

温先生用手指刮了一下额头。想起太子，他就想起十年前的那件往事。

那时，他还是枭阳大的一个普通教员，性格温和，所以人人都叫他温先生。妻子林凤娇是学校里公认的美人。两人相亲相爱，是学校出了名的模范夫妻。虽然一直没有孩子，日子过得倒也和和美美。忽然有一天，家里来了一个不速之客。他借着几分酒意调戏凤娇，并企图强奸她。事有凑巧，恰在那时温先生回家，见爱妻受辱，立即怒火万丈，操起菜刀，朝那人砍去。没人相信像温先生那样秀气的人居然会操刀砍人。但事实上，温先生一刀就结果了那人的性命，随后又砍了无足轻重的五十七刀。

被温先生砍死的歹徒却不是一般人。于是，温先生受到了不公平的审判，以故意杀人罪被判死刑。就在这时，太子熊救世主般出现了。因为温先生砍死的那个家伙得罪过他，他决定帮温先生。这个决定后来也帮了他自己。通过收买法官，修改证言等手段，最终使温先生无罪释放。

经过这件事，温先生的思想观念大变。他毅然决然地加入太子熊的组织，全心全意为太子效命，这才有了猎人公会的诞生、发展与壮大。可以说，没有温先生的帮助，无才无德的太子熊只会是个依仗父母权势的恶棍，而不会是枭阳市数一数二的黑帮老大。

但现在——我一手创立的猎人公会就这样完了吗?

出租车停住。温先生掏出月亮卡，付钱，然后下车。一幢智能别墅矗立在他面前。这是他花二百万购置的爱巢，他的家。不用敲门，也不用按锁，智能门认出了主人，自动打开。温先生走进屋里。他唤了几声爱妻的名字，没人回答。他有些奇怪，平常这时凤娇都是在智能光路上游荡的。他上了楼，推开卧室的门。

有个人坐在卧室的床上，不是凤娇。“你们家的床很不错。”那个人冷冷地说。是个男的，脸上戴着黑色面具，似乎模仿的什么动物。

“你是谁？”

“我们见过面，看我的面具，认出来了吗？”

那面具是狼。可是……他惊叫：“天狼！你想干什么？”温先生觉得自己的后背开始淌汗了。

“你不想关心一下你亲爱的妻子吗？”天狼问，声音尖而细，像巷道里挤出的风。温先生大窘，他一直回避这个问题，怕暴露弱点，但显然天狼早就明白这一点。

“她在过山黄手里。”天狼不紧不慢地说。

什么？温先生大惊失色，冷汗自后背直淌下来。过山黄这头色狼早就对凤娇垂涎三尺！

“不过，没有我的命令，过山黄不敢动你妻子一根毫毛。”

过山黄几时成了天狼的手下？温先生定了定神，问：“我凭什么相信你说的话？”

对面墙上的屏幕立即现出画面来。镜头是从上面拍摄的，正对着一张床，林凤娇手足分别被绑在床的四角，呈大字摆着。“凤娇！”温先生悲鸣一声。这时，旁边偏过一颗扎着无数根小辫的头来，把一张红色面孔贴到镜头上，下巴上惨白的刀疤格外抢眼。“嗨，温先生，好久不见，”过山黄道，“告诉你一个秘密，大嫂的脚好白哟。”

画面一闪，消失了。温先生拿手指刮了一下额头的汗。这是他紧张时的习惯动作。“天狼，你想要我干什么？”他问。

“聪明。”天狼的声音严肃起来。“我的要求只有一个，从今往后，你和你的手下都听命于我。”

“我是太子的人。”温先生无力地反击。

“够忠诚，值得表扬，呵呵，不过，现在太子熊被公安局抓进去了，以他的所作所为，判200年都还不够。即使你花心思把他救出来，没了市长爸爸给他撑腰，他又有什么用呢，温先生？”

温先生无言。

“而且，如果你真想替太子熊卖命的话，恐怕得到地狱里去找他。还记得‘心想事成’吗？它比冰毒厉害几百倍，靠短时间内大量消耗人体体能来制造幻觉，满足人的各种欲望。染上它，就只有死路一条。我估计太子熊的体能耗尽也就这一两天的事，你还想听太子熊的命令吗？”

“你真卑鄙！让太子染上毒瘾，再叫我们去抓独狼。”

“小事一桩，比起你们的所作所为，我这只算小儿科。我这也算替社会除害吧？呵呵。”天狼轻声笑起来，“温先生，现在就看你如何选择了，跟我，还是跟太子？人生其实是由无数次选择组成的，就看你选择的是哪条道路。”

温先生进退两难，一时间不知如何是好。

天狼道：“过山黄乃枭阳市第一大色狼。我真有点担心他控制不住自己，做出什么对你妻子不利的事。”

温先生无言。

天狼又道：“温先生老家在广东湛江吧？”

温先生擦汗。白净的脸此刻已满是汗水。

“我查了一下资料，21年前，湛江发生了震惊世界的‘生化碱’事件，受害者达八千人之多。那年你12岁，就读于湛江市第64中学一年级三班。你也是——还要不要我再说下去？”

“不、不用。”温先生的声音颤抖着。

“这个世界，能救你的，只有我。”天狼道。

“我听你的，你就会放了凤娇？”

“放，一定放。而且不会伤她一根毫毛。”

“既然这样，你放了凤娇，我听你的就是了。从今往后，你就是猎人公会的龙头老大。”

天狼“嘿嘿”地笑起来，笑声里，却没有胜利后的喜悦，而是一种奇怪的自嘲。

33

凌晨两点，太子熊忽然醒了。

单人牢房里的灯彻夜不熄，亮得可怕。他不想醒着，就闭上眼睛，翻个身，继续睡，脑袋却奇怪的清醒，怎么也无法入睡。

他心烦地放平身子，嘴里诅咒着。

心突突地跳起来，能感觉到它猛烈地在胸腔里一伸一缩，狠狠地敲击着前胸与后背。同时，大量的血液被压入血管，在其间欢快地流动。耳膜响起来，节奏竟和心跳一致。

怎么回事？他猛然坐起来，摸了摸胸口，没什么古怪，静坐了一会儿，还是没有异常，就又躺下。这一躺下就不得了了，心脏跳动得更加厉害，一下又一下，仿佛要挣脱身体的束缚，从胸腔里跳到自由的空气中来。

他想坐起来，却发觉腰使不上劲，就想用手撑，手也不听使唤了。他心慌意乱，不知道出了什么事。兴许是病了，他这样想，得找狱警。他张嘴喊了几句，声音却细小得连他自己都没听见。

他更慌了。

这时，心底反倒生出一种强烈的渴望来。这渴望来势凶猛，瞬间占据他全部的身心。

他想“心想事成”。他有着各式各样的欲望。

他喜欢欺侮别人，把自己的快乐建立在别人的痛苦之上。三天两天不收拾人，他就浑身不自在。谁都不可以阻止他的发泄，包括他的父母。

他喜欢赌钱，尤其喜欢一掷千金那种霸气。方式不管，地点不管，时候不管，对象不管，只要能赌，他都喜欢。赌瘾发作的时候，航空母舰也挡不住他。

……

他是太子，为所欲为是他的天性，是他的权力。但现在——肌肉与骨头一起呻吟起来，仿佛有千根钢针在扎，扎在每一块肌肉上；又好像有万只蚂蚁在咬，咬在每一个细胞上。疼痛，难过，绝顶的煎熬！偏偏他无法动弹，连呻吟一声都办不到。他似乎失去了控制身体的能力，但能清晰地感觉到自己身上的每一个细微的变化。

他的眼泪不受控制地流出来，鼻涕也是。

如果此刻，有人给他“心想事成”，他就是做牛做马、做猪做狗也乐意，什么尊严、羞耻、权利、金钱、地位、名声统统可以不要，“心想事成”就是一切。可惜——

他的大小便一齐失禁。他能感觉它们的流失，他知道这不好，知道该制止，可就是制止不了！心跳得更加厉害，带动全身也在跳动。有好几次，他都认为心脏已经跳出胸腔，离他而去了。

在一次最为猛烈的跳动后，心跳陡地停住了，就像鼓槌因用力过猛而折断后鼓声停住一样，突然地、出人意料地、没有任何预兆地停止了跳动。

一切都似乎静止下来。

太子熊静静地躺在自己的屎尿里，什么也没想，连害怕都没有，只感觉一阵阵莫名的孤独。是的，孤独。太子熊从来没有领教过什么叫孤独。从小到大，他身边别的或许没有，人有，每个人都如众星捧月般簇拥着他，他是他们理所当然的中心人物，他的世界只有热闹，只有喧嚣，哪里有时间去感受孤独呢？但此时此刻，他只感觉孤独，前所未有的孤独。

我好孤独！

这时，他意识到自己的心脏不跳了。怎么会这样？他想，我的心怎么没跳呢？这不可能，死人的心才不会跳，莫非我死了？奇怪，如果我死了，为什么我还能——

他的思维永远凝固在这里。

无边无际的黑暗从四面八方涌过来，吞没了他。

34

在金光大厦会议室，猎人公会正在召开特别会议。与会的除温先生、过山黄和美枝子外，还有三十来个小头目。老二胡狼卡洛斯下落不明，未能到会。

按照惯例，会议由温先生主持。

“告诉大家一个不幸的消息，”温先生站直身体，扶了扶金丝眼镜，“昨天晚上，太子在牢里去世了。”

会议室陷入难堪的沉默。谁都明白太子对于猎人公会是何等的重要。没有他……

良久，温先生打破了沉默：“太子离我们而去，大家都很难过，我也一样，太子于我有救命之恩，我却未能报答万一，实在汗颜。现在，我唯有把太子一手创建起来的猎人公会管理得更好，才对得起九泉之下的太子。”

“不要酸溜溜的好不好？”过山黄酸溜溜地说：“有话直说，不要拐弯抹角的，说完了我好去办正事。”

温先生没有理他："古语有云，国不可一日无君，蛇不可一日无头，我们猎人公会也不可一日没有老大。因此，当前的首要任务就是推举一位新头儿出来。"

"除了你温先生，谁还有资格？"过山黄依旧酸溜溜的，"我可不想当，大家不要选我呀。"

温先生瞥了他一眼，说："我自认没有资格当老大。所以，我推荐一位有能力的人来当。他就是天狼。"天狼推开会议室的门，在众人的目光里，走上主席台，他依旧一身黑衣，脸上戴着狼形面具。

猎人们议论纷纷，都不知天狼是何许人也。

温先生介绍："此前太子接的价值一亿的买卖就是和天狼做的。他的财力不容置疑。不知各位有何意见？"

"我能有什么意见？"过山黄道，"还不是听你温先生的。"

温先生问："你呢，美枝子？"

"我无所谓，谁当都可以。"美枝子淡淡地说，多年的人生经验让她明白，帮派内部的权位之争比帮派之间的仇杀更为可怕，她可不想去趟那潭浑水。

"台上全票通过。"温先生看着台下，"你们呢？"

"没意见。""我同意。""我们听温先生的。""温先生同意就行了。""温先生的意见就是我们的意见。"

有七八个温先生的死党七嘴八舌地喊起来。其实，一直以来，猎人公会的真正掌门人是温先生，组织里的大小事务都由他掌管。至于太子熊，除了吃喝玩乐外，什么都不会做，他只是猎人公会的保护神。但现在太子熊死了，不知从哪儿冒出一个天狼出来要当龙头老大，谁知道他行不行？所以，更多的人沉默不语。

“有人反对我当猎人公会的龙头老大吗？”台上，一直没有说话的天狼开口了。声音尖且细，仿佛峡谷里劲急的风。

没人说话。天狼继续说：“我知道，大家还在怀念太子在世时的幸福时光，同时怀疑我有无能力当这个老大。这是可以理解的，但是，希望大家不要怀疑我。我和我所代表的组织是世界数一数二的。我们敢出一亿元的天价追捕独狼就是明证。事实上，独狼不止值一亿，他值十亿，甚至百亿。他的战斗力是很多政府愿意出巨资购买的。如果抓住他，你们所赚的钱足够你们胡花海用一辈子，稍微节约一点，到你孙子的孙子的孙子那辈都还有钱用。大家不想要这笔唾手可得的钱吗？”

没人不想。

“也许有人要问，行动了这么多次，付出了这么惨重的代价，都还没能抓住独狼，我凭什么说那笔钱唾手可得呢？因为我知道独狼的弱点在哪里。抓住他，是轻而易举的事情。这是聚合镭射枪，威力巨大无比，是我特意带来对付独狼的。大家愿不愿意跟我去抓独狼，去得那笔钱？”

“愿意！”“愿意！”“愿意！”

所有的猎人都叫喊起来。钱，是这些人加入猎人公会的最大理由。

温先生擦了一下额头的汗，无意中瞥见过山黄，后者正冲他傻笑，他立刻偏转头去，避开过山黄古怪的目光。

35

雷欢正坐在鱼缸前欣赏鱼们的舞蹈。回家已经十天了，生活基本恢复了正常，除了那个饶舌的老太婆来烦过她两次外，连警察都没来过问过她这个前人质。这是一个冷漠的时代。如果说有什么改变的话，那就是多了个独狼。独狼还是老样子，神秘莫测，总是在她意料不到的时候出现，给她带来惊喜和快乐。刚到家那天，独狼强行要她去验血，这是前所未有的事情。她不知道为什么，但当独狼看到那张表明一切正常的化验单时欣喜若狂的样子让她明白，独狼肯定是为她好。对于能肯定这一点，她很欣慰，也有几分心酸，并不只是因为独狼是一个可怕的怪物。

门铃响了。

她打开监视器，屏幕显示，门口站着一个陌生男子，西装革履，一副标准的绅士打扮。看不出他是谁，帽子遮住了他大部分脸，他是——陌生人摘下眼镜，用一双惨绿的眼睛解答了雷欢的问题。

雷欢打开房门，让独狼进来。

独狼满怀期待地走进屋子，他知道自己的模样在雷欢眼里是多么可怕，所以特意向人的方向变化。但不知为何，他不能完全变成人的模样，总是处于像与不像之间。这在以前是没有过的事情，他努力过，却没能成功，仿佛命中注定，他不能变化为人。

对独狼的努力，雷欢是明白的。但是——

雷欢的沉默让独狼不知所措。

正在这时，街上传来喧哗。声音里明显有一名女子的尖叫。他们走到窗前，往下俯视，几名猎人正在人行道上殴打一名年轻女子，其他行人纷纷避开，就像避开瘟疫。

“哎呀，她出血啦！”雷欢惊呼。独狼偏头瞅了一眼雷欢，双手一拍窗台，跳了出去。“别杀人。”雷欢喊道。

36

雷欢家在 12 楼，独狼跳下去易如反掌。因为人们的注意力都在那名被打的年轻女子身上，居然没人看到这精彩的一幕。

独狼快步走向那群歹徒，手一伸，就擒住了一名猎人的拳头，在他惊呼以前，折断了他的手腕，使他的惊呼与惨叫连在了一起。独狼摘下墨镜，把怪异的脸暴露在众人的目光里——“妈呀！”众歹徒魂飞魄散，慌忙逃窜。

独狼没有追，把年轻女子从地上拉起来。漂亮的年轻女子胆子大得出奇。她擦着嘴角的血，说："你就是独狼吧，现在到处都在说你。你真了不起。谢谢你救了我。"

见她没事，独狼转身就走。

年轻女子忽然手腕一转，亮出一把威力奇大的手枪来，对准独狼右后背就是三枪。独狼未曾提防，第一枪正中目标，他迅速移动身体，险险避开第二枪、第三枪，随即一个趔趄，扑倒在地。

年轻女子正是猎人公会的"辣妹"美枝子。她突袭得手，也不敢大意，持枪小心地靠近独狼。

独狼旋风般跃起，一脚踢飞美枝子手里的枪。美枝子的反应也奇快，丢枪后迅速后跃，避开了独狼的另一只脚。独狼还想扑上去掐死那个欺骗了他的女人——后者正以极快的速度远逃——聚合镭射线无声无息地射来，直接射中他的左胸，那儿立刻熔出一个拳头大的洞，浅绿色体液混着某种猩红的物质喷涌而出。

独狼摇晃两下，仰面倒下。

远处大楼上，过山黄得意地笑着。

独狼忽然消失了。

过山黄明白，独狼又在施展变色绝技，与街道"融"为一色，肉眼根本看不出来。他命令道："第二小组，行动。"四名背着火焰喷射器的猎人出现在街道上，同时扭开点火器，顿时，四条三十几米长的火龙扫向刚才独狼倒下的地方，几十个平方的街区立即成了火海。

独狼还在原处。他身受重伤，无法动弹，但现在火来了，他必须离开。他艰难地爬起来，火已经蔓延到他身上，却不痛。他惊恐地发现，他无法感觉火焰的热度。他身处火海，怎么会感觉不到热呢?而且——四周开始昏暗和寂静，也就是说，他正在失去听觉和视觉!

他还是站了起来，在火海中，探身燃烧着。

过山黄调整瞄准镜，将背景淡化，把独狼从背景中剥离出来。现在，独狼被压在十字光标下了。

他再次扣动扳机。

这回射出的不是镭射线，而是高爆弹。他不想一下子就杀死独狼，他要像玩鼠的猫一样，好好玩玩曾给他带来巨大恐惧的独狼。他时常想起在阿风峡谷与独狼面对面的情景。那天，独狼那双惨绿的眼睛击碎了他所有的自信。那一刻，此生此世，他感到害怕，感到前所未有的孤独——

后来，他的梦里就多了一双惨绿的眼睛。他时常被噩梦惊醒。现在，他终于能够报仇了。虽然天狼说要尽可能生擒独狼，但杀死他又有什么关系呢?

高爆弹击中独狼面部，把它炸得破烂不堪。独狼身子后仰一下，但没有倒下，又站直了。第三颗高爆弹在独狼小腹上爆炸，冲击波使他的身体猛弯，弯得像一张弓。

突然，他的身体绷直，把自己发射出去，飞向街边，撞破栏杆，掉进滚滚长江里。

这一变故太过突然。过山黄只看见火海中飞出一团火，流星般飞进长江里："快去看看！"他命令，自己却不动。能够离独狼远一点，他感觉是一种幸福。

街道上的猎人赶紧去看。

浑浊的长江里，没有独狼的踪影。

邻街传来警车呼啸之声。过山黄无法继续行动，只得叫猎人们撤离。

37

在独狼救美枝子的同时，雷欢听到房门破碎的声音，一行六人闯了进来。为首的是温文尔雅的温先生。

雷欢惊恐地看着入侵者。温先生说："请你跟我们走一趟。"雷欢咬紧嘴唇，脸色苍白。生活又突然改变了，刚刚获得的宁静马上又要失去了。两名猎人过去架住雷欢。她大喊："放开我。"温先生拿一个小瓶在她鼻子前来回晃了几下，她昏了过去。

"快走。"温先生道。谁都不愿在这儿久待，多一秒钟都可能有生命危险，如果外面抓捕独狼的计划失败的话。

雷欢醒来时，发现自己躺在一辆轿车的后座上，没被绑着。轿车在行进中，窗帘都是放下来的。

“睡得还好吧？我姓温，大家都叫我温先生，你也可以这样叫我。”温先生很客气。行动前，天狼一再嘱咐他不准伤害雷欢，他非常奇怪：雷欢到底是何许人也，值得天狼，还有独狼，都这么重视？

见温先生如此，雷欢也放松了许多：“你要带我去哪儿？”

“去见一个人，我们的头儿，天狼。”

轿车停住了。温先生带着雷欢走进金光大厦的会议厅：“请吧，天狼在那边等你。”温先生返身出去，关上了门。

空旷的会议厅只剩雷欢和一个黑衣人。那个人背对雷欢站在走道的尽头。

雷欢忐忑不安地走向黑衣人。

此刻，正值晌午，灿烂的阳光从两边巨大的落地窗射进来，照亮了每一个角落，同时也使黑衣人的轮廓有些模糊。

大厅很静，因而显得雷欢的脚步声格外沉重。她想走轻一点，不让声音那么刺耳，可是不行。她发觉自己的心跳竟和脚步保持一致，就不由自主地放慢脚步，心跳却不受控制地快起来。

她走到黑衣人背后。

“欢迎你，雷欢。”黑衣人转过身来，微微一笑。

他没戴面具，雷欢一下子就认出他是谁了。她很吃惊。那个他的名字在心里涌动了好久，她才颤抖着把它吐出来。

“关少冰，是你！”

第三部　原来

我没有可以信赖的朋友，没有可以倾诉的对象。我孤独无助，走在人群里，形同走在无边的旷野上。你们在那个时候开始叫我“独狼”，你们没有叫错。我也觉得自己像一头狼，孤独地走在无边的旷野中，凄厉的北风在耳畔呼啸，还有一钩残月在空中漠视。所有的伤，自己承受；所有的痛，自己抚慰。

1

在这样一个阳光灿烂的中午，在这样一个寂静空旷的大厅，身着黑衣的天狼转过身来，面对雷欢，说：“欢迎你，雷欢。”

雷欢一下子就认出他是谁了。“关少冰，是你！”

“对，是我。”关少冰说，神情冷漠，声音尖细。

“什么？”雷欢惊诧极了，“我还以为你就是独狼！”

“你怎么会有这种想法？”

“在他身上有许多你的影子，尤其是眼神，简直和你一样。”

关少冰摇头：“我是我，独狼是独狼，两个截然不同的生物。”他忽然非常孩子气地笑了笑，“你以为独狼是我变的，就像超人与克拉克，或者蝙蝠侠与布鲁斯·韦恩，又或者蜘蛛人与彼得·派克？”

雷欢点点头。她的确这样想过：“那你为什么要抓独狼？”

“在回答这个问题之前，我想先讲一个故事，关于我的故事。”关少冰的话意味深长，“你最好坐下听我讲，这个故事很长，从十一年前开始。”

雷欢依言坐下。

“还记得我和你初次见面的情景吗？”关少冰并不打算让雷欢回答，接着说：“你怎么会记得呢？那只是一次很平常的见面，平常得不能再平常了，但也许正是这平常才让我刻骨铭心，永难忘记。

“平常之中也孕育着神奇，如果那一天不是遇见你，不是你捡光卡给我，不是你对我笑，那么，以后的许许多多事情也许就不会发生了。

“整个世界也许都会因此而改变。”

关少冰闭上眼睛，想象着当时的情景——

他碰掉光卡；同桌女孩帮他拾；四目相对，他看见女孩眼里的他自己……

关少冰轻叹道：“但偏偏是你。”

2

也许是你甜甜的笑脸迷惑了我，也许是你浅浅的酒窝深陷了我，也许是你优雅的气质吸引了我，也许是我上辈子欠你而要我在今生还你，反正，自那次以后，我就开始注意你了。我喜欢听你说话，不管你说的是什么；我喜欢看你笑，不管你为什么笑；我喜欢帮你做事，做什么我都非常高兴。有时候，我傻傻地看着你，心里就想：如果能永远这样那该多好。那时节，我很单纯，单纯得像白开水。我甚至不知道这就叫爱。

但开始的时候，我只是把对你的爱藏在心底，不敢表露出来，就是看你的时候，也只敢做贼似的偷看，深恐你会发现。因为那时，我很自卑，尤其是在你面前。

我承认，我很自卑，就算是现在，我也有一些不自然，何况那时的我呢？我是个孤儿，一无所有，相貌丑陋，衣裳陈旧，不善言谈，除了成绩好，近乎一无是处。而你，漂亮、端庄、优雅、温柔、聪慧、勇敢，上天把一切美好都给了你，同学们都羡慕你。两相对比，你说，我能不自卑吗？

本来，一切都可以平静地继续下去，如果不是我在寝室里无意中说出了实话，闹得全班同学都知道我喜欢你的话。你大概还记得，那是一个星期五的下午，你在我的电子邮箱里留了一封信。那封信的内容我记得一清二楚，从来不曾忘记。

信是这样写的：

“在登山的途中，如果遇到一朵鲜花，请不要驻足，因为只有登上山顶，才能看到壮丽的日出。”

署名是“一个满怀歉意的人”。

我当然看得懂信的含义，就回信表示：“你就是我的日出，我绝不愿因自己的怯弱而与你失之交臂。”

你没有回信。

从那以后，我的噩梦就开始了。

那时，我并没有什么太高的奢求，只希望和从前一样，与你无所顾忌地交谈，听你婉转动听的笑声，看你光彩亮丽的容颜。然而，你却换了个人似的，对我冷言冷语，对我不理不睬。

我不理解，我无法接受，就写了纸条约你，于是，天狼星下，我们第一次约会，也是最后一次。每一个细节我都记得，记得清清楚楚。

你走以后，我跑进学校门前的酒馆，喝得烂醉。

我决定忘掉你。

我无数次对自己说：

你这个混蛋，傻瓜，猪！你以为你是谁？你配人家不？你凭什么要人家喜欢你？

她不过是个普通已极的女孩，有什么值得你如此留恋？

你不过是想扮演一个痴情者的角色！你不过是想挽留一个最假的梦！

她根本不可能，绝对不可能，永远不可能喜欢你这个彻头彻尾的超级蠢猪！

忘了她吧！

但是很可惜，满教室的人里能吸引我注意力的，仍然是你，也只有你。

我无法忘记你。

你知道无法忘记是怎样一种滋味吗？就像是要亲手抹去自己刻在心上的字。千百次地想忘记，又千百次地想起。本以为已经忘记，又总在不经意时想起。有人说，想要忘记忘不了的事是人的一大悲哀，我例外不了，我只能让悲哀继续。

我发觉，我和你之间有一层厚厚的但却无形的屏障。我越是努力拆它，它越厚；而我又不能指望这层屏障因我不拆它而自行消失。

我不知道自己该怎么办。

我没有可以信赖的朋友，没有可以倾诉的对象。我孤独无助，走在人群里，形同走在无边的旷野上。你们在那个时候开始叫我“独狼”，你们没有叫错。我也觉得自己像一头狼，孤独地走在无边的旷野中，凄厉的北风在耳畔呼啸，还有一钩残月在空中漠视。所有的伤，自己承受；所有的痛，自己抚慰。

我觉得自己快发疯了。

终于有一天，我忍耐不住，再次给你写信，向你表白。你的回信简单而明了：“告诉你一个简单的事实，我们彼此不适合！无论是过去，现在或是将来。你的种种表露都只能适得其反，你早该总结出这一点。”

看完你的信，我提起笔来，想写点什么，脑中却是一片空白！

这是我唯一亦是全部感受。你没有亲身经历过，你就无法理解我当时的感受，脑中一片空白，茫然，绝望。“我们彼此不适合”是远比“我不爱你”更彻底的拒绝，因为后者毕竟还有转折的可能。我完全没有改变命运的机会。

我不知道为什么命运会这样安排？让我遇见你，爱上你，却又得不到你！

为什么受伤的总是我？

3

“我真的不知道，不知道你为什么如此绝情，真的，我——”关少冰一时语塞，不知该怎样说下去。他自认缺点之一就是不善言辞，虽然刚才说得滔滔不绝，但那是堆积在他心中多年的话，说来自然如风行水上，一气呵成，一旦提到其他方面，他就不知所措了。尤其是面对雷欢的沉默时。

良久，关少冰问：“你饿了没有？”

“有一点儿。”雷欢轻启紧咬的嘴唇，发现自己竟在嘴唇上印出两个凹痕。

“真抱歉，只顾说话，差点忘了。想吃点什么？”

“随便。”

“我已经叫他们准备好了。如果我没有记错，你特别爱吃鱼，武汉糍粑鱼，你家乡的特产。是吧？”

雷欢没有答话。

两名猎人推着一辆车进来。车上的菜挺多，其中鱼就占了三个。餐车推到两人面前，猎人退下。关少冰说：“吃吧，不要客气，没什么好吃的招待你，真不好意思。”

两人埋首吃饭，都不说话，有好几次关少冰想说，见雷欢一脸冰霜，只得作罢。在这种氛围中吃饭，雷欢当然没多少食欲，没吃多少就放下了筷子。关少冰跟着放下筷子，问：“不多吃一点吗？”雷欢道：“吃饱了，不吃了。”

猎人进来推走了餐车。

关少冰问：“还记得学校里教生物遗传学的陈教授吗？他叫陈思远，他老爱用猫举例，同学们私下里都叫他猫教授。我下面的故事就跟他有关。”

4

陈思远教授五十多岁，秃顶，戴一副眼镜，教生物遗传学，最叫学生感兴趣的是他喜欢用猫举例。他第一节课讲：“猫的后代总是猫，这种亲代的性状又在子代中表现出来的现象叫遗传。但是，猫妈妈与小猫之间在毛色、眼睛等具体特征又不完全一样……”

开始，同学们还有兴趣听，到后来，陈教授越讲越深奥，什么减数分裂，什么自由组合规律，什么性连锁遗传，什么信使 RNA，什么基因突变，弄得大家晕头转向，不知所云，最后呵欠连连，趴到桌子上睡大觉了。

陈教授还在讲台上大唱“催眠曲”。

也不知上了多少节课，陈教授“唱”到“克隆”一曲。

“克隆是英文无性繁殖的音译，大家都知道多数生物都是有性繁殖的，通过精卵结合来繁殖后代，而克隆技术是将体细胞的细胞核——注意是体细胞，你有几千亿个体细胞——注入被挖去细胞核的卵细胞，从而能培育出携有体细胞提供者全部基因信息的后代，有人把这个过程称为复制……”

陈教授最后一句话触动了关少冰，使昏昏欲睡的他立刻振作起来，专心致志、聚精会神、一心一意地听起课来。他越听越有趣，越听越来劲。那复杂的 DNA 分子结构图，那莫名其妙的生物遗传规律，那令人眼花缭乱的基因功能分析表，在他眼里，都成了最美丽的风景。

他深深地陷进了生物遗传学的井里。

他觉得，DNA 是为他存在的，他也是为 DNA 存在的。拥有了 DNA，他就拥有了一切。

除了课上听讲，课后他还到处寻找生物遗传学方面的书籍和资料，潜心研究。聪明，加上勤奋，很快，他的知识就超过了猫教授，他依然如海绵吸水一般不知满足地学着。

之所以这样努力，是因为他有一个不可告人的目的。

他想克隆雷欢。

5

光阴似箭，岁月如梭，不知不觉已是高三。

这时的关少冰，早就是生物遗传学方面的专家，但也更加孤独。他本就不善交际，特殊的爱好又让他与周围的人没有共同语言，而他也需要安静的环境来潜心学习。于是，他忍受孤独，接受孤独带来的一切。所以，“独狼”成了他的名字，很多人都只知道他叫独狼，而不知道他叫关少冰。

只是，他依然无法忘记雷欢。对雷欢的爱恋，时不时毒蛇一般窜出来噬咬他脆弱的心灵。

一年一度的高考逼近了。

关少冰深知自己唯有考入高一级学校才能继续研究。但由于苦心专研生物遗传学的原因，他的其他学科近乎全部荒废，要补上如此多的课程确实是件难事。凭着超人的毅力与过人的智慧，他总算补上了大多数课程。

高考成绩公布，他超过录取分数线25分。

他填报的第一志愿是全国闻名的沈阳科技大学生物遗传系。他自认很有把握被录取。可惜，事实让他大失所望。他被昆明生物工程学院录取了，是二类大学，条件不算好，但他还是去了。他无从选择，不得不去。靠希望工程捐款读书的他，能有多少路可以选择呢？一年后，他才从别人嘴里得知，某局长的宝贝儿子顶替了他的名额。

6

昆明生物工程学院的生活开始了。关少冰一头扎进知识的海洋里，尽情畅游，从未想到要回到岸上休息。他从不参加与学习无关的活动。他唯一的快乐就是弄懂某条复杂的定律，或者做成某项棘手的实验，抑或是有什么出人意料的新发现。

热衷于其他爱好的同学都视他为“怪物”，连老师都不明白他为什么这么刻苦。他们从未见过如此刻苦学习的人。

没人理解，他并不痛苦，他知道，祈求别人理解是种奢望。他不为别人的唇舌而活。他孤独，但不寂寞，因为有如此多的事情要做，多得连想雷欢的时间都没有。

只是夜里，雷欢占据着他的梦乡。

他无法不梦到雷欢。

梦里的雷欢，有时对他很好，他们一起在蓝天白云下，清风绿草间嬉戏；有时对他很凶，冷言、冷语、冷面孔，深深伤透他的心。

他甚至在梦里为雷欢哭泣。

不知为何，他又总是想不起雷欢的容颜，虽然他曾那样痴情地凝视过她。在他的记忆里，她的容颜如烟云一般朦胧而缥缈，能想起的，只有一个名字，魂牵梦绕，难以靠近又难以舍弃的名字。

关少冰用了半年的时间，学完了本该四年学完的课程，成为学院里轰动一时的焦点人物。他随即报考研究生，依然我行我素，独来独往。他把自己封闭在一个狭小的空间里，过着寝室——课堂——实验室——图书馆——食堂的简单而重复的生活。

他越来越像独狼。

不管怎样，九个月后，他的研究课题《动物的本能与遗传物质的关系》通过论文答辨辩，他获得了研究生资格。他依旧不肯休息，又向博士的位置进军。如今，学习和研究已成了一种巨大的惯性，如果停下来，他简直不知道自己该怎样活下去。

同学们都认为，要不了一年时间，他就会取得博士资格，从而成为中国最年轻的生物遗传学博士。然而，四个月后，突飞猛进的他突然放弃了学习，放弃了研究，整日萎靡不振，无所事事，以致于让人怀疑他的才能已经耗尽了。

其实不是。

真正的原因是校长的公子也在考博，如果关少冰抢先考上，那么他就成不了本学院第一个博士。所以，校长恩威并施，迫使关少冰放弃。

对于生物遗传学以外的世界，关少冰无法理解，也不想理解。但是，不能做实验，就无法学习，就无法研究。他还能干什么呢?

他开始酗酒，经常喝醉。在醉酒时他反反复复问自己：为什么受伤的总是我？这种一天一个醉的状态差点彻底毁掉了关少冰，如果不是高贺及时出现的话，他可能已经淹死在那个小池塘里了。

7

对高贺其人，舆论众说纷纭。

有人说，高贺是科学天才，尤其是在基因工程方面。现在世界上有 5/7 的人吃的是他培育出的转基因水稻王 15 号；他选育的香蕉面包果因产量大、味道甜、易保存、营养多、适合多种人的口味而风靡世界；2016 年，他培育出能用海水浇灌的水稻新品种——海稻 3 号；2023 年，他成功培育出能在各种恶劣环境快速生长的新树种——“建木”，对改善环境起了极其重要的作用，联合国也破例颁发给他“和平与发展”特别勋章。

也有人说，高贺是科学怪人，因为他不断在基因工程领域取得突破性进展，获得无数国际大奖，他却从来不去领奖。他说，“我做科学研究是因为我喜欢做，不是为了拿什么狗屁大奖。名声对我来讲，只会是拖累。我不喜欢被记者苍蝇一样围着，不喜欢别人关心我的私事。科学需要的是默默耕耘，而不是想方设法跑到台前让无数聚光灯照着。”

还有人说，高贺是科学败类，因为他总是公开拍卖自己的科研成果，价高者得，不讲良心和道德，在科学界掀起用金钱的多少来衡量科研成果价值的不良风暴。并且，他从来不向慈善机构捐款。比如，他培育的一种耐旱土豆被南非一家公司以 8000 万的价格买去。又比如，他拍卖海稻 3 号时邀请全球 74 个国家参加，最后，财大气粗的日本以 27.48 亿的天价买去，创下科研成果拍卖的最高价格，至今无人打破。

更有人说，高贺是个外星来客。因为他的每一项科研成果都够人家忙一辈子，而他一个人就完成近十项，这也太让人难以置信了。

关少冰对高贺崇拜得五体投地，但他绝对没有想到自己和高贺之间会发生什么事情。

8

那天，天空下着雨，关少冰喝得烂醉，左摇右晃地往寝室走，也不知怎的，就掉进路边的小池塘里。池塘本不深，但足以淹死烂醉的关少冰。他几乎没有挣扎就沉到了水底。

他不想挣扎。他想：就这样死了也许更好。

但他没有死。当他睁开眼睛的时候，看见自己横躺在一个男人的怀里。看不出那个男人的年龄，也许三十岁，也许有四十岁，但如果有人告诉关少冰他有五十岁了，关少冰也会相信。

大雨还在下，雨水顺着男人的披肩长发往下淌。他焦急地注视着关少冰。在他眼里，有一种关少冰寻找了很久的东西——爱。

关少冰是个缺少爱的人。他比任何人都渴望爱，但一直没有得到。在雷欢那里，他更多地得到的是伤害。但现在，他感受到了那久违的温情。

他哇的一声哭起来，把他受过的所有的伤与痛全都哭了出来。

雨越下越大，瓢泼一般。

长发男人搂着关少冰，一言不发。后来，男人低吼一句，仿佛是雄狮喉咙的声音："别哭了。"

关少冰立即停止哭泣这个怯弱的行为。

"是男子汉就站起来，跟我走。我能带你去你想去的地方。"

长发男人站起来，把头发往后重重一甩，走进雨雾里。

关少冰跟了上去，放弃了现在拥有的一切，跟着长发男人走了。这个决定改变了他的一生。

9

长发男人就是鼎鼎有名的高贺。那天，他到昆明生物工程学院找人，没想到会给自己找到一位勤奋而且天分极佳的好助手。世事就是这么玄妙。

由于勤奋，由于聪明，关少冰在高贺实验室众多技术员中脱颖而出，很快成为高贺的第一助手。当关少冰的第一项成果——重达两吨的方形猪——在拍卖会上被荷兰某农场主以 200 万元的价格买走时，他感受到了久未谋面的快乐。

高贺的连续成功不是没有道理的。他开发并掌握了一项被他称为“魔术”的新技术。这种技术使得 DNA 的剪切与重组变得轻而易举，由此创造理想化的新品种也易如反掌。关少冰很快掌握了“魔术”。继方形猪之后，又推出了长翅膀的猫、六条腿的青蛙、小如老鼠的袖珍马、小狗般大的狮子等等。这些基因宠物投放到市场上，深受广大顾客的欢迎，其中“双面猴”竟出现了好久不曾出现的供不应求的局面。

但这一切都与他的梦想无关，他想克隆雷欢。

如今，克隆已不是什么新技术。克隆熊猫早就在动物园公开展示，几乎每个动物园里都有一两对这种憨态可掬的动物宝贝。曾经只剩几十只的野生单峰驼经过克隆技术的拯救，现在天山南北都有它们的踪迹。一只名叫“哈罗伊斯”的明星狗死后被克隆，结果每一个喜爱它的家庭都养上了一只。但为着伦理、道德、尊严、权利及其他方面的诸多原因，各国均制定法律，严禁一切形式的克隆人。许多国家宣称，谁敢克隆人就对谁恢复死刑。

关少冰想试一试。他留有一束雷欢的头发，头发携带有一个人的全部基因信息，用作父本，完全可以复制一个雷欢出来。

高贺察觉了关少冰的动机，不准他试。他问关少冰爱不爱雷欢，答案是肯定的。又问他是否只爱雷欢的肉体，答案是否定的。高贺接着说：“克隆出来的雷欢，其实只具有与真雷欢相同的肉体，而性格、气质等方面很大程度上取决于后天的际遇。雷欢现在的样子，是她过去二十年里经历的所有事情塑造成的。这些事情，大的方面，可能是全国性的经济危机；小的方面，可能是家里死了一条狗。你能让她完全按雷欢的经历成长吗？你能控制她的思维吗？你能在二十年后让她接受四十岁的你吗？”

不能，所有问题的答案都是不能。关少冰被迫痛苦地放弃了克隆雷欢的计划。

真的是非常痛苦，那可是他最初的梦想呀！

10

有一天，高贺带着关少冰翻山越岭来到一个从未向世人公开过的地下实验室。它的规模虽然只有高贺实验室的五分之一，但它的仪器设备更尖端、更高级。在那里，关少冰看见了新近研制成功的“深红”级量子电脑、世界上速度最快的 IC 基因图谱分析仪、自动化程度最高的子宫内环境模拟控制系统、被誉为“微观世界的上帝”的 DNA 手术平台……这些，无不是全球数一数二的。甚至，还有许多关少冰见所未见，闻所未闻的先进仪器。

“你是除我以外唯一知道‘子宫’的人。”高贺说。

“那它的修建者呢？”

高贺得意地说：“告诉你，没人修建。全部工程都是由机器人完成的，一切都是在绝对保密的情况下进行，图纸是我自己设计的，工程机械是借一个矿厂的名义买的。挖出的泥土和岩石填了旁边一条山沟，上面早就种好了树木，没人能看出来，包括天上的卫星。我不想别人知道这里，你知道为什么吗？”

关少冰摇头。

“为了逃避。”高贺语气沉重，“同别的学科不一样，生物科学从一开始就给世人带来太多的恐惧。他们害怕科学家培育出像感冒一样容易传染的艾滋病毒，他们害怕克隆，他们害怕比自己能干的基因改良人抢走自己的饭碗，一句话，他们害怕改变人类的现状。他们战战兢兢，如临大敌，规定这不准做，那不准干，极大地限制了我的发挥。我的许多设想，不突破那些禁忌是完成不了的。事实上，真正重大的发明或发现无不是在突破传统禁忌的基础之上得以问世的。不能突破的人，成不了大事，这一点，你一定要记住，只有庸人才墨守成规，抱着祖宗牌位不放，天才都是无视传统的。”

关少冰点点头。

“但现在媒体无孔不入，简直比国家安全局还能干，逮着你什么短处就给你曝光。虽然有钱就能解决，但是麻烦，浪费时间，时间于我特别宝贵，所以，我才花了三个亿修建‘子宫’。”

“三个亿？”关少冰倒吸了一口凉气。

“是啊，三个亿，现在的科研设备哪样不烧钱？那台小小的染色仪就花了我 350 万。”高贺冷哼了一声，“有人说我在科学界掀起了以金钱衡量科研成果价值的不良风气，他们懂个屁！我不拍卖那些成果，哪有钱来买这些设备？这叫以科养科。跟我来，你马上就会知道我为什么要修建‘子宫’了。”

11

高贺带着关少冰继续在“子宫”地下实验室参观。他们走进一间很大的库房，里面一排排架子上密密麻麻摆放着大玻璃瓶，瓶里的保鲜液泡着的全是胚胎，有的尚未成形，有的已有人样，有的像没有尾巴的猴子，有的只是圆圆的一块，有的则像猪与牛的杂交。

高贺告诉关少冰，那些胚胎全是失败的产物。

关少冰几乎惊呆了，全是？他正想数，高贺说：“不用数了，共计 719 个。”

也就是说，高贺这个科学天才失败了 719 次，什么实验这么难？

“这不算什么，科学就是要经得起失败。”然后他告诉关少冰，“我在这里研究制造最具适应性的物种，它是当今世界生物进化的最顶点。”

“你知道，地球环境复杂多样，生存竞争又异常激烈，各种生物为了适应环境而进化出种种匪夷所思的能力。比如沙漠之舟骆驼，在脱水量达体重的 30% 时还照样活着，在体内水分失去 1/4 的情况下，血量也只减少 1/10，而且能照常排尿，还能将要排出的尿，在体内重新加工成蛋白质，体温也有很大的收缩性，可以从 33.88℃上升到 40℃，这些本领都是为适应沙漠的干旱酷暑生活而进化出的本领。”

“但是，一旦离开原来的环境，或者环境有所改变，这些动物就变得脆弱无比了。雪豹是雪山上的英雄，到了平原就会因气温过高而得肺炎死掉。把一头孟加拉虎放到大兴安岭，即使遍地是食物，它也可能会活活饿死。我就设想，如果有一种动物能够随环境的改变而迅速适应新的环境：在海里，它进化出鳃和鳍，是游泳健将；在雪地中，它长出厚厚的脂肪和毛，抵御寒冷的侵袭；在草原上，它长出四蹄，成为马一样的快速奔跑专家。总之，它到哪儿都能通过改变自己的身体结构而适应。”

关少冰彻底呆住了。

“要想通过改变身体结构来适应新环境，关键是如何改变结构，这要从细胞入手。你也知道，细胞是生物体结构与功能的基本单位，改变细胞结构，最终就能改变器官的功能。事实是，细胞的基本结构是一样的，要想改变细胞并非难事，我已经研制出一种变形细胞，它能往任意一个方向发展变化，现在的问题是，如何让变形细胞听从环境的指挥。”

关少冰说：“让它有大脑呀！”

高贺怔了片刻，如梦初醒般说：“对呀，我怎么没想到呢？它必须是智能生物。”

关少冰盯着高贺：“恐怕还要考虑脑垂体和激素。”

“对！激素数量虽少，却对生长发育、新陈代谢等大事有至关重要的作用。促性腺激素只有那么一点点，却能将一个人从头到脚完全改变。”高贺说，“这次，我找你来，就是想让你协助我完成这个设想。你聪明，又肯干，是最佳人选，你愿意吗？”

关少冰当然愿意，他怎么会不愿意呢？他求之不得。

12

事情绝对不会一帆风顺。

他们总是失败，不是胚胎尚未成形就已经死去，就是出生后不具有变形能力。

他们坚定不移地朝梦想的方向前进。定方案，修改论证，实验失败；再定方案，多次修改论证，实验失败；又定方案，反复修改论证，实验又一次失败……

在失败的道路上，他们以顽强的毅力坚持着，两个追梦的人由此结成挚友。

但一年半后，实验还是被迫中断了。高贺去法国购买实验药品时，被一伙歹徒劫持。绑匪索要10亿赎金，关少冰千方百计凑齐10亿，避开警察的耳目，送往指定地点。不承想，交了赎金，他只得到一具冷冰冰的尸体，因为高贺非常不幸地知道了他们的真面目。

他抱着高贺的尸体，在喀尔巴阡山走了整整四天。他怎么也不相信，恩师兼挚友的高贺就这样把他一个人留在世上，一句话也不说就走了。他刚刚得到的爱，还没来得及仔细品味，就这样无声无息地失去了。

就如同梦幻泡影。

他再次问自己：为什么受伤的总是我？

高贺死后，高贺实验室陷入了严重的危机，其他工作人员纷纷离去，另谋出路。凭着在高贺手下干过的经历，他们很容易找到一份理想的工作。现在，找工作可不是件容易的事。

只有关少冰没有放弃。通过代理人，他把可以变卖的东西全部变卖，然后把资金全部投入到新物种的研究中。他一心扑在新物种的研制上，工作时想它该是什么样子，吃饭时想它究竟错在哪里，甚至梦里也在和它对话。

但还是失败。

多次的失败几乎摧垮了他全部的意志，好几次他都决定放弃研究。但每当他想起高贺的话——“科学要经得起失败。”就咬一咬牙，继续研究。

梦在远方，就要不断前进，即使死在路上也在所不惜。在关少冰的身体里，有一种非凡的韧性。十岁时，凭着这韧性，他抱着木头在长江里漂浮了三天三夜；十七岁时，凭着这韧性，他苦苦追求雷欢三年而没有放弃；现在，他又想凭这韧性在失败的重围里杀出一条直指成功的血路。

依然是失败。

他在失败的路上，踩着自己的影子，继续前进。

多次的、反复的失败，让他怀疑，是否一开始就错了。他从头开始，检查高贺早先设定的方案。他发现，高贺在引用一个数据时，不小心点错了小数点，致使计算结果大了整整两百倍，难怪——

他既高兴又悲伤。高兴的是，终于找到哪儿出了错；悲伤的是，就为这一个小数点，耗费了他和高贺近两年的时光。对于混沌学，对于什么叫“初始条件的细小差异可能会最终导致迥异的结果”有了极为深刻的认识。

剩下的事情就简单了。

当小生命在人造子宫里以惊人的速度生长时，关少冰就在一旁目不转睛地看着，常常一看就是几个小时。

时间在等待中走得特别缓慢。

十六个月后，按预定计划，小生命该降生了。那几天，关少冰一直守在人造子宫旁，根本舍不得去睡觉。他焦急万分。几年来的心血是否会白费，全看这一次了。这最有希望的一次如果也失败了，他实在不知道自己是否还有勇气重新开始。

除了勇气，还有一个要命的问题：他快没钱了。

不幸的是，电脑测试的各种数据却开始一点一点回落，逐渐向零靠近。他的心随之拔高，高到无法企及的地方。当所有数据归为零时，他的心从无限高处跌下来，跌得粉碎，跌成永难修复的千片、万片。

他问自己：为什么受伤的总是我？

他找来所有的酒，喝得一塌糊涂，醉得人事不省。

13

关少冰醒来后，觉得头痛欲裂，心神恍惚。在床上躺了很久，他才定神看了看墙上的电子钟，2027年3月16日，11：24，明白自己睡了二十个小时。他从床上爬起来，非常勉强，浑身酸软无力，像被抽空的气球。他在壁橱里找到两截香肠，咬了几口，却没有食欲，吞不下去。

他在床边坐了一段时间，觉得无聊，想出去走走，就推开卧室的门，来到走廊。走廊的地板上有一道浅黄的水渍，从实验室门口一直延伸到走廊尽头。那分明是羊水干后的痕迹。他很奇怪：人造子宫里的羊水怎么会到走廊上？

他走到实验室门前，看见扭曲变形的合金门斜放在地上，里面更是一片狼藉。实验台、玻璃器皿、化学试剂、胚胎标本、测试仪器等的碎片乱七八糟地摆放在地上，连那张金属钛制成的桌子也仰面朝天。

实验室里显然发生了规模不小的爆炸。是什么爆炸了呢？实验室里可没有炸弹。关少冰踩着满地碎片，走到人造子宫旁边，发现子宫体完全不见了，碎片散落四处，有两块甚至嵌进了墙里，只剩下坚实的基座还在那里证实那儿曾有人造子宫。看来就是它爆炸了。他俯下身，看底座上的电脑测试仪。某种保护程序使它记录着爆炸时的数据。他揉了揉惺忪的眼睛，仔细一看，所有的数据都在最高处。

他呆住了，又使劲敲打脑袋，他不敢相信这个事实。

莫非那个小生命复活了？这不可能，我亲眼看见他死去的。难道是他爆炸了？为什么会爆炸？他并不是炸弹，而且，走廊上的羊水又怎么解释？爆炸不可能把羊水送到那里去。

他的脑袋晕乎乎的，想不清楚问题，但他敢肯定，在他醉酒的这段时间里，实验室里一定发生了什么不可思议的神秘的事情。也许，由于某种未知的原因，小生命复活了，发生了爆炸，或许是爆炸本身促使小生命复活了。总之，发生了一次爆炸，小生命复活了。然后不知出于什么目的，也许是生命的本能，他离开实验室，到外面去了，同时把身上残存的羊水留在走廊上。

现在需要解决的问题主要有两个：一是什么原因促使小生命死而复活；二是小生命现在身在何处。

这些问题需要关少冰一个一个地解决。

14

“当天我就搜索了实验室附近的大部分地区，没能找到他。”关少冰说，“但现在我知道他在哪里了。”

“你说的是独狼？”

“对，就是他。”关少冰点头，“独狼这个名字还是我给他取的，那本来是我的外号。”

“这不可能，我记得独狼说过，他一有记忆就知道他叫独狼，而照你刚才的说法，你根本没有见过他，又怎么能告诉他名字呢？”

“我是在基因上告诉他的。”

“这更不可能，”雷欢非常肯定，“那岂不成了生而知之了？”

“错，你的思维还停留在20世纪的水平，我所说的，的确是真的，在基因上的确可以附载这样一条信息，就像没人教的小鳟鱼，它们的父母在生下它们后就死掉了，可它们照样会逆流而上，到源头产卵，然后死掉一样，这是由遗传物质决定的，与生俱来的，是本能。只是，我把它发展了一下，让它可以传递别的信息。所以，独狼一出世就知道许多事情，名字只是其中最简单的一样。”

“真是难以置信！”雷欢感叹。

“科学正在把古老的神话一个个变成现实。”关少冰说，“为了能和他的名字相配，我把他的眼睛设定为绿色，不管他怎样变化，眼睛始终是绿色。你或许已经注意到了这一点。”

“有一件事我一直不明白，”雷欢问，“你为什么要抓独狼？只是因为他是你的实验品，而他又离开了你？如果是这样，你只要再制造一个不就行了吗？”

“你好聪明，我就喜欢你这一点。”关少冰说，“原因并不复杂，因为环境改变了——”铃声打断了关少冰的话。他看了一眼信息表，起身，走到大厅另一端与来电者说了几句话，然后他走回来，对雷欢说：“真对不起，我有笔生意要做，需要面谈，得出去两天，就不能陪你了，我会叫温先生好好照顾你的。”

“你要卖独狼？”雷欢失声叫出来。有高贺的榜样在前，不由她不这样想。

“不，你想错了，独狼是我的，我谁也不给。这次，是我买东西。哦，你放心，猎人不敢把你怎么样的，没有我的命令，他们不敢动你一根毫毛。”

15

独狼睁开眼睛，发现自己躺在一张古旧的床上，盖着床太空棉被。他翻身起来，打量着自己所处的环境：房间很普通，只摆了几样平常的家具；墙上挂满了画，内容似乎都与另类生命有关。这时，一个满脸胡子的男人走了进来。“你醒了？”他的声音很平和，一点也没有畏惧，继而和蔼地笑道，“我想我还是自我介绍一下比较好。我姓钟，钟扬，这名字你不会知道，小人物一个。职业是给各电子刊物设计封面和彩页，事业是寻找地外智慧生物，也就是通常所说的外星人。你能听懂我的话吗？”

独狼点头。这个人把职业和事业分得如此明白，显然是个办事认真、不肯马虎度日的人。

钟扬道：“你不用害怕，我没有恶意，不会伤害你，更不会像有些人所说的那样把你拿去做实验。我这个人是个铁杆外星人谜，总是幻想有一天能碰上外星人，和他们交个朋友，没想到真让我碰上了。前天晚上，我在江边散步，发现你躺在乱石堆里，就把你抱回了我家。你的伤怎么样了？”

这的确是个非同一般的人，从来都只有独狼叫人家害怕，他却让独狼不要害怕，现在居然还关心独狼的伤情。独狼沉默片刻，用意念搜索全身，被损坏的细胞早已自行脱落，被高爆弹炸伤的脸也恢复了正常，唯有左胸被镭射光洞穿的地方还没有痊愈，估计还要一天时间才能全好。

独狼摇摇头，表示没什么大事。

“好像好多了。”钟扬领会得挺快，“你不知道前天夜里你有多可怕，浑身上下漆黑，脸烂得不成样子了，更可怕的是，你的胸口开了一个碗大的洞。若是地球人，早就死了。当时，我也认为你死了，忽然间你手指动了一下，我就想，外星人的生命力肯定比地球人强，也许还有救。于是，就把你抱回来了。嘿，没想到你还真活过来啦，好得还挺快的，简直是神话，胸口穿了一个大洞还能活！”

钟扬喋喋不休地说着。他注意到对方一句话也没说，只是定定地看着他，就不好意思地说：“真对不起，我这个人就这样，谈到外星人就滔滔不绝。”

钟扬等待了片刻，小心地猜测：“你不会说地球语言？”

独狼点头，起身到电脑旁坐下，敲起键盘来：为什么不怕我？

钟扬笑道：“没什么好怕的，我每天都在画外星人，想外星人，甚至做梦也会梦到外星人。如果外星人站到我面前，我反而害怕了，那我岂不成了叶公？我可不是叶公，我是钟扬——叶公好龙是个典故，你懂吗？我一直渴望与外星人交往，真的。”顿了一下，他又补充道，“只有对与外星人遭遇毫无准备的人才会感到害怕，而我，已经准备了那么多年，当然不怕。就算因此送了命，我也心甘情愿，毕竟死前我真的见过外星人了。”

独狼写道：我的模样很恐怖。

钟扬抱着双臂，哈哈大笑：“我没想到你也会这样想。所谓美丑，在不同时代，不同地域，标准是不一样的。你们自然有你们的标准，也许最美的地球小姐在你们眼里是个丑八怪，而在我们眼里恐怖的你在你的同类那里也许是最帅的。真是奇怪，你怎么和地球人一样，会认为自己的模样恐怖呢？”

独狼回答不了这个问题。他心里隐隐有一丝疑虑：莫非我心灵深处的东西属于地球？这让他想起雷欢曾两度叫他关少冰。关少冰是谁？和我有什么关系？继而，他想起有时自己感觉远方有一个生命的存在，隐隐约约，总是不太清楚，像是同类，又不像是同类，感觉怪怪的，这个生命又是谁？

钟扬可耐不住沉默：“你问了我这么多问题，恐怕该我问你了。”

独狼迅速写道：我知道你想问什么。一，我不知道我来自何方，也许是另一颗星球，因为我与你们的外貌相差太大，但很可能不是，我身上的地球成分太多太多。二，我只有 38 天的记忆，在这以前的事我一无所知。三，我是被猎人所伤，雷欢肯定被他们抓去了，我要去救她。

“真糟糕。”钟扬奇怪地摸摸后脑勺，“也许是 38 天前你的飞碟出了事故，就锁住了你的记忆，把你留在了地球，等待救援。此前，你大概一直在调查地球的情况，所以对地球很熟。但是，最近没有飞碟坠毁事件的报道呀，38 天前，枭阳市没有，肯定没有。其他地方呢——对了，4 月 8 日那天你在哪里？”

独狼写道：云雾山，怎么？

“那天出了一起命案，说是外星人干的。当时我也在场，我拍到一个橙色发光体落向南山，就赶过去了，以为是出了事的飞碟。”钟扬不好意思地笑了笑，“后来才知道，那是一块卫星碎片飞入大气层燃烧留下的痕迹，差点没把我气死。”

独狼激动地写道：肯定不是我干的，我也是从新闻里得知有绿眼怪物袭击小孩，以为是同类，才到那里去的。

钟扬道：“我也不相信外星人会那么残忍地杀死地球小孩。什么‘外星人杀手’，简直是胡说八道了。”

16

猎人们都说，温先生变了，与先前相比，简直判若两人。以前，温先生温文尔雅，喜怒不形于色，柔和得像个小女人。现在，温先生总是烦躁不安，像头刚关进笼子的浑身是伤的狮子。他经常莫名奇妙地发火，有时又对着某处发呆，一坐就是几个小时。明眼人一看就知道，温先生遇上什么不顺心的事情了。可温先生不说，也没人敢问，就没人知道到底出了什么事。有人猜测，是为了太子的突然死亡，也有人说是因为没能当上猎人公会的龙头老大。猜归猜，事实归事实，大家都小心地避开温先生，以免那无名之火烧到自己身上。

饶是如此，温先生还是很好地照顾着雷欢，给她安排最好的房间，换上老实的看守，以避免不必要的麻烦。

温先生想避开麻烦，可麻烦偏偏找上门来。

来的是一直下落不明，生死未卜的胡狼卡洛斯。他一身银装，面无表情，比先前更加高大魁梧，沉重的脚步声里，却有轻微的机械抽拉之声。“温先生，找你借一个人。”卡洛斯开门见山。

“借谁？”温先生心知来者不善。

“雷欢。我要引来独狼，杀了他，我要报仇！”胡狼咬牙切齿道。他左手猛地伸出，掐住了温先生的脖子。温先生惊恐地发现他的左手竟是冰冷的合金做的，难道——

“独狼害得我失去了大半个身体，现在，我的身体有一半是合金做的，我的双臂，右脚，还有后背，全是。你知道一个血肉之躯活在金属外壳里是怎样一种感觉吗？那比死亡还可怕！这都是拜独狼所赐，我要杀了他！我要把他剁成肉酱！我要让他粉身碎骨，死无葬身之地！我要把他挫骨扬灰，让他永世不得翻身！”

说到激动处，胡狼卡洛斯挥动右臂，一拳在墙上打出一个窟窿，气势果然惊人。

温先生没有理由反对。“我也要去。”他补充道。

“好，过山黄和美枝子已经在和平公园等我们了。”卡洛斯放开温先生，“大家都是兄弟，何必为了外人伤了和气。所谓兄弟，就该这样，有福同享，有难同当，有仇同报。”

17

胡狼卡洛斯沿着水管从二楼窗户滑落到街上。

屋里传来枪声，法国警察显然行动了。

卡洛斯快步走向停在街边的雪铁龙轿车，同时从怀里取出遥控器，扯出天线，朝向身后，然后按动起爆键。身后传来预料中的爆炸声。不用回头看他也知道，那幢西班牙式的建筑在烈焰中被彻底摧毁，还有至少十名法国警察……

卡洛斯拉开雪铁龙轿车车门，坐了进去，点燃发动机，驶出贝金森大街。

远处传来悦耳的警报声。

胡狼卡洛斯微笑。他再次从法国警方眼皮子底下溜走，这再次证明他是当之无愧的世界第一杀手。

雪铁龙轿车驶上一条高速公路，向遥远的远方驶去……

画面停住了，然后是演员表和职员表。

卡洛斯坐在屏幕前，回味着20世纪的胡狼卡洛斯的风采，那一举手一投足，都美得迷人，尤其是他按动起爆键的动作，更是潇洒无比。卡洛斯不知不觉做了几个胡狼的典型动作。卡洛斯自己也不知道这是第几百次看《胡狼传奇》了，每次看他都激动不已，每次看他都有新的收获，他对胡狼佩服到了极点。

卡洛斯忽然想起了独狼，该死的独狼，不由怒火万丈。

是独狼，战胜了他精心布置的陷阱，令他信心大失。是独狼，逼近他，咬伤他，把他带进恐怖的深渊。更是独狼，令他炸伤自己，失掉了大半个身体，不得不活在金属外壳里！

他回想起在胡狼军品集团地下装配室的日子，那简直不是人过的日子。开始两天，对金属胶体的排斥反应令他痛不欲生，那是对精神和肉体的双重折磨，很多次他都想放弃，唯有报仇的欲望驱使他坚持了下来。尔后，他开始像一岁小孩一样学习。他得学习左右腿如何配合走路，这套动作他学了整整十个小时，才让他不会因左右腿速度不一致而跌倒；他得学习如何有效地控制双手，免得它们在拿筷子时把筷子折断，或者把筷子掉到地上；更让他苦恼的是，他还得忍耐睡觉时不翻身，因为他的金属后背不允许他这样做，这打破了他一直以来的睡眠习惯。他经常做噩梦，梦里总是被独狼追赶，怎么逃也逃不掉。被噩梦惊醒后，他就不敢再睡，怕再在梦里遭遇独狼……

现在，陷阱布置好了，只等独狼来自投罗网。早晨，他把雷欢的衣物分成几十份，发给街头的小混混们，让他们去引来独狼。中午，一个外号“卷毛”的家伙惊慌失措地跑回来说他见到独狼了……计划正有条不紊地进行着。

胡狼习惯性地捏紧了拳头：“你死定了，独狼。”他向窗外望去，夜幕已经降临，一阵铃声把他的注意力吸引回屏幕。

“有动静，在东南角，越野射击场外。”

18

夜幕初降，月亮还未升起，只有几颗小星星在灰暗的天穹上放射着微弱的光。独狼趴在围墙上，体色与围墙完全一样，即使细看，也看不见他。他动用一切感觉器官，透过迷茫的夜色，观察着围墙里边的一切。

位于枭阳市鸡公岭的和平公园占地300亩，分成若干个场馆，其中，最受游客欢迎的是战争亲历区。区内有实弹射击馆、越野射击场、模拟野战地带、虚拟作战平台等游乐设施，能够充分满足和平年代过着平庸日子的人们对于模拟实战的渴望，释放人们被琐碎而繁重的生活压抑得太久的激情。凭着父亲的关系，太子熊轻而易举地把和平公园变成猎人公会的总部所在地。

此刻，独狼就在越野射击场外。

围墙内，一座山丘被七八条纵横交错的公路缠绕着，专供游客乘车射击，面积在2000平方米以上。山丘顶上有一排库房，没有亮灯，也没有人影。山丘那边的高大建筑就是实弹射击馆，圆柱形，共十五层，一楼特别高。

看完这一切，独狼手脚并用，贴着围墙悄无声息地向前爬去。没爬多远，围墙突然动起来，不，是爆炸，独狼及时跳开，落到越野射击场边上的草丛里。站起来时，他看见一辆吉普车急速驶向实弹射击馆，就跟了上去。

19

吉普车驶进实弹射击馆一楼大厅，右转，进了预定的房间。司机下车，却发现没有接应者，正茫然不知所措时，惊恐地看见独狼跟了进来。

猎人吓坏了，浑身颤抖。

忽然，房间大门呼啦一声合上，独狼匆忙回身扑出，为时已晚。门缝渗进一些乳白色液体，迅速凝固，填补空隙。片刻之后，谁也看不出那儿曾有一道门。

独狼打量起这间陌生的房间来。没有灯，乳白色的墙壁发出一种冷冷的荧光。墙壁很光滑，没有连接的痕迹，似乎是整体浇铸的，就像个桶一样。房子中间，有一个平台，吉普车就停在上边。开车的那名猎人站在车旁，不知所措。

天花板上有 24 根管子，也是乳白色的。

独狼忽然打了一个寒战，冷意从脚底流向全身，室内温度似乎一下子降了十几度。他莫名其妙，再看那名猎人，全身蜷缩成团，哆嗦不停，显然不只是因为害怕。

莫非……独狼蓦地明白：这是一间冷冻室！

决不能坐以待毙！独狼使出浑身力气，猛击墙壁一拳。这回，那双以往无坚不摧的拳头遇上了对手，居然只打掉了外层的荧光涂料，里面黑黝黝的一层，连个拳印都没留下。他又打了一拳，还是如此，而且拳头疼了起来。莫非是超固态合金？他想，那可就糟了，拳头可打不穿它。

气温降得更低，似乎已低于冰点。那名猎人忍不住呻吟起来，开始绕着吉普车跑，以增加体内的热量。

独狼在墙壁上爬上爬下搜索起来，只要有一条缝隙，或者其他的什么东西，他都可以加以利用，逃出冷冻室。

然而，没有。

独狼着急起来。气温已经很低了，空气似乎凝固了，在低温刺激下，他的身体不断发生适应性变化：脂肪层增厚，浑身长出毛发……但这些变化也让他的行动变得笨拙。

独狼抬头，看见平台上的吉普车，暗骂自己真笨，这么重要的东西都被忽略了。他爬进车里，扭动开关，却没有听到发动机令人兴奋的声音。又试了几次，还是没有。他爬出驾驶室，掀开前车盖，看见里面的机器全都凝结了厚厚的一层霜。他不小心碰到了一根塑料管，它立刻干净利落地断裂成几节，掉落下去。

糟糕透顶！他关上前车盖，抬眼看见那名猎人抱成一团，蜷缩在墙角，头发、眉毛和衣领上满是冰霜，显然已冻得失去了知觉。气温更低了，虽没有精确的仪器可以测量，但从各种迹象来看，至少在 −50℃，已经接近动物耐寒的极限了。

独狼感觉到了寒冷，变形细胞适应低温的本领已经发挥到极限，而温度还在直线下降。

独狼关闭了体内部分细胞的感觉功能，不让冷的刺激传递到大脑。但这样一来，又影响了他对变形细胞的指挥。他不得不开放所有感觉细胞，去感受那份刻骨铭心的寒意。独狼仰头，天花板上那 24 根管子诱惑着他。他想：也许那些管子就是这房子寒冷的来源。他用了好几分钟，笨拙地爬到天花板上。他能肯定，管子里流着什么，刹那间，他只有一个念头，那就是弄断这些管子，让这屋子不再寒冷。

他照他的想法做了，虽然很费劲，到底还是弄断了一根。

一种浅蓝色液体带着少许白色气体从断口处流出，沿一道弧线流下，恰好流到下边的吉普车上。独狼惊讶地看见那液体落到吉普车上，并不四溅，而是像一枚穿甲弹一样，笔直地洞穿车体，流到地板上才停住，仍不溅射，而是缓缓地向四周流去。吉普车开始自行解体，分裂成大大小小几百块，掉进浅蓝色液体里。那些碎片随着液体流动，当它们之间或者与墙发生碰撞——不管这碰撞多么轻微——立刻碎成肉眼看不清楚的粉末。

这是什么？如此厉害！

独狼惊呆了，浑然忘了自己处于什么环境，眼睁睁地看着吉普车消失在浅蓝色的液体里。

这不是腐蚀，他想，腐蚀不是这个样子。

独狼寻找那名猎人，他早就不见了。怎么办？独狼问自己，自有记忆以来，他还从未遇见过这样棘手的问题。

不知名的液体自管道断口处流下，不断地加入到浅蓝色的海洋里。水面缓慢，但却无可阻挡地上升，上升，上升——

这到底是什么玩意儿？独狼烦躁起来。他是来救雷欢的，不承想自己反被困住了。这该死的——液氧！

犹如暗夜里的一道电光，独狼猛地想起，这是液态氧气！

却在这时，独狼手足上的吸盘突然间全部收缩，身体失去控制，立刻石头般直落下去，掉进浅蓝色的液氧里。

20

“他死定了。”胡狼卡洛斯从容自若地笑道，“零下一百多度，没人能活，也没东西能活。”

“恭喜你大仇得报。”过山黄媚笑道。

胡狼卡洛斯万分得意地说：“我这样设计，是充分利用了人的好奇心。人都有好奇心，我想独狼也不例外。况且，处在那种环境中，谁都会出错，所以——”他故意停住，下面的话让这帮傻瓜自己去想吧。

“现在，雷欢没用了，该归我了吧？”过山黄道。

一旁的温先生急道：“别打雷小姐的主意，天狼——”

“温先生，你别多管闲事。”过山黄酸溜溜地说，“雷欢对你没多大用处，我可是需要她得很。况且，天狼到底给了你什么好处，你才跟了他几天，就对他死心塌地？你别忘了太子对你的救命之恩。”

“如果不是你先投靠天狼，用凤娇来威胁我，我根本就不会听他的。”温先生怒道。

“恐怕不是这样的吧，温先生？”过山黄极有深意地笑着。

温先生像暴怒的眼镜蛇一样绷直了身体，脸色铁青，双眼直瞪着过山黄，仿佛想把他一口吞下，却一句话也没说。

“别吵。”卡洛斯不满地叫道。他转向监视屏，此时屏幕上闪烁着无数的光点。“出了什么事？”他问。

“大概是液氧冻坏了摄像机。”一名猎人答道。

“我带人下去看看。”卡洛斯说。独狼太可怕了，不见到他的尸体，他实难放心。“升高冷冻室的温度。”他命令道。又把目光转向温先生和过山黄。“温先生，你在总控制室里守着，有什么情况马上通知我。过山黄，别忙着找雷欢的麻烦，如果独狼没死，哼哼，后果你是知道的。”

21

冷冻室大门打开，内外空气接触，产生大量白雾，弥漫整个一楼大厅。

卡洛斯和十几名猎人端着 R 枭阳 M 突击步枪守在门外，枪口一致朝内。如果独狼现身，会立刻变成马蜂窝。

白雾消失大半，独狼没有出现。

胡狼一挥手，四名猎人一齐跃入冷冻室，一上一下，一左一右，对着独狼可能隐蔽的地方一阵狂扫。子弹横飞，仍然没有见到独狼。他被“融化”了吗？他们相互望了一眼，四处搜索。

液氧已经蒸发完了，室里还有几分寒意。地上有一些不知是什么的碎片，踩上一脚，甚至在旁边经过，也会裂成细小的粉末。最后，四名紧张的猎人在平台中间发现了一个没有裂成粉末的东西，就把胡狼喊了进来。

那个奇怪的东西呈卵圆形，有一米多长，灰白色，表面有一些春草一样嫩绿的绒毛。

这是个什么东西？卡洛斯和所有人一样疑惑。一名猎人大着胆子摸了一下，立刻叫起来："好冷！"卡洛斯跺了两脚，蛋壳是软的，里面似乎结了冰，硬硬的。"一个软蛋？"他自言自语道，"这到底是什么玩意儿？"卡洛斯提起枪，对着软蛋开了一枪，软蛋没有出现预料中的弹孔。什么？他又开了一枪。这回看清了，软蛋竟把子弹弹到了一边。他吓了一跳，幸而软蛋的反应也不过如此，否则，他非夺门而逃不可。

胡狼又开了两枪，还是如此，不禁更加奇怪。他想：温先生或许知道这是什么，就命令猎人把软蛋抬出去。软蛋表面虽软，里面却很实在，坚硬得像岩石。两名猎人费了九牛二虎之力，才把它抬到一楼大厅中央。

22

总控制室里，看到卡洛斯等人进入冷冻室，过山黄很庆幸自己不用冒这个险。与此同时，一种欲望涌上他心头。他越来越烦躁，仿佛体内燃烧着一股魔火，烧得他浑身不自在。

“什么东西？敢命令老子？”他有一句没一句地诅咒着，以此掩饰自己颤抖的身体。温先生在他后面冷冷地看着他，不说一句话。过山黄忽然道：“我去趟洗手间。”也不管温先生听清没有，说完就径直走出总控制室。看着他远去的背影，温先生摸了摸腰间的手枪，打定主意，悄悄跟了出去。

他没有注意到，监视屏幕上，卡洛斯在对他说话。

23

软蛋被放到大厅中间的地板上，猎人们围着它，议论纷纷，猜测着它到底是什么东西。卡洛斯对着安装在大厅柱子上的摄像机说：“温先生，我们在冷冻室里找到了这个东西，不知是什么玩艺儿，你下来看一下。”说完，他转身瞅着那个巨大的蛋。

软蛋似乎动了一下。卡洛斯心中惊极，仔细一看，软蛋还是老样子。眼花了吧？他安慰自己。软蛋又动了一下。这回卡洛斯看得真切，忙把枪从肩上摘下。一名猎人喊起来：“看，它在动！蛋在动！”

软蛋里边传出液体流动的声音，非常诡异。

猎人们缓步散开，持枪待发，脸色惊惶。

蛋内传出一种厚重的撕裂声，像是划破陶瓷的声音。然后，蛋略大那头裂开一条缝，缝由小渐大，里面伸出一只纤细瘦长的黄褐色的手来。跟着手臂出来的，是一颗肉乎乎的灯泡头，唯一显眼的器官就是一双惨绿色的眼睛，其余诸如嘴、鼻、耳等器官都包裹在一层厚厚的半透明的黄褐色黏液里。另一只手也伸出来了。两只纤细的、脉络分明的手在地板上交替移动，身体也就一点一点地从蛋壳里出来。似乎没有皮肤，身体也裹着一层半透明的黄褐色黏液，透过黏液，能见到每一块肌肉的收缩扩张。动作开始很慢，逐渐加快，一分半钟以后，整个身体都从蛋壳里出来了。

那怪物从地上慢慢站起来，没有眼珠的惨绿色眼睛毫无神采，它看上去很纤细，很柔嫩，也很脆弱。

一滴闪着幽光的黏液顺着手臂淌下，从指尖滴落到地上。

卡洛斯回过神来，扣动扳机，子弹准确地打中怪物。

怪物喘息着，抬起低垂的头，无神的双眼立刻绿光闪烁，充满了仇恨。那些子弹竟没有在它身上造成任何伤害。它张开双臂，迈动纤细而锐利的脚爪，扑向猎人，前扑，手指一伸，啄穿一名猎人的额头，脚爪一扫，劈断一名猎人的大腿。猎人们慌忙开枪，子弹尽皆打中它，它却丝毫不为所动。

其余猎人见势不妙，一边开枪，一边往楼上跑去。胡狼卡洛斯跑在最前面，他头脑里轰鸣着几句话：独狼复活啦！他不怕子弹！他刀枪不入！我该怎么办！我该怎么办！

的确，从软蛋中爬出的怪物正是独狼。

独狼跌入液氧中，其超低温不是他所能承受的，他只有采取最后的绝招：蜕变！他退化到最原始状态，只有那种类似病毒的结构才能在液氧中存活下来，并且，在超低温的劣性刺激下，他进化出一副不怕枪弹的身体。这是卡洛斯和他自己都没想到的。

此时此刻，独狼脑海里只有一个念头，那就是——报仇。他大踏步冲向二楼。

24

独狼大踏步冲上二楼，锐利的脚爪踩得地板咔咔直响。两名猎人在楼梯转角处向他射击，子弹嗖嗖地扫在他身上，他毫毛未伤，扬手一个点射，那两名猎人就惨叫着滚下楼梯。

卡洛斯指挥猎人在二楼布防，但猎人们心中惊恐，乱作一团，根本不听调遣，气得他开枪打死一名想要逃跑的猎人才算把混乱的局面控制住。

独狼端着突击步枪噩梦般地出现在楼梯口，枪口火花闪烁，又干掉了一名猎人。

其余猎人分散在走廊各处，向独狼射击。

独狼毫不畏惧，战神一般迎着弹雨前进，随手干掉暴露的猎人。

这纯粹是——屠杀。

又有四名猎人中弹倒下。独狼打的都是致命部位，不是头就是心脏，中弹者倒下后都来不及挣扎就到上帝那儿报到去了。

一名猎人绕到独狼背后，用 35mm 霰弹枪轰击他的后背。强烈的冲击波把他往前推倒，他顺势一个前滚翻，站起来，同时调转枪口，把那名猎人干掉。

中弹的地方火辣辣地痛，全然不是刚才中弹时那种轻松的感觉，看来，他还不能抵御重型武器的攻击。

似乎看出了这一点，四名猎人抬出一挺口径 65mm 的重型自动榴弹发射器，架在走廊的另一头，向独狼射击。这种武器发射的 65mm 杀伤榴弹本是在战场上用来对付轻型装甲车的，威力十分巨大。对它，独狼还很顾忌，不知道自己能否抵抗得住，只好躲闪。

自动榴弹发射器一刻不停地把比香蕉还大的榴弹送出，炸得整条走廊硝烟迷漫，碎片横飞，许多地方出现了桌子大小的洞。

独狼四处躲闪，但很快就无处可躲了，因为榴弹把他能躲的地方都炸得粉碎。他忽然踩到一具尸体，尸体上有两枚手雷。这下独狼高兴了，他取下手雷，拧开保险，按下启动装置，然后朝自动榴弹发射器那儿扔去。

轰！轰！——自动榴弹发射器和旁边的猎人都在火光里被炸翻了。

独狼继续前进。

25

过山黄“性”致勃勃地来到9楼，两名猎人守在门口，过山黄问：“美枝子在里边吗？”一名猎人答道：“不在，刚才出去了。”过山黄喜道：“开门，我要进去看看。”猎人依言开门，过山黄又吩咐道：“不要告诉任何人我进去了，谁敢说我就杀了谁。”

雷欢呆坐在沙发上，见过山黄进来，把头偏向一边，不搭理他。过山黄满脸堆笑：“雷小姐，一个人在这里，不孤独不寂寞吗？”雷欢冷哼一声，不说话。“我非常理解雷小姐此刻的心情，所以特地来陪雷小姐玩玩……”

“滚开！”雷欢一声娇叱，蓦地站起来。

“唉，雷小姐，这可不好，别发脾气嘛。你不知道你有——”说着，过山黄去搂抱雷欢。雷欢并非弱者，抖手给了过山黄一记响亮的耳光。过山黄一时气急，挥拳打在雷欢额头上，雷欢当即昏倒在地。

“哼，想反抗我？门儿都没有。”过山黄蹲下，正要剥掉雷欢的衣裳，一个硬邦邦、冷冰冰的东西抵住了他的后脑勺。

“别动，过山黄。”说话的人是温先生。

“温先生，别妨碍我办正事，没见我正忙着吗？你不需要我可需要！”

“起来，混蛋。”温先生怒喝道。

“没有这个必要吧，温先生，大家都是兄弟。”过山黄慢慢站起，

“为啥管我的闲事，她又不是你什么人？”

“她不是，”温先生怒极，悲极，“但凤娇是。”

“大嫂？大嫂怎么啦？”过山黄装出很吃惊的样子。

“你这个畜生，”温先生浑身颤抖，“干过什么，你心里清楚。”

“没有的事儿，你一定是误会了。”过山黄仍然背对着温先生，他开始思考怎样脱出困境。

“凤娇死了，是她临死前告诉我的。我要杀了你，替她报仇。你这个混蛋……”

“这都什么年代啦，过去的事儿就让它过去吧……”过山黄猝然转身，直面温先生。温先生呆若木鸡，几乎没有反应，就被过山黄夺去了手枪。过山黄把枪口对准温先生的脑门，“你完了，温先生。”

温先生脸色惨白，冷汗自后背泉水般渗出。

26

温先生盯着黑洞洞的枪口，冷汗顺着脊背往下淌。

过山黄坏笑道：“知道吗，你老婆苦苦哀求，要我放过她。我怎么会放过她呢？我……”

温先生突然前冲，试图去抢枪。过山黄的动作比他快得多，一脚踢在他小腹上，把他踢倒在地。“在我面前，你和你老婆一样，没有反抗的余地。”过山黄得意极了，“不过，我确实没想到大嫂会自杀。”

温先生躺在地板上，神情状如白痴。

这时，美枝子走进房间。

“美枝子，你过来，我告诉你一件乐事，一个天大的秘密。”

“什么秘密呀？”美枝子笑吟吟地走到过山黄身边。

“就是——”

美枝子骤然出手，打飞过山黄的枪。过山黄反应也够快的，抬腿猛踢美枝子。但她早就有所准备，精致的比利时手枪在手心一闪，过山黄大腿中弹，血肉横飞，惨叫着跌倒在地。

“美枝子？”过山黄捂着伤口，鲜血从指缝间啧啧涌出。

美枝子转动着枪，冷冷地说：“我也告诉你一个秘密，我不是日本人，我 6 岁才跟着父母去的日本。”

“你是——”

“我本姓何，何水红。还记得我吗？我就是那个笨得会给你这个混蛋开门的邻居女孩！我没有死，侥幸活了下来，活着的唯一目的就是找你报仇！”

“什么，真的是你？”过山黄不相信自己的耳朵。

“当然是我，小皮球。”

过山黄彻底绝望了。“小皮球”是他小时候的绰号，至少有20年时间没人这样叫他了。

美枝子又开了一枪，高爆弹炸飞了过山黄的左臂。“我不会让你死得这么轻松。”美枝子道，“上天要我报仇，我一回到枭阳市就遇见了你，当时我就想借独狼之手杀了你，没想到你命大，逃了回来。看来上天是要我亲自报仇，所以我一直等，等待机会杀你，今天终于等到了。去死吧，混蛋！”

美枝子再开一枪，打在过山黄裆部。爆炸产生的冲击波把他推到墙壁上，又反弹回来，像堆烂肉一样瘫到地上。

美枝子垂下手臂，长长地舒了一口气。

温先生沉吟片刻，道：“把他的尸体扔到楼下去，就说是独狼干的。还有门卫，他们看见我们进来了，也只好当成被独狼杀了。”

“我去做。”美枝子提着枪走出去。

温先生从地上捡起自己的枪，瞥了一眼死了的过山黄和昏迷着的雷欢，扶了扶眼镜，然后，他用力把沙发调转方向，让椅背对着房门，他趴到沙发上，将手枪对准房间门口。

干掉两名猎人是件很容易的事情，多年的杀手生涯，早就使美枝子练就了一身不俗的本领。她转身回屋，刚进门，就看见沙发上方黑洞洞的枪口。她本能地一闪，但还是晚了，子弹打中了她的左肩。她丢下枪，捂着伤口倒下。

“为什么，温先生？”美枝子问。这个问题不久以前，过山黄问过她，只过了几分钟的时间，就轮到她问别人了。这个世界真是变化莫测呀！

“你知道的太多了。”温先生从沙发上站起来，枪口始终对着美枝子。

“并不只是因为我知道你们结婚十几年了，林凤娇还是处女——”

“你还知道什么？”

“我还知道——”美枝子喘着粗气，“我还知道是你杀了林凤娇，是你杀了你老婆，你不能允许她被别的男人占有。不是吗？回答我呀，温先生。”

温先生用射击来回答她。这一次，美枝子早有准备，虽然受了伤，但她的动作还是奇快，用力一滚就避开了这一枪。她手一扬，一道白光闪出，直奔温先生。温先生急忙躲闪，白光擦着他的肩膀飞过，“嗖”的一声钉到墙上。温先生回头一看，是一把飞刀，他再看地板时，美枝子已不见了。他举起枪，一路追杀出去。

他必须杀死美枝子，就是现在。

27

怎么办？怎么办？怎么办？

总控制室里，胡狼卡洛斯急如热锅上的蚂蚁，眼见着猎人一个个被杀，眼见着陷阱一个个被破，他能不急，能不慌，能不怕吗？这种感觉让他回想起前几日在胡狼军品集团总部的平台上，变成翼龙的独狼张嘴叼住他的脚，把他往后拖，他那时心里那个怕呀，他害怕这一幕再次出现。

一向是他杀别人，取别人性命犹如儿戏，在他看来更是一种人间绝妙的享受。而且，他喜欢暗杀，站在远离死者的地方，操纵炸药、子弹或者杀手，从不愿与对手作面对面的公平合理的较量，他只喜欢暗杀。现在，他终于明白为什么自己那么痴迷于暗杀了，原来，自己怕死，而且怕得要命。

但眼下，他被一个怪物逼得失掉尊严，失掉信心，失掉身体，又可能失掉生命，却又无计可施！怎么办？他猛拍脑门，自言自语道："我怕是被狼吓糊涂了，连这都忘记了。"然后，他对身边的猎人说，"你们快到四楼去拦截独狼，快。"

猎人们面显惊恐，谁也不愿去。"你去不去？"卡洛斯指着一名猎人。那名猎人结结巴巴说不出话来，卡洛斯抓起枪来，打死了他，同时气急败坏地说，"谁敢不去，我就杀了谁。"几名猎人这才跑出总控制室，但他们出了门，就凑在一块儿商量，左也是死，右边是死，干脆不干了。于是，他们全都丢下枪，作鸟兽散了。

卡洛斯当然不指望这几个蠢才能挡住刀枪不入的独狼，他只是想让他们拖延一下时间而已。

他按下总控制室的自毁装置，10 分钟后，埋藏在大楼四处的炸弹将把整幢大楼夷为平地——他抓起突击步枪，往 9 楼跑去。

28

9 楼的情况更是一团糟，守卫死了，门开着。卡洛斯的心几乎凝固了，他闯进屋，看见了过山黄的尸体，也看见了昏迷的雷欢，他猜不出这里发生了什么事，他也不想猜。他扛起雷欢就往楼顶上跑，不管怎样，雷欢都是不错的挡箭牌。

楼顶停着一架轻型直升机，卡洛斯边上直升机边命令驾驶员：“快起飞。”低垂的螺旋桨缓慢地旋转起来。卡洛斯把雷欢放到座椅上，自己焦急地注视着楼顶，怕独狼突然出现，打破他逃出生天的梦想。

在卡洛斯惊恐的期盼中，独狼出现了，他一个点射就将驾驶员射死在座椅上，但卡洛斯的枪已经对准了雷欢的脑袋。“独狼，如果想杀死你心爱的人，那你就开枪吧。哈哈，你开枪呀！”由于极度的恐惧，胡狼早没有了从昔日世界第一杀手那里学来的冷静与从容，此时的他，狂暴得像头发情的公牛。

独狼看着他。

“不敢开枪，是不是？”胡狼冷静下来，局势似乎又在掌握之中，但他的语气仍很激动，“放我们走，告诉你，这幢大楼在几分钟后就会被夷为平地，不复存在，如果你不想雷欢死，那就放我们走。”

独狼依旧沉默。

恰在这时，雷欢醒了，一睁眼就看到独狼。“别管我。”她惊呼。胡狼猛地捂住了她的嘴，这个时候，雷欢说的话很可能对他不利。他侧身把驾驶员的尸体踢下直升机，又在驾驶台上按了几下，旋翼加速旋转，片刻，直升机摇摆着升到半空。

自始至终，他的枪都抵着雷欢。

到了半空，卡洛斯扫了一眼仪表板，一切正常。他再往楼顶望去，没有独狼的踪迹。突然，排山倒海似的火球从大楼中段向四周冲出，火光瞬间照亮夜空，亮光熄灭的片刻，震耳欲聋的爆炸声才传来。这次爆炸摧毁了大楼的所有支撑结构，瞬间，大楼的各部分就在浓烟中往下坠落，又与下面的楼层撞在一起，发出山崩地裂的声响，整幢大楼在烈焰、浓烟与爆炸声中炸成数以亿万计的碎片。

独狼肯定逃走了，卡洛斯这样想。他坐到驾驶员的位置上，操纵着直升机在灯火辉煌的山城上空飞行。他没有注意到，直升机起落架上吊着一个黄褐色的东西。

29

朝下俯瞰，夜景很美，灯火辉煌，车水马龙，高楼林立，长江流淌，在这样美丽的夜色里，却在发生如此丑恶的事情，雷欢不由得苦笑……

卡洛斯暗自庆幸自己再次逃出生天。该死的独狼，我一定会报仇的。

一阵奇怪的金属撕裂声把他的注意力引向舷窗外，他贴在玻璃窗上往外看，什么也没看见。驾驶电脑的警告声又把他的目光召回来：传动机构出现故障，无法修复，需要紧急着陆，需要紧急着陆，请各位乘客做好准备。

“真该死。”卡洛斯骂了一句，也不敢大意，随即扣好安全带。

由于有惯性储能装置，直升机还可以再飞行一段距离，于是，在驾驶电脑的指挥下，直升机向下方一大片被灯光照亮的空地落下去。距离空地 200 米时，卡洛斯才看清那哪里是什么空地，分明是一块足球场，中国奥林匹克足球队正在迎战来访的阿根廷国家足球队，此时正打得难解难分。看台上的 10 万名球迷不知疲倦地大喊大叫着，他们在为中国队加油，其声势可与原子弹爆炸相提并论。

卡洛斯可不想暴露在大庭广众之下，但直升机传动机构受损，无法再往前飞，只得降落。直升机的突然降临，让总裁判长气愤不已。他下令暂停比赛，自己跑到直升机前去质问，可回答他的，却是一连串的子弹。面对突如其来的惨案，队员们和球迷们都惊呆了，整个体育馆更加吵嚷起来。

卡洛斯把雷欢拽下直升机。“给我一辆车，快点，不然我就要杀人了。”他咆哮着，举起突击步枪朝天上开了几枪。

设在各处的摄影机此刻都把镜头对准了足球场上这一新的主角，他的身影立即出现在观众席后面的超大屏幕上，也出现在所有收看现场直播的球迷眼前。

隐蔽在直升机下的独狼趁卡洛斯朝天开枪时，猛然扑出，去抓枪。卡洛斯反应奇快，在独狼抓住枪的同时，他的机械手臂帮了他的忙，枪口下移，枪口对准独狼的胸膛，射击。

完了，那怪物！看到这一幕的人都这样想。

独狼没有完，他放开枪，站直身体，用那双惨绿的眼睛逼视着卡洛斯。

卡洛斯惊恐万分，连退两步，又扣动扳机，却没有子弹射出，检查枪才发现，枪身被独狼捏变了形，送弹机无法工作。他更慌了，没有枪，他还能干什么？

独狼一步一步逼近卡洛斯，他的皮肤闪着神秘的黄褐色幽光，眼里是满满的仇恨。他知道，只要杀了卡洛斯，就可以和雷欢在一起了！为此，他的斗志火一般地燃烧起来。

“独狼，停下。”

犹如晴空霹雳，夜空里忽然传来扩音器的声音。

独狼站住，仰望夜空，眼露迷惘：这声音怎么如此熟悉？那种感觉——那种像同类的感觉！

虽然声音被放大了许多倍，雷欢还是一下子就听出来了，说话者是关少冰，只有他才有这种又尖又细的独特声音。“天狼”关少冰的声音是从悬停在半空中的一架中型直升机里传来的，他的声音又尖又细，像针尖一样钻进每一个人的耳朵里。

“独狼，你看，我的直升机上有什么？看清楚了吗？是 36 管 90mm 火箭发射巢，每枚火箭装有 5.2 千克烈性炸药，36 枚火箭弹足以摧毁整个足球场。如果你坚持要带雷欢走，我就会向观众射击，由此造成的后果由你负责。”

听到这样的话，看台上的 10 万球迷顿时像炸了营的蚂蚁，乱作一团，叫喊声比刚才中国队进球时的声音还大。

“安静！安静！”天狼的声音在扩音器的作用下，盖过了人群的喧哗，“各位球迷朋友，请安静，否则，我要试射一炮了。对，安静，回到你们的座位上，对，就这样，让我们来听听独狼的选择。”

30

摆在独狼面前的选择有两条。

一条是让雷欢跟那个神秘人走，而他今晚所做的事，所受的苦将全部白费，他又要和雷欢分开；另一条是他强行带走雷欢，但直升机里的那个混蛋说不定真的丧心病狂到了向人群开炮的地步。

他该如何选择?

独狼石头般静默着。

10 万球迷的目光全部投到独狼身上，使他成为这一刻最为瞩目的人物，他们都明白，独狼的选择关系着他们的生死。

独狼仍然静默着。

雷欢也在看着独狼，她很担心他选择第二条路，因为独狼内心深处确实有着残忍的成分，有时候他甚至非常渴望血腥，非常的渴望。对别人的生死他并不在乎，除了她。

独狼静默如石。

看台上传来部分球迷的哭声，他们从未承受过如此巨大的心理压力，面对有可能从天而降的死神，他们脆弱得像蚂蚁。

有一种与生俱来的使命感迫使雷欢说出自己的意见：“独狼，我们以后再见面吧。”

独狼痴痴地看着她，而她竟有一种想要流泪的感觉。

空中，直升机嗡嗡地响着，那个尖细的声音又开始刺激人们的耳膜与心房：“独狼，我知道你不会说话，所以，如果你同意我带走雷欢，就点头；如果不同意，就摇头。”

独狼微微摇头。

雷欢尖叫：“独狼！”

球迷们狂喊乱叫起来，场面犹如中国队首次夺得世界杯。区别在于，前者是由于恐惧，后者是因为兴奋。

独狼又点头，非常有力地点头。

在球迷们的吼叫声里，直升机降落到足球场上。胡狼卡洛斯把雷欢连拖带拽地拉上直升机，直升机飞快地升上半空。

关少冰道："独狼，你是我的，你是我的，你逃不出我的手掌心。"

独狼呆望着灰暗的夜空，目送直升机远去，从心底最深处涌出的恨意骤然间充满他的整个身体。他好恨，恨卡洛斯，恨那个不知名的人，恨那些胆小的球迷；更恨自己，恨自己无能，恨自己软弱，恨自己连心爱的人都保护不了。

他想狂呼，如果他能狂呼，他一定狂呼如雷；

他想怒吼，如果他能怒吼，他一定怒吼似虎；

他想悲鸣，如果他能悲鸣，他一定悲鸣如雨；

他想长嗥，如果他能长嗥，他一定长嗥似狼。

然而，他什么都不能，什么都不能！

独狼捏紧拳头，高举过头顶，奋力砸向大地，砸出两个将近一米深的坑。后来，人们把这两个坑称作"独狼之怒"，并长久保存下来，作为纪念。久而久之，这里成为枭阳市众多知名景点中比较特殊的一个。参观者被告之，这个坑是当年独狼救了10万球迷之后打出来的，是超人的遗迹。

但现在，独狼内心那无法言说的痛苦煎熬着他，他开始狂奔，不顾一切的狂奔，像匹脱了缰的野马，像头发了情的公牛，更像一辆失控的高速赛车，他要将自己和阻碍他的一切撞得粉碎。

31

凌晨两点半，钟扬走在空无一人的大街上，略为沉重的脚步声在他身前身后回响。他已经走了近十个小时，这在追踪外星人的生涯中并不少见，只是这次要找的是一个地球姑娘。他找了很多地方，问了很多人，却一无所获。

前面街角忽然扑跌出一个人来，恰巧撞到钟扬身上。他急忙扶住那人，是个年轻女子，穿戴少得可怜。“小姐，对不起。”他把她扶正后松开手，手上似乎粘了什么东西，他把手举到眼前细看，殷红色的，是血！他一惊，那女子又摇晃着要倒，他只得又扶住她，“小姐，你怎么啦？”

那女子睁开微闭的双眼：“快，扶我到那边去，有人追杀我。”

追杀？钟扬吃了一惊。这时，远处传来杂乱无章的脚步声，他急忙架着那女子往旁边一条巷子里走去。追杀，影视里常见，生活里倒是第一次遇到。

巷子不长，他们很快到了尽头。钟扬把那女子放开，让她靠墙站着。“现在怎么办？”他小声问，“送你上医院？不，不，还是先报警。”

女子压低声音：“别说话，他过来了。”

钟扬蹲下，睁大眼睛望着巷子口。不一会儿，那人影经过巷子口。“他没发现我们。”钟扬欣喜地说，低头却见那女子滑倒在地上，双眼紧闭。“喂，醒醒，小姐，醒醒，醒醒。”他急切地喊着。

那脚步声又恐怖地响起来，显然，追杀者回来了。

“喂，醒醒，他来了。”

巷子口现出追杀者的身影，手里握着一把枪，头转动时有亮光闪动，似乎戴着眼镜。他发现了钟扬和那女子，径直走进巷子。

“喂，醒醒，杀你的人来啦！”钟扬摇了几下那女子，仍不见她有任何反应。出于一贯的正义感，他站到女子前面，用自己的身体掩护她。“喂，你是谁？想干什么？深更半夜的……”钟扬大声发问。这时，那女子把什么东西塞到他手里，他捏了一下，是一把小小的手枪。钟扬顿时惊呼起来，“不行啊，我不会开枪。”

追杀者举起了枪。

钟扬本能地把食指伸进护圈，扣动扳机，在他蹲下身的同时，枪口前指，几乎是在闭着眼睛的情况下，开了一枪。不算太大的后坐力也使他丢掉手枪，往后一仰，倒在那女子身上。

但追杀者的反应更为剧烈。他惨叫着，扔掉手枪，返身夺路而逃。

“我杀了他么？”钟扬颤声问自己。他把手放到膝盖上，发现它不受控制地颤抖着。这时，传来女子的呻吟声，他才发觉自己倒在女子身上，于是急忙起身。

那女子左肩受了伤，流出的血染红了一大片衣裳。“你弄痛我啦。”她说。

“对，对不起啦，我不是故意的。”钟扬尴尬地笑了笑，“我送你去医院。”

“不，不行。”

“为什么？你流了这么多血，不去医院，恐怕有生命危险。”

“医院会查我为什么会受枪伤，不，我不去医院。”

“那怎么办？”

“去你家。”

“也只好这样了。”

钟扬架起她走出小巷，在大街上招了一辆电脑出租车，不久就回到他在江边的家。

32

受伤女子醒来的时候，太阳已经升起，明媚的阳光从窗外射进来，照亮整个房间。窗外隐隐可以听见远处长江滚滚的响声，还有鸟儿欢快的叫声。她挣扎着爬起来，来到窗前，向外眺望。肩上的枪伤被仔细包扎过，并不太严重。

“醒啦，”钟扬走进房间，“没事不要乱走动，当心把伤口撕裂了。”

女子转向钟扬：“真不好意思，昨晚我……”

“算你运气好，子弹从肩膀旁边擦过，只划开了皮肉，如果低那么一厘米，你的锁骨或者肩胛骨就完了。”

“你学过医？”

“一点点，我们外星人追踪者经常在野外活动，难免不受伤，所以就学了一点皮毛。不过，这也救过我自己好几回。对了，昨晚那人为什么追杀你？”

女子摆出一副无所谓的样子：“也没什么大事，只不过是我知道了他的一点秘密，他想杀人灭口罢了。”

“他是谁呀？”钟扬追问。

女子犹豫片刻，道：“说出来你也不认识。不说他了，说你吧。昨晚如果不是遇见你，就算我没被打死，也早就因为流血过多而死了，我真的要谢谢你。”

“不要你谢，我救你可不是为了听你说谢谢的。”钟扬正色道:“路见不平，拔刀相助。况且，如果没有你的枪，说不定我也会被杀死，哪里还能救你？所以，我们是互相救的，也就不用谢了。”

女子忽然沉默了。钟扬不识时务地问：“还没有请教小姐尊姓。”“哦，我姓何，你就叫我何水红好了。”“我叫钟扬，外星人追踪者。”

钟扬忙不迭地自我介绍。好纯真的家伙！一种奇怪的感觉进到何水红的心里，但是——“我想看看有什么新闻。”她转移话题，这也的确是她的需要，昨晚发生那么大的阵仗，肯定是新闻头条。

33

“昨晚，一共死了 54 名猎人，另有 17 名猎人下落不明。武器方面损失惨重，包括一架直升机和五辆越野吉普车，榴弹发射器、突击步枪、手雷等未做统计。”温先生顿了一下，继续报告，“另外，过山黄被独狼杀了，美枝子生死未卜，估计是回不来了。胡狼卡洛斯受了不小的惊吓，也算作损失吧。”

“还有你的手。”天狼冷冷地说。隔着黑色狼形面具，看不见他的表情，但显然他非常生气，就像一座即将喷发的火山。

温先生低头看了一眼自己的手：“小伤，不算什么。”

“是不算什么，可如果独狼把雷欢救走了，就会破坏我的全盘计划。”

温先生小心翼翼道：“是胡狼一心想要报仇，我没能阻止他，是我的错。”

天狼把目光转向一旁的卡洛斯：“是这样吗？”

胡狼卡洛斯道：“是又怎样？”

这话引爆了天狼的火山，他叫嚣起来，声音尖利得像指甲在玻璃上划动：“胡狼，不要以为你有多了不起，如果不是我接到温先生的消息，及时赶到，你死定了，雷欢也会被救走。真是头猪，不可救药，笨到极点。”

卡洛斯何曾受过这等训斥，他怒目而视：“天狼，你听着，我没认你作老大，你没资格对我这样讲话，我胡狼不会听命于你。”然而，他语气忽地一软，就如皮球泄了气一般，道，“我也不知道独狼有那么厉害，连液氧都冻不死他，他现在刀枪不入，你能拿他怎么办？”

“这个世上，能对付他的，只有我。”天狼道，“独狼当然难对付了，在他身上，集中了地球生物所有不可思议的本领，岂是你这种笨蛋所能想象的？这次我去俄罗斯，买回大量武器，就是为了对付独狼。”

温先生在一旁听着，他看出天狼不是当领袖的材料，在部下犯错误的时候，尤其是对胡狼这种心高气傲的人，是不能肆无忌惮地用笨蛋之类的词语来辱骂的，至少，他不会这样做。这表明，他还有重掌猎人公会大权的机会，就像以前一样。

正如温先生所料，胡狼立刻咆哮起来：“告诉你，我是胡狼，不是猪！”说完，他迈着沉重的步子离开。

天狼手指颤了颤，他的心也颤了颤，一丝渴望爬上他的心灵。

“我去看看雷欢。”他说。

雷欢此时的心情很差，呆呆地傻站在窗边，望着窗外被楼顶包围的一片湛蓝，心中无所思，亦无所忆，即使天狼进来也没能让她回头看一眼。

良久，关少冰道：“你孤独吗？”

雷欢依旧望着窗外。

“也许，我不该这么问。可是，话憋在心里，实在不舒服。我要说，现在这样，会让，你和我，都很难受，我受不了了。”关少冰说话很困难，隔几个字就要停顿一下，“我查过，你的资料，发现你没有结婚，连谈恋爱的记录都没有。以前，你拒绝我，也许是因为我丑，我笨，我是穷光蛋一个，配不上你。可世上男人很多，难道就没有一个你喜欢的吗？”

雷欢惨笑：“男人很多，但好男人我还没遇到，所以就只好一个人过了。单身贵族，自由自在，有什么不好？”

“我要知道真正的原因。”

雷欢忽然狂暴起来，歇斯底里地尖叫着：“我是个怪物，没有感情的机器人……这些答案你满意了吧？”

关少冰顿时手足无措，觉得天地都冻结了，没有一丝暖意。他不知道该干些什么，该说些什么，在雷欢面前，他永远是一个笨蛋。“你，你不要生气，我只是想知道真相，你也知道，我这人不怎么会说话，所以，请你原谅。”他语无伦次地说，“我走了，你自己好好休息一下，当心身体。”

他没有看见雷欢满脸的泪水。

走出门口，他的指尖与心房同时颤了几下。

34

智能光网上充斥着独狼昨晚制造的新闻，不知为何，报道都集中在球场风波上，和平公园的事件倒鲜有人报道。各电子媒体纷纷对球场风波发表评论，立场不同，自然众说纷纭，难以统一。《阿根廷论坛报》则说这是中方事先布置好的阴谋，好在阿根廷国家足球队获胜时使比赛终止，谁想这幕悲喜剧提前上演了；《飞碟探索》上发表了地外智慧生命研究协会会长的文章，称此事为外星人即将从幕后走向前台的预兆；《香港明镜报》则猜测此事为某电影公司为拍摄一部有关外星人的科幻电影而安排的……

"没想到我的独狼朋友成了世界级明星。"钟扬惊奇之余感叹道。

何水红不解地问："你的朋友？"

钟扬解释道："前几天他受了重伤，是我救了他。待会儿他要是回来，你可别怕，他这人其实很好的，面恶心善。他说他只有38天的记忆。我查过了，近半年来没有UFO坠毁的消息，全世界都没有，真是好奇怪，他到底是从哪儿来的。喂，你怎么啦？"

"没什么。"何水红很好地掩饰了自己的心情，继而话题一转，"你为什么如此相信外星人的存在？"

"我见过。"钟扬自豪地说。这次轮到何水红黯然了。"我21岁那年，和我的女友阿萍在长江边散步，就在离这儿不远的地方。忽然，江水煮沸了般翻滚起来，然后，从江里飞出一只银色的飞碟，它射出光来，把我们两个都吸了进去。在飞碟里面的情形我记不清了，他们抹掉了我的记忆，醒来后，我们又回到江边。那时，我以为什么都结束了，谁承想，一天以后，阿萍突然生病，送进医院，医生说，她的身体受到了太多的辐射，已经——已经无法医治。我只能眼睁睁地看着死神一点一点地夺去她的生命。”

“后来，你就立志要找到外星人？”

“嗯。”钟扬点点头。

何水红犹豫了一下，还是把心中的问题提了出来：“你把房子建在这儿，就是想时常去看看当年你们遇见飞碟的地方？”

“我经常去那里，”钟扬悲伤地说，“阿萍的坟也在那里。”

“真对不起。”

“没什么，事情已经过去十几年了，我已经习惯了。”钟扬决定换个话题，“不知道独狼上哪儿去了？我有礼物送给他。”

房门被猛地推开，撞在墙上发出怦然巨响，他们一起回头，看见一个瘦骨伶仃的黄褐色怪物站在门口。

35

独狼用力推开房门，余怒未消的他用力很猛，差点把房门撞碎，然后，他看见钟扬和一个女子在一起。那女子他见过，上次在大街上假装被歹徒殴打，诱他出手相救，然后借机在他背后连射三枪的女子，不就是她吗？他怒从心起，鹰爪似的手已伸向她的喉咙。他要掐死她，这个骗子，这个凶手。

“独狼，你不能！”钟扬横身挡在独狼的利爪之前。

独狼换了一个角度，继续前扑，在他捉住何水红脖子的同时，钟扬也挡到了何水红身前，面对着独狼凶残的目光。

“你要杀她就先杀了我。”钟扬大叫。

独狼愣住了。

“你也别动。”这话是钟扬对何水红说的，他感觉到她掏出了枪。“人总有身不由己的时候，尤其她这种单身女子，你明白我的意思吗？”

独狼不太明白。

何水红则十分明白，这话让她很感动，如果不是独狼的利爪还掐在她的脖子上，她的眼泪就已经掉下来了。

“把你的手放开，”钟扬说，“我保证，她不会伤害你。”

独狼迟疑片刻，把手收回来。

“你没事吧？”钟扬回头轻声问。

“这就是你说的面恶心善？”何水红说话时带着桃花似的笑颜。

刹那间，一种久违了的感觉浮上钟扬心头。有一句唐诗就是形容这种感觉的，“身无彩凤双飞翼，心有灵犀一点通。”他笑着说：“他已经放手了，你也把枪收好。”

钟扬走向独狼："我有件礼物要送给你。"他拿出一个小匣子，"我知道你不会说话，很痛苦，所以特地找人做了一个语音合成器。今后，你把想说的话，写到这上面，写完一句它就会说一句，比较方便，你试一试吧。"

独狼接过语音合成器，翻看了一下，就一只手捏着，另一只手飞快地在上边写——"要加上标点符号，这样它才会有语气。"钟扬补充道——不一会儿，小匣子发出声音来，它说的是："这个机器真的管用吗？"

"当然管用，科学的好处之一就是使人们的交流更方便。"钟扬喜笑颜开。

独狼继续写：我要知道这个女人的事情。

"这个当然要告诉你。"钟扬扭头看着何水红，说："是你自己说，还是我代劳？"

何水红轻咳一声，"我的事情当然由我自己说，"她说，"我叫何水红……"她编了一个很常见的故事，其中有一部分是真实的。她知道，作为"辣妹"的过去会是她心中永远的伤疤，不管她怎样努力，也是无法修复的。

36

晚饭后，温先生带着一个人秘密进入雷欢的房间。那个人叫黄时宇，研究催眠术有 20 年的时间。雷欢的晚饭里放有安眠药，早就躺在沙发上睡着了。

“可以开始了，”温先生道，“我需要天狼的消息，越多越好。”

黄时宇道：“放心，我最大的本事就是让人在睡梦中不知不觉说出自己心底的秘密。”

“我在外边等你，你快点。”

45 分钟后，黄时宇走出房间，一脸疲倦。温先生迎上前：“如何？顺利吗？”

“不太顺利，”黄时宇道，“她的意志力好强，每当我问到关键性问题，她就避而不答，或者顾左右而言其他，甚至有时还牵着我的鼻子走。”

“那么到底有些什么消息？”

“一件事，是她和一个人在看星星，那个人是她的同学，大概就是天狼，喜欢看天狼星。她说，天狼星因孤独而明亮，因明亮而孤独。这话像绕口令，听不懂。”

“难怪他管自己叫天狼。还有呢？”

“另一件事，是关于独狼的，不，也许还是天狼。在她的意识里，这两个名字有些混淆，好像是同一个人。”

“这不可能，继续说天狼。”

“她说她对天狼的所作所为无法理解，虽然天狼默默地为她做过很多事，但她永远无法接受他。她对天狼的评价是冷漠、孤僻、乖张、偏激、不近人情，但才华横溢，学习成绩是极其优秀的。总的来讲，天狼在她心中是一个不可理喻的怪物，谜一样的人。”

温先生有些失望：“看来她对天狼也不是很了解。”

“在她脑海里似乎有一块‘死亡区域’，”黄时宇解释道，“就是记忆被封锁的地方。那里的记忆还在，可是她自己都不知道里面是什么。她好聪明，想借助我的力量打开那段记忆的大门，所以，开始非常顺利。可是一旦深入，她又全力拒绝，怎么也无法进入。‘死亡区域’内仿佛有她生命中最珍贵的东西，潜意识里她用自己全部的精神和意志守护着它。我推断，过去她曾经遭遇过某件对她伤害极大的事情，严重到神经承受不起的地步，于是大脑就自发地采取忘掉它的方式来解除痛苦，保护自己。这在心理学和脑神经学上叫作保护性失忆。温先生，你说，什么样的遭遇能让她保护性失忆？”

“我不知道。对她，我知道得不多。”

“在那几次接近成功的问答中，有一个词出现了好几次，‘静宜’，你听说过静宜吗？”

“没有，我没有听说过什么静宜。这样吧，你明天再来一次，那时我也许能告诉你静宜是什么。”

“当然可以，只要你按钟点给钱，这可是很伤身体的活儿。”

悄悄送走黄时宇，温先生来到金光大厦一楼大厅。那里，天狼正在指挥三十多个猎人搬动、安装和调试各种设备，场面十分混乱。

他绕过手忙脚乱的猎人，径直走向天狼。

“喂，你，说你啦，把筛网钉牢一点，看看，不用碰它都往下掉，你干什么吃的？还有你，大个子，把那玩意儿钉高点儿，再高一点儿，好，往左，往左，好，就这样。”天狼把目光转向温先生，低声抱怨道，“这帮家伙，除了吃饭睡觉，什么都不会，给他把电钻他都不会用，简直是一群猪！”

“天狼。”温先生谦卑地喊道。

“什么事？”

“胡狼卡洛斯走了，听说到上海了。”

“哦，我不需要他。还有什么事？”

“下午死了一个人，一个三岁半的小男孩。”

“喔，又是独狼干的？”

“目击者说——”温先生故意停了片刻，以便看清天狼的反应，“是人，地球人干的，非常肯定。”

“是吗？”天狼把目光转向忙碌着的猎人，“把那个箱子搬开，听明白没有？把它搬到那边去。对，说的就是你们，快把它搬开，没看见它挡着你们了吗？猪！”

天狼又把目光移回到温先生身上。“温先生，你的病——”他说，“我能替你治好。等抓住了独狼，我就给你治。”

然后，天狼头也不回地走向大厅中央。那儿在正安装一盏巨型玫瑰灯。生产厂家的广告里说，整盏灯的直径为 2.5 米，重 400 公斤，呈玫瑰花状。花瓣是由998朵小玫瑰组合而成，加上灯体本身，共999朵。灯亮时五光十色，变幻无穷，极富浪漫与激情，是娱乐场所必备之佳品。

而今，这灯经过改造，专门为独狼而准备。

37

夜，隔着雾，月亮也只是朦胧的影子，雷欢就在这雾里寻找。

分辨不出东南西北，她只知道往前走，着了魔似的，想停但停不下来。走呀走呀，走了很久，还是没有走出浓雾，似乎根本就是在原地踏步，或者在兜圈子，最后又兜回原来的地方。

她忽然听到流水声。循着水声走去，只觉得水声始终在前面，走了很长时间，也没能走到水边。她想，海市蜃楼是可望而不可即，这水是可听而不可即，有异曲同工之妙。

天边，蛇一样划出一道闪电，引起了雷欢的注意，同时泛上心头的还有恐惧。

恐惧闪电？

乳白的雾突然煮沸了一般翻滚起来，一丝丝一缕缕似被无形的手牵着往天上飞去。雷欢抬眼看见，天上那轮月亮泛着妖异的红色，心中疑惑不解：莫非月亮变成了太阳？雾飞速上升，转眼间就蒸发得一干二净，原来被雾笼罩的大地，此际现出它的真面目。

雷欢发现，自己就站在小河边。

小河平静地流淌着，发出悦耳的哗哗声，河面波光粼粼，闪动着无数片银辉。雷欢蹲下身，瞅着河水，河水以清凉的感觉诱惑着她。17 岁的杨静宜浮出水面，笑道："雷欢姐姐，快下来呀。"

雷欢的确很想下去痛痛快快洗个澡，然而，心底泛起的恐惧又让她不敢行动。但她恐惧什么呢？突然，一道枝状闪电在小河上空划下，暂时照亮了整个世界。雷欢一惊，预感到有什么事情将要发生，而且是极可怕的。果然，一声惊雷在头顶炸响，震得她头皮发麻。但这雷声怎么——

她猛然回头，惊惧地发现身后站着一匹黑色巨狼。它比五个雷欢还高，惨绿的眼睛像魔鬼的灯笼。它一咧嘴，满嘴都是长剑式的牙齿。

巨狼迈动四肢朝雷欢走来。

雷欢跌坐在地上，茫然地看着那匹巨狼，她忘了逃跑，连尖叫也忘了，头脑一片空白。

巨狼没有理会雷欢，而是从她头顶上走过，走向河边。

它要去干什么？静宜！雷欢被封冻的意识运转起来：是我带静宜出来的，我必须救她。雷欢站起来，大喊："你要吃就吃我吧。"

巨狼回头，贪婪的目光上下打量着雷欢。

恐惧立刻占据了雷欢的每一个细胞，但她没有后悔。

巨狼的头忽然一动，一条长长的舌头伸出，裹住雷欢，把她往自己嘴里送去。

雷欢眼睁睁看着自己落向那山洞一样深且黑的喉咙——

雷欢蓦地坐起来，满头大汗。在她身边，没有小河，没有静宜，没有巨狼，她在金光大厦一间普普通通的房子里，睡在沙发上，独自一人，而且，没有打雷。很多年了，只要是雷雨之夜，她就会做噩梦。但今天，没有打雷，怎么也会做噩梦？

她突然意识到，自己从噩梦里逃出，逃到现实里，而现实其实是另一个更大更可怕的噩梦。这是多么残酷的事实啊。

她双手捂着脸，痛哭起来。

天啊，为什么要我受这种罪？我到底做错了什么？被我忘却的那段记忆里我到底有怎样的遭遇？

38

相思，似一团浓稠的雾，将独狼团团围住。

晨雾弥漫，他独自坐在天桥的栏杆上，蓦然回首，一凄艳女子惊立背后，双唇呈 O 形，仿佛一口井，将他深陷其中。刹那间，与生俱来的本能告诉他，这就是他一生一世所要追寻的全部。

雷欢眼里盛满晶莹的泪水，无比恐惧地望着他。他极想告诉她，我绝不会伤害你，也绝不会让你受到一点点伤害。然而，就这小小的愿望也无法办到，那种心酸与心痛交织的感觉像千万把锈刀在切割他柔弱的心。

“你别靠近我。”雷欢如冰雕玉砌一般，凄厉，寒冷，拒人于千里之外。

他把目光投到对岸，紧贴江水的是一大片沙地，密布大小如拳头大的鹅卵石。再过去就是如刀削般的峭壁，千百年的日晒雨淋已在它身上刻下万千深浅不一、大小有别的皱纹，岁月沧桑之感油然而生。一些曲曲折折的往事浮上心头，没有顺序，只是一些片断，跳跃性地出现。

他跳下楼，雷欢满怀希冀，恳切中又带了几分恐惧地喊道：“别杀人！”“你别管我，我没事。”雷欢焦急万分。

他仰起头，天空被峡谷固定成一条混沌的河，蓝、白、灰三色融洽地交织在一起，互相浸润，互相渲染，有渐变，也有突变。

“我很想家，你想吗？”雷欢的手撑着栏杆，仰望星空，满脸惆怅。那夜的星光异常灿烂，照见她眼窝深处真诚的渴望。

坚强的雷欢，脆弱的雷欢，笑的雷欢，哭的雷欢，激动的雷欢，恐惧的雷欢，安静的雷欢……他的思绪忽然混乱起来。

“独狼，我们还是以后再见吧！”

雷欢，你现在怎么样了？有没有受到伤害？是不是也在想我？你是否知道远方有我在想念你？你是否明白你是我今生唯一的爱？就算是错，我也要错到海枯石烂，地老天荒！雷欢，你在哪里？我要来救你！

39

雷欢整天待在屋里，无所事事。她坐在沙发上，把脖子上的贝壳项链取下来，一粒一粒地数着。这串项链还是和静宜一起逛商场的时候买的，那时，静宜说她老土。不知道静宜现在怎么样了。

这时，关少冰走进屋。“雷欢，你还好吗？”他说，“我知道这里很闷，要不要到屋顶去看看？”

雷欢没说话。

关少冰悲从中来，他越是关心雷欢，雷欢越讨厌他，他们两个人的世界隔着无形但却厚厚的屏障。他还能做什么呢？

沉默。如果沉默是金，那么他们恐怕早就被金子压死了。

良久，关少冰打破沉默：“你和独狼在一起有一些日子了，你是否觉得他有些像我？”

这次雷欢说话了：“嗯，那时我还以为他就是你。”

关少冰此时既高兴又悲伤。高兴的是雷欢终于肯说话了，悲伤的是雷欢是为独狼而说话的。他略为兴奋地说：“他的基因大部分和我是一样的。”

“什么？”雷欢睁大了眼睛，吃惊地望着关少冰。

“你也知道，组成 DNA 的基本单位是脱氧核苷酸，其种类虽只有四种，但排列方式变化近于无穷。脱氧核苷酸的排列方式决定了基因所携带信息的内容，因此，改变脱氧核苷酸的排列顺序，调换脱氧核苷酸的类别，就可以最终改变生物的表现形式。以前的科学家做的大抵就是在猫的基因里插入一双肉翅的DNA片断从而使小猫长上翅膀这类的事情。”

确信雷欢在认真聆听，关少冰讲得更认真了。别的话他也许讲得不好，但DNA是他的研究对象，讲起来自然滔滔不绝，信手拈来。

“性格也是由脱氧核苷酸的排列顺序决定的。一个人内向还是外向，对人冷漠还是热情，支配欲望强不强，好不好强，自制力怎么样，等等，都取决于基因。后天的改变只是少数，所谓‘江山易改，本性难移’，说的就是这个现象。”

“你还是没有说为什么你们的基因是一样的？”雷欢插嘴道。

“一条完整的基因链含有数十亿个脱氧核苷酸，要想设计一条全新的基因链，其工程之浩大超乎想象。有人作过计算，如果要重新设计并制造一个人，其耗资将是人类有史以来所有财富的总和。所以，我只好走一条捷径，选择在一条完整的人类基因链上进行调换，插入和改变。”

雷欢恍然大悟：“你用的是你自己的基因！”

“是的，是我自己的基因，我的基因带有我的全部信息。”关少冰颇为自豪，又带着些愤怒，“所以，我知道他一定会来救你，因为他爱你，和我一样执着，他生下来就爱着你，注定要为你疯狂，你明白了么？”

“可是，喜欢这种事是后天形成的呀？”

“对，没错。但是，我把你的形象和我对你的爱编了码，写进了他的基因里，所以命中注定，他爱你。这是无法改变的事实——你，我，他，都无法改变。”

“天啊，怎么会这样？”雷欢深吸了一口气，问出了那个她一再提出的问题：“那你为什么要抓他？”

“他是我的，我的。我已经失去了太多东西，我总要抓住一些属于我自己的东西。你知道我在独狼身上花了多少心血吗？”关少冰站起来，在房间里踱过来又踱过去，眼里是迷离、狂热与激动。“别看我刚才说得轻松，调换啦，修改啦，重组啦，可做起来却无比艰难。一条基因链有几十亿个脱氧核苷酸，弄错一个都有可能在新生命身上出现不良情况，导致实验失败。独狼不是不会说话吗？我估计，就是决定语言功能的基因片断出了问题。为了把独狼制造得更完美，我殚精竭虑，绞尽脑汁，煞费苦心。那些日子，我除了吃饭睡觉，就是工作，就是实验，就是研究，甚至吃饭时想的都是如何改造DNA，睡觉时梦的都是修改DNA。忙碌时倒没什么，习惯了，也就无所谓了。一旦静下来，寂寞就以无形之剑穿透我的胸膛，令我感受到最彻底的孤独、无助、空洞和彷徨。那种感觉，比肝胆俱裂还痛苦，比黄粱美梦还柔弱，比四面楚歌还心酸，直把人往绝路上逼。若非过人的韧性，若非实验成功的希望之光，我早就放弃了，也许已经死了很久了。我终于还是挺过来了，当胜利女神站在鲜花丛中向我微笑时，我醉了，而且是酩酊大醉。可醒来的时候却发现他不见了，我心血的结晶不见了。于是，我就去找，发了疯似的到处找，我终于找到他了。一切迹象表明，独狼完全实现了高贺和我的设计意图，他是地球上最具适应性的生物。但他永远无法真正变成人，因为我在基因上否定了人。人是可恨的、讨厌的垃圾，地球上根本就不该有这种讨厌的生物出现，对于自然界而言，甚至微生物都比人有用得多。”

雷欢奇怪地盯着关少冰，她觉得关少冰与以前不同了。哪里不同呢？她一时又说不清楚，这只是一种感觉。

温先生急匆匆地走进来，“独狼来了。”他报告说。

“不用慌，陷阱已经布置好了，我会抓住他的，他是我的。”关少冰把目光移向雷欢，“这需要你的帮助。”

40

独狼枪口上扬，打中台阶左上方的那名猎人。猎人惨叫着，连人带枪滚下台阶。

独狼冲上台阶。

一名猎人弓身扔出一枚手雷，独狼向前冲去，抬手打中那名猎人的额头，他扔掉枪，向后倒下。手雷在独狼身后的台阶上爆炸。一路杀来，猎人的抵抗是微弱的，对刀枪不入的独狼而言，简直不值一提。玻璃大门关着，独狼一脚踢开，闯了进去，大厅里什么情况也没有。他提高感官的敏感度，小心翼翼持枪前行。

大厅中间，有一个水池，浮着五片荷叶，挺立着两朵荷花。独狼经过水池时，池中忽然冒出一股喷泉，粗如手臂，直上两米后往四面飞溅，整个大厅都在它的喷射范围之内。独狼淋了不少水，他急忙封闭皮肤，以免那水有毒，浸入皮肤造成伤害。可奇怪的是，水是普通的水，不含任何毒质。

突然，灯亮了，是那盏999朵玫瑰灯。只见上百道光从灯体内射出，五光十色，耀眼无比。只亮了一秒钟，突然又熄了。

随同灯一起熄掉的，还有独狼的眼睛。他那双永远惨绿的眼睛失去了闪烁的光，他突然间看不见了，什么也看不见了。

他急忙调整眼内结构，以期尽快恢复视觉。

这时，一种云状物质从大厅四周涌出，翻滚着涌向独狼。它很浓，完全不透明，纯白色，像黏稠的液体，却如气体一般悬在空中，无声无息地从四面八方涌向独狼。当独狼感觉到云状物质的时候，云状物质已经完全包围了他，并且撞进他的身体，看上去就像他是海绵，而云状物质是水一样，他把云状物质大量地吸入体内。

独狼很快恢复了视觉，朝前猛冲，两步就冲出了云状物质的包围。他回头，云状物质悬停在原处，仿佛悬在空中的岩石，并不改变形状，还保留着他冲出来的通道。他把手伸向它，它又通过手指，大量进入他的身体，他急忙收回手。

这到底是什么？独狼奇怪极了。

一声脆响使他偏过头去看，他看见了那个令他魂牵梦绕的女人，那个他朝思暮想的女人，那个他命中注定要为她痴狂的女人。

他狂奔过去。

恍惚间，他撞上了一张无形的网。网极具黏性，他奋力挣扎，强烈如雷电的电流从网上涌出，他便什么也不知道了。

41

独狼醒来的时候，发现自己被挂在一张细而密的金属网上，手腕、足踝、腰部和脖子都被铁夹锁住。这原本难不倒他，但从金属网上传来的间歇性脉冲刺激着他胸腔里的超脑，令他四肢无力，精神涣散，无法变形。

他用无神的绿眼打量着四周，在他面前站着雷欢、温先生和关少冰。

关少冰说："独狼，我们终于见面了。我想，你还不知道我是谁吧？告诉你，我姓关，关少冰，是我创造了你，给了你生命，给了你超人的本领，可你却逃走了。我找你找得好苦，为了找到你，为了抓到你，我可是煞费苦心。我知道你会去找雷欢，所以我也来了，而且暗中追查。后来，你带着雷欢出逃，那时，我还没有能力抓你，但我需要知道你在哪里。以你的性格一定会守在雷欢身边，所以我就利用了她。”

“我？”雷欢惊诧道。

关少冰把目光转向雷欢：“你手腕上的金知了装着信号发射器，本来是想送给你，后来让天哥，就是那个流氓头子抢去了，不知怎么又到了你手上——或许是天意吧。”

不！独狼震惊了，因为那只金知了就是他从天哥那里抢来拿给雷欢的，谁知道竟然是关少冰的！

“而我有追踪器，本来我不知道那只金知了在你那里，是警方通报说你被一个怪物绑架了，我再查对追逐器，发现信号就在警方说的区域，我就知道金知了一定和你们在一起。因为我相信，你身处危险，独狼肯定不会袖手旁观。”

“你算得很准！只是——”雷欢咬牙切齿，“太卑鄙了！”

“卑鄙？”关少冰仿佛从未听过这个词，“比我卑鄙千百倍的人多得很。他们争名夺利，尔虞我诈，为达目的不择手段，什么样的办法都想得出，做得到。他们出卖朋友，出卖家人，出卖民族，出卖国家，出卖自己，出卖良心，为着自己的私利，他们什么不能出卖？他们费尽心机，绞尽脑汁，把别人的钱变成他们的钱，把别人的官位变成他们的官位，把别人的女人变成他们的女人，我有他们卑鄙吗？我不过是想得到属于我自己的东西，这难道也有错吗？”

雷欢终于知道关少冰与以前哪里不同了。现在的关少冰，心理处于极不平衡的状态，随时有滑向深渊的可能。那深渊里有什么，她不知道，她只感到莫名但却巨大的恐惧。

“之后我又控制了太子熊，借猎人公会之力追捕独狼。”关少冰继续讲他追捕独狼的经历，“几番征战下来，猎人公会死伤惨重。偏偏这时市长倒台，太子熊也死了，我不得不亲自出面了。”

“这才有了天狼？”旁边的温先生插嘴道。

“温先生，你应该明白，”关少冰摘下脸上的面具，“我为什么要找猎人公会对付独狼。”

“我明白。”温先生心头泛起阵阵悲哀。就因为那次和关少冰的交易，太子熊死了，猎人公会完了，他也快没戏唱了。人真的是容易犯错的动物。

雷欢问：“既然你能制造出独狼来，为什么不再制造一个？”

“真聪明，这个问题问得好。”关少冰道，“在我给你讲的故事里其实还有几个问题。第一个问题，是那个老问题，独狼的胚胎死了，为什么会发生爆炸，爆炸之后他为什么又复活了？第二个问题，独狼的本领事实上超过了我的设计，我给他设计的是快速适应环境，是被动的，不受主观的控制，但现在独狼能控制自己身体的变化，为什么会这样？第三个问题，就是你的那个问题，为什么我费心费力抓独狼？这三个问题的答案其实是一个。”

“到底是什么原因？”雷欢很急切。

“我说过，独狼的胚胎一度死去，我认为失败了，就喝得大醉。但在我喝醉的时候，发生了一件当今科学无法解释的事，太空里有颗超新星爆发了。凑巧，当时它，月亮和地球处在同一直线，于是，它的巨大能量就以我们所不知道的方式对地球上的某些地方产生了我们难以解释的物化效应。当时，新闻报道了不少怪事，新泽西的一只鸡生下了一枚金蛋；飞往法兰克福的航班不知怎么就到了迪拜上空；一个新西兰小女孩一夜之间变成了 80 岁的老妪……还有就是独狼了。那种神秘的力量促使子宫体爆炸，促使独狼复活，赐予独狼超群出众的变形能力，它就是所有问题的答案。”

“我还是不太明白。”雷欢疑惑地说。

“我无法模拟神秘力量对独狼胚胎的作用，也就无法造出与独狼一样具有变形能力的生物，独狼是独一无二的，所以我只有抓他回来了。

“那你抓独狼回来到底是为了什么？”

42

“我想回到子宫，”关少冰冷冰冰地说，“那里最温暖，最宁静，最安全。”

“什么意思？”雷欢问。

“我要创造一个属于我的世界。”关少冰陷入迷乱，“现在这个世界太混乱了，我要创造一个全新的世界。在那里，没有血腥的杀戮，没有刻骨的仇恨，没有莫名的嫉妒，没有难耐的寂寞与孤独，所有生物和平共处，像一家人那样生活在一起，而独狼是这个世界的核心。”

关少冰取出一只大号注射器，走到独狼背后，从金属网眼中把针头扎进独狼后背。独狼抽动了一下，但没有别的反应，他失去了刀枪不入的本领，连针头都挡不住了。关少冰缓缓抽出活塞，猩红色的超脑细胞源源不断地进入针筒，不一会儿，就抽了满满一针筒。他拔出针头，瞅着针筒里猩红的液体，得意地笑起来。

“取出超脑细胞的细胞核，把细胞核植入去掉核的卵细胞中，形成受精卵，再让受精卵在人造子宫体内着床，发育，长大，直到成熟，成为新狼……”关少冰得意的说道。

此时，独狼的头耷拉着，死去了一样。

一名猎人过来报告：“美枝子回来了。”

温先生一震：她回来干吗？

“回来得正好，我正愁没有合适的人选。温先生，让她去陪雷欢，有人陪她，她会好过一点儿。”

“哦，哦。”温先生答道。又问，“独狼怎么办？”

“它已经没用了，就让它在这儿吧。”关少冰道，“说实话，我真有点儿舍不得它，毕竟它是我心血的结晶。”

43

眼睛很痛，酸涩得厉害，怎么也睁不开，仿佛凝固了一般。独狼在心里对自己说：醒来吧，醒来吧，醒来吧……可眼皮就如千斤铁闸一般沉重，似乎不能挪动分毫，有时刚睁开一点点，还没等光线进入，就又合上了。于是，他又进入半梦半醒之间，又陷入那不生不灭，不死不活的境地。

睁开眼睛，一次又一次，这几乎耗去了他全部的耐心、意志和精力。此时，在他看来，睁开眼睛是世上最艰难的事。

后背传来的间歇性神经脉冲轻轻叩击着他的超脑，令他昏昏欲睡。

他与睡意搏斗着，唯一的方式就是睁开眼睛。

他有点儿清醒了，但还不够清醒。他发出变形指令，超脑却一阵剧痛。疼痛令他更为清醒，他知道，这是超脑细胞流失的结果。必须逃离这里，他想，首先得摆脱神经脉冲的控制。但是该怎么办呢？手、足、腰、颈全被铁夹锁住，背部始终贴在金属网上。

该怎么办？除非——

他想到了一个极为残酷的办法。有时候，做事情不能害怕付出代价。他拼命晃动左肩，只听得“咔嚓”一声响，左臂自肩部齐根断落。借那剧痛带来的身体晃动，右臂也齐根断落，绿色体液从创口处喷溅而出。

现在，他的颈部、腰部和足踝还被锁着。

疼痛让他更为清醒，他抓住机会，凝聚力量，上半身往前死命一扑，头颅自颈部断落，掉到地板上，滚出十几米远。

他几乎晕过去，但背部已经离开了金属网。

稍作休息，他命令足踝变形，从铁夹中脱出，又一挣，挣断了腰部铁夹。他跳到地板上，重获自由。

此刻的他，没有头，没有双臂，浑身炭黑，完全是一副地狱来客的模样。当务之急，就是恢复视觉，至少要部分恢复。幸好超脑还在胸腔里，不一会儿，他就在胸脯上变化出一只简单的复眼，在这只复眼的帮助下，他成功逃离了金光大厦。

44

钟扬无疑是个很有耐心的人。曾有某大师预言，某年某月，UFO 将在武夷山现身，为此，他带着摄影器材在武夷山守候了大半年，每日在山林野地里转悠，从未心烦过。但现在，只等了一个小时，他就失掉了所有的耐心，开始烦躁不安起来。

他心里惦记着两个人。

一个是独狼，他的朋友。虽说独狼刀枪不入且变化无常，但要只身对付一个庞大的黑帮组织总是叫人放心不下。最大的麻烦是对方有雷欢作人质。投鼠忌器，任你本事再大也施展不开。

另一个是何水红，她表面冷艳，实则天良未泯。从她身上，他时常可以看到另一个人的影子，尽管他自己拒绝承认这一点。现在，她自告奋勇，回猎人公会探听独狼的消息，也是冒着很大的危险，尤其是那个温先生。

何水红临行时说："等我两个小时，如果两个小时我还没回来，你就报警。"钟扬也想去，但她不准。"我们需要有人报警。"于是，他留下来等待。

一等就是一个小时。

等待中的时间总是过得特别漫长，一分一秒都像一个世纪那么长。

他看时间，过了五分又十一秒。"我终于知道什么叫煎熬了。"

是不是出什么事了？他开始担心，越担心越害怕，越害怕越心烦。他忍不住了，按动信息表，拨通公安局的电话："喂，公安局吗？我想提供一点线索，是关于猎人公会的。请你们局长听电话，行吗？告诉他，我是钟扬。"

他等了33秒钟。

"喂，我是林强，找我什么事？"

钟扬把自己知道的事情一五一十地告诉了林强。林强表示，马上出击，剿灭猎人公会。关上信息表，下面该干什么？钟扬问自己：等待还是出去？他决定出去。换上T恤，刚要开门，门就被猛地撞开，一具无头尸体立在门前。饶是他见多识广，胆色过人，乍见此情景，也不由得尖叫一声，“啊”！然后，他看见那具无头尸体——不仅无头，而且没有手臂，全身炭黑——迈着古怪的步子走进屋子。

他后退两步，惊道：“噢，不！”

45

林强行动前照例训话，非常严厉，讲明了此次行动的重要性，同时也强调将对办事不力者作严肃处理，绝不留情，然后行动开始。林强本已递上辞职信，在家静候通知，不想，风云突变，熊市长被捕，高局长也跟着倒台，局势一变再变。由于他一向有清正廉洁与破案专家的好名声，上级领导挑中他当代理局长，接手这个烂摊子。

这的确是一个烂摊子，有高局长那样一个混蛋当一把手，公安局自然好不到哪儿去。上梁不正下梁歪，警察中办事拖拉，敲诈勒索，与黑社会内外勾结的大有人在。上次体育馆事件，警察在事发后 20 分钟才到现场，成了智能光网上的一大笑话。

这么一个烂摊子当然不是三两天就可以整治好的，林强花了很多心思来改变现状，效果恐怕要三五个月，甚至一两年后才看得到。

现在，林强只希望能顺利剿灭猎人公会，将这颗毒瘤连根拔起。其实，他早就想这么做了。

46

受钟扬之托，美枝子回金光大厦打探消息，没见到独狼却被派去照顾雷欢。她告诉了雷欢自己此行的目的，雷欢也告诉了她天狼关少冰的所作所为。

当美枝子正要带着雷欢离开时，温先生带着三名猎人闯进房间，围住了美枝子。

“住手！”雷欢勇敢地走到美枝子前面，面对黑洞洞的枪口，美枝子是来救她的，她不能让美枝子受到伤害。“你要杀她，就先杀我。”她斩钉截铁地说。

美枝子推开雷欢：“这是我的事，与你无关，我自己解决。”

“好，好，不愧为‘辣妹’，女中豪杰。”温先生阴森森地笑着说。

“住手！”天狼走进来，“温先生，住手。”

“不能留她，她想救雷欢走，她是叛徒。”

“留着她，我有用。”

“可是——”

“没有可是，温先生！”

一束从窗外射进来的强光中止了关少冰的愤怒，那光来自空中悬停着的一架直升机。这时，天刚黑，依稀可以看见直升机上鲜红的警徽。

怎么回事？温先生和关少冰一起扑到窗前。此时，大街上足有30辆警车，而且还有警车不断加入。到处都有持枪的警察，车边、街道绿化带边、电子广告牌下、对面大楼上，都有警察跑动的身影。而且，“黑猫”特警队也在其中。

“我们被包围了，”关少冰急道，“这是怎么回事？”

“我怎么知道？”温先生反问，“以前警察碰都不敢碰我们。”

“但现在熊市长完蛋了！”关少冰吼起来，“我们怎么办？”

“看样子，只有三十六计，走为上策了。要是被抓住，肯定只有死路一条，再也不会有人来搭救我们了。”

“怎么逃？到处都是警察。”关少冰没经历过这种场面。

“有一条密道，在一楼大厅，出口有一辆车，只需要几分钟就可以离开这里。”

“这样，我们分头行动。我去取东西，你去命令顶楼的直升机驾驶员，叫他驾机突围。直升机的隐形功能不差，也许他能逃出生天。”

“好的。”温先生明白关少冰这样安排的意图。

“再找几个你的心腹。”

“这四个都是。”

“你们押着雷欢和美枝子，小心别让她们跑了。”

“干吗要带她们走？干脆——”

“没时间解释了，照办。”

关少冰转身离去，很快取来一个小皮箱。他们乘电梯直下一楼。

外面的警察显然开始行动了，远远近近都能听见枪声。枪声零零星星的，显然猎人们已经很少反抗。多数猎人都明白，猎人公会大势已去，反抗除了枉自送掉小命外，没有任何意义。

在一楼大厅，雷欢看见吊着独狼的金属网空了，附近有两根枯树枝似的东西。那是——她猜测着，突然，她看见地板上独狼蜡黄的头颅，立即尖叫：“你杀了他！”

“独狼没死，”关少冰耐心解释道，“他的超脑在胸部，没脑袋他照样能活。”

“走，走，走。”温先生催促着。他在一面墙上按了几下，地板裂开，现出一个仅容一人进出的洞口。“快点！”他率先进洞。

八个人沿着狭小的地道鱼贯而行，走了五六分钟，就来到一间石室，里面停着一辆五月花牌小型客车。上车，发动，驶出石室，拐弯，上了一条主干道。

温先生打开车窗，扭头去看逐渐远去的金光大厦。那里，一度是他的梦想。还在很小的时候，他就渴望拥有自己的王国，渴望有无数的人对自己言听计从，俯首称臣。后来，他的梦想实现了，金光大厦又成了他的光荣。他是枭阳市第一大黑帮的实际老大，要风得风，要雨得雨，威风八面，名扬四海，何等荣耀。但现在，他一手创建起来的猎人公会土崩瓦解，他的梦想泡沫般破灭了，他的光荣氢气球般飞走了，他什么都没有了。

我的梦想！——温先生不无伤感地想着。

但伤感不属于温先生，他很快调整情绪，用充满希望的语气问：“我们去哪里？”

“一个神秘的不为人知的地方——子宫。”关少冰看着远处，如同入定的和尚，“那里能实现我的梦想。”

第四部　子宫

这个世界对我太不公平，所有我想得到的东西我都得不到。我的要求其实不高，就希望有一个角落能让我安安静静地做我想做的事。可是，就连这样一个卑微的梦想我都实现不了。不要再破灭我的梦想好不好？

1

关少冰慢慢走在去往子宫瓶的森林里。

子宫瓶是子宫内环境模拟控制系统的俗称，整体呈圆柱形，高 3 米，直径 1 米，10 个一排，每排间距 3 米，共 10 排，排列得整整齐齐，瓶壁透明，里面盛满略为混浊的褐色液体——人造羊水。隐约可见羊水里蜷缩着人体，七八根弯弯曲曲的导线将人体与瓶颈连在一起，那些人体几近成年，时不时做些吮吸、伸腿、抬手等简单动作，就和胎儿在母腹中所做的一样。

但关少冰知道，那不是人，那是培育中的新狼……

回到“子宫”后，关少冰花了一个星期的时间，对从独狼身上采来的超脑细胞坐了技术处理，先将决定爱雷欢的碱基片段剪切下来，把另一段全新排列的片段连接上去，使新的独狼拥有更神速的变形能力。这些事情说起来容易，但做起来艰难，幸亏有先进的生物工程手术平台，还有温先生从旁协助——连关少冰都没有想到温先生也是行家里手——总的来讲，事情还是进行的相当顺利。目前，关少冰所要做的事情仅仅是等待。时间已经过去了两个月，在超级刺激剂的帮助下，最多再过五天，第一批新狼就会出世。接下来是第二批、第三批、第四批……

每天，关少冰都会来这里走一走，看一看。每天一个小时，从来没有中断过。

走在这里，他感觉最多的是内心的宁静，没有激动，没有因为梦想即将实现而激动。那些事似乎与他无关，他只是慢慢地走着，静静地看着，什么也不说，什么也不想，脑海中像什么都有，充实，圆满，又像什么都没有，一片空白，白痴一般。

但今天，他无论如何都无法保持这么平和的心态。他时而暴跳如雷，时而沉默如石，时而惊声尖叫，时而喃喃自语，时而激愤难挡，时而自怨自艾，宛如疯子。因为他早上去看了一个人，那个人姓雷，名欢，女，现年 27 岁，未婚。

今天是 2027 年 6 月 17 日，雷欢 27 岁的生日。

2

当关少冰端着蛋糕走进房间时，雷欢丝毫没有想起今天是自己的生日。

自从被关少冰带到“子宫”后，雷欢就感觉不到时间的流逝了。虽然实验室里也实行 24 小时昼夜作息制度，但那对她来讲并无任何意义。在这里的每一天都是一样，今天和昨天没什么两样，昨天与前天也完全相同。日子就这样简单机械地重复着，时间就这样不知不觉、无声无息地流逝着，没有留下任何痕迹，连回忆也是一片空白。

美枝子和雷欢住在一起，生活是顶好的，到吃饭的时候就会有人送来可口的饭菜，余下的时间除了睡觉就只剩娱乐了。娱乐的方式还不少：游泳、打牌、下棋……甚至还能打壁球，可以说，她们过的生活正是许多人梦寐以求的。唯一不足的是，她们的活动空间有限，几道金属门把她们跟“子宫”的其他部分隔离开来，她们的活动范围被严格限制着，没有识别卡，她们哪儿也去不了。所以，她们既无法查知实验室的全貌，也无法了解关、温两到底在干什么。

“我们不过是高级囚徒。”雷欢不止一次地这样说。她们试图逃过两次，都没能逃过实验室的主控电脑“卡里·穆利斯”的监视，后来她们就放弃了。

关少冰走进房间时，雷欢和美枝子正坐在桌边下围棋。在到“子宫”以前，两人对围棋原本是一窍不通，现在两人起码是业余三段。关少冰进来，她们头都没抬一下，仍旧下棋。

关少冰习惯了她们的冷漠，“雷欢，生日快乐。”他递上手里的生日蛋糕。生日？雷欢迷茫地看着关少冰。“今天是6月17日，我不会记错的。”关少冰把蛋糕放到桌子上，“这蛋糕是我特意去买的，生日快乐。”雷欢看着蛋糕，蛋糕制作得极为精致，奶油绘着两颗相通的心，旁边是“雷欢生日快乐”六个彩字，还插着蜡烛。

“二十七，又老了一岁啦！”雷欢感慨。“是呀。”美枝子开始追忆自己有多大，多久没正经八百地过生日了，她发觉这两个问题都没有确切的答案。

“我也不知道送什么好，就挑了这个，古老了一点，不知道你喜不喜欢？”关少冰讪讪地笑着，“点上蜡烛，许个愿吧。”

“许愿？许什么愿？”雷欢反问，脑海里闪出以前过生日时诚心诚意许愿的样子，觉得自己好傻好傻。那些生日愿望后来都实现了吗？是否愿望许过之后就会实现？她轻叹一声，“住在这一百多平方米的空间里当高级囚徒，我还能有什么愿望？我只想离开这鬼地方，这就是我的愿望，你会让它实现吗？”

关少冰一时语塞。

雷欢俯下身，吹熄蜡烛，美枝子在一旁帮她。吹完，雷欢拿起早已备好的刀，切了一块，先递给美枝子，再切一块，递给关少冰：“谢谢你的蛋糕。”然后给自己切了一块，无言地吃起来。

关少冰没滋没味地吃着。多少年了，总是这样，不管他怎样努力讨雷欢的欢心，都适得其反，换来的总是雷欢的冷漠。他的心中时常有个声音在呼喊：雷欢呀，雷欢，你可以打我，可以骂我，可以骗我，你能不能对我不要这般冷漠？

关少冰走后，美枝子说：“他也不是那么坏嘛。”

雷欢说：“他只是偏激了一点儿，容易走极端，天才大都如此。但他的本性还是善良的，绝不是个坏人。”

“看来，你还是非常了解他。”

沉吟半晌，雷欢道：“不……也许吧，但我无法理解他。”

“所以你有点儿怕他？”

雷欢咬着牙齿：“我不仅怕他，我还怕所有的男人。”

3

没有用的，雷欢告诉自己。她知道自己在做梦，在做噩梦，但是她无法逃脱，就像无法逃脱莫测的命运。

在梦里，她又与狼相遇了。

怎么会呢？没有打雷——地下实验室哪来的雷——我怎么还是会梦见狼？这是第几次了？第一次是在金光大厦，那是十个月以前的事，没有打雷也做了噩梦。这是第几次呢？十次还百次？即使在梦里，雷欢也保持着一份清醒，但这清醒是那么的古怪。说清醒，是因为她清楚地意识到自己的处境，并且还能对这一处境作理性地分析；说古怪，是因为她只能意识而不能控制自己的言行，仿佛躯体是人家的。

与以往不同，那狼看上去温驯极了，尤其是那双眼睛，怯怯的，想过来又怕过来的心态表露无遗，就像在静宜家看到的那条小狗。

哦，是条小狗狗。雷欢松了口气，“小狗狗，过来。”她呼唤着。

小狗狗没动，眼睛眨巴着。

她蹲下，张开双臂作拥抱状："小狗狗，过来，到我这里来。"

小狗狗跑了过来，摇头摆尾，十分欢快。

她抱起它。

好轻，就像一团云。

突然，小狗张开了大嘴，嘴大得能放下一个篮球，牙齿比手指还长。在她尖叫的同时，小狗一口咬掉了她的左臂，就像她咬掉蛋糕上的奶油。

没有疼痛，只有诧异。

那狗原来不是狗，是狼，真正的狼。

狼又一次张开大嘴，这一回的目标是她的脑袋。她想躲，但身体没动，狼一口咬掉了她的脑袋。

还是没有醒。

她有些奇怪，以往噩梦做到这里都会醒，今天怎么——?

她看着无头的自己在那儿木头般傻站着，感觉古怪到了极点：既已无头，又怎么能"看见"？可是那画面只能用"眼睛"看到啊！

黑暗从四面八方涌来，潮水一般，她不想被黑暗吞没。她知道，一旦被吞没就是永远，但在梦里不由她作主，黑暗将很快吞没她。

黑暗里，几点亮光闪烁了三五下，消失了。

那仿佛是她依然明亮的眼眸在黑暗中看到的影子，但现在，这影子也不见了。

然后，她醒了。睁开眼睛，光线刺了进来，紧接着各种声音也潮水般涌进脑海。她坐起来，手不由自主地去梳理头发，却发现头发湿漉漉的，像刚刚洗过一样。

那是汗水。

美枝子走进房间，她有每天早起锻炼的习惯，到了“子宫”也没有丢弃。

“美枝子，我做噩梦了。”雷欢说。

“什么梦？告诉我，你心里会好过一点儿。”美枝子关切地坐到雷欢身边。

“我梦见狼了，它咬掉了我的手臂，还咬掉了我的脑袋。十几年了，我总是梦见狼，过程大同小异，结局也完全一样。我被吓醒，尖叫着逃回到现实中来。以前只在打雷的时候做，现在不打雷也做，我不知道自己到底做错了什么，上天要以这种残酷的方式来折磨我。”

“没什么的，噩梦嘛，大家都做过，醒来之后甩甩头就什么都忘了，你不要太在意。”美枝子安慰她。

“我忘不了，那感觉太真实了，真实得让我怀疑那才是真实的世界，而我现在反倒在梦里。”

“你被狼咬过？”

“没有，我没被狼咬过。不过，也很难说，在我的记忆深处，有一部分被我忘了，我知道它的存在，可就是不知道它里面有什么。它像一本石头做的书，我打不开它。”

“也许里面就有你被狼咬的经历。”

“有这个可能，我不敢肯定。或许有一个人知道。”

“是谁？”

“杨静宜。我们是一块儿长大的好朋友，她比我小 20 天，老是叫我雷欢姐姐。在我的噩梦里，或多或少都有她的影子，我猜她可能知道点儿什么。”

“你可以去问她呀。”

“我不敢问，我怕。”雷欢沉默片刻，又道，“我怕在我失去的那段记忆里，有我无法接受的东西。”

“是啊，不然，你怎么会把它忘记呢？忘了就忘了吧，找回来或许是自寻烦恼。像我，想忘还忘不掉呢。”美枝子自嘲地笑了笑，“好啦，不说这些烦人的事了，吃早饭去。”

美枝子起身，拉开房门，愣住了。

门外站着一个人，身着雪白套装，长得细皮嫩肉，眉清目秀，戴一副金丝眼镜，浑身散发妩媚之气。“怎么，不认识了？”他笑容满面。

“你来干什么？”美枝子没好气地问。

“不欢迎吗？”温先生并不为忤。

“欢迎，欢迎，”雷欢说，“我们怎么敢不欢迎呢？”

“瞧你说的，什么话嘛。我是专程来请两位小姐参观‘子宫’地下实验室的。”

4

“‘子宫’占地 3500 平方米，最高的地方有 40 米。”关少冰边走边说，“我们正在走的这条走廊通向主控制室，前面就是。”

走廊宽 3 米，高 5 米，地上嵌着防滑齿，两侧涂着亮闪闪的银色纳米漆，顶上每隔三米就有一盏冷光灯。另外，每隔 15 米便有一道密封门。

“安全措施还不少嘛，”雷欢嘀咕道，“就像监狱。”

“以前是没有的，在独狼逃走以前。”

他们鱼贯走进主控制室。映入他们眼帘的，是一间六边形的大房子，有半个篮球场那么大。房子中间是一台形如宝瓶、有两人多高的电脑中枢。四壁，不，六壁上都是密密麻麻的控制台和显示屏，其中一堵墙上立着面巨大的镜子。

“这是主控电脑，叫卡里·穆利斯，一个美国人的名字，”关少冰介绍，“知道他吗？”

大家都摇了摇头。

“卡里·穆利斯，美国人，发明了聚合酶链反应技术以及可以无限制复制任何生物的脱氧核糖核酸的方法。”见众人还是一脸茫然，关少冰只得继续说，“其实，就是克隆。他是 1993 年诺贝尔化学奖得主，他出名的真正原因是他对传统的背叛。在这一点上，高贺很佩服他，所以用他的名字来命名主控电脑。”

“一丘之貉。”雷欢摇摇头，“你说要带我们去繁育区的。”

“可以。”

他们走进繁育区，走进子宫瓶的森林里。

雷欢走近一座子宫瓶，仔细观察。“里面就是独狼？”她问。

“不，他比独狼更高级，更优秀，我把他叫作‘新狼’。”

“他——他在动！”雷欢吓得后退了一步。

“别怕，他们还是胎儿，伤害不了你。”

“胎儿？”雷欢看着那些子宫瓶，新狼全是两米的个儿——还是胎儿？

“哦，是这样，我发明了一种催化技术，用它可以让新狼在子宫瓶里就长到成年，独狼也是这样。它们在瓶里待上两个月，身体就和成年时差不多了。不过，现在它们也还只是胎儿。”

“你为什么要制造它们？”

“我也不知道，”关少冰说，“也许是命中注定我要做这件事。独狼爱你，是我在基因上决定的，那么我爱你又是谁来决定的？也许，冥冥之中，真的有只上帝之手在操纵这一切，让我爱上你，又让你拒绝我。”

雷欢沉默着，她也想知道这些问题的答案，可惜，她不知道。

“知道我为什么要把美枝子带到‘子宫’来吗？是因为我怕你寂寞，特意给你找个伴儿；知道我今天为什么带你参观‘子宫’吗？是因为这是你的生日愿望。”关少冰面现痛苦，“可是，可是你一点儿都不理解。”

雷欢板着脸，一言不发。

关少冰走向一排子宫瓶：“我有什么？我什么都没有。所有我想得到的东西我都得不到，只有这些——”他指着那些新狼，“他们是我的。他们就像是我的孩子，永远不会离开我。”

雷欢看着关少冰，紫色的荧光照在他身上，他看上去极像走在海底的巫师。

“永远，”关少冰瞧着新狼，痴痴地说，“永远不会。”

5

温先生笑意盈盈，使他本就女性化十足的脸庞更添妩媚。走进主控制室之前，他听见关少冰在朗诵：“……我不熟悉自己的灵魂；我听到自己的嘴在说话，而我的耳朵却对自己的声音感到惊讶；也许，我会看到我的心在嬉笑、哭泣、惊悸。于是我的天性孤芳自赏，我的灵魂自问自答。然而，我一直默不作声，身裹云雾，沉寂缠身。我对自己的躯体感到陌生，每当我站在镜子面前……”

温先生走进去，看见关少冰正站在那面大镜子前面。这样的情景，他看过很多次。关少冰没有理会他，只是停止了朗诵。温先生也不介意，关少冰就是这样一个冷漠的人。“你自己写的，刚才读的那个？”温先生照例寒暄。

“不是，”关少冰说，“作者叫纪伯伦，黎巴嫩人。”

“哦。”实际上，温先生从未听说过此人，包括那个国家。他看着关少冰的眼睛，“我知道一件事情，雷欢大脑中有一片‘死亡区域’。”

“被遗忘的记忆？”关少冰睁大了眼睛。

“也许那记忆里藏有雷欢至今未婚的秘密。”

关少冰两眼放光。

“我还知道谁能帮助她恢复记忆。”

“谁？快说。”

温先生话题陡转：“十个月前，你答应我的事还没办哩。”

“哦，哦。”关少冰如大梦初醒，“这段时间太忙，忘了。等忙完这件事，马上给你治。”

“说话算数？”

“我说话从来算数。告诉我，谁知道？”

“姓杨，杨静宜。”

“哦，是她！的确可能，她们是一起长大的朋友，我怎么就没想到过呢？真笨！”关少冰此时激情澎湃，难以自持，起身在总控制室里转圈，“该怎么样才能知道呢？”

“可以派个人去把她抓来，一问，不就清楚了。”

“派谁去？”激动之中，关少冰竟没了主张，“派美枝子去？”

“她出去了还肯回来吗？”

“这可由不得她。”

“用什么办法？对付过山黄那种——”对于过山黄的突然倒戈，温先生至今耿耿于怀。

“你想打听什么？”关少冰不上当，“不过，告诉你也无所谓。过山黄 8 岁就开始发育，比正常人早了好几年，我估计是误食了含有性激素的东西。他承认他偷吃过他老爸的‘龙虎大补丸’，因为味道不错，他吃了不少。我猜正确了。但是，一直以来，他都没有使哪个女人怀上过孩子，你也知道，与他发生过性关系的女人可不算少。不知是因为动物的本能，还是得不到的东西才是最珍贵的，过山黄迫切想要一个自己的孩子，但始终没有，过早发育与纵欲过渡，使他失去了生育能力。在他被独狼咬伤住院期间，他对一个护士说了他的意愿，我无意中听见了，就承诺治好他的病，他就乖乖地听我的了。”

“原来是这样。”温先生咬牙道。

“你是怎么知道的？”关少冰反客为主，“我是问，你是怎么知道‘死亡区域’和杨静宜的？”

“早上，我去请她们参观‘子宫’时，听雷欢对美枝子说的。”温先生不敢提催眠大师的事。

“你马上叫美枝子过来。”关少冰略微思索，“还有，你也不要闲着，去找胡狼卡洛斯回来，我知道你们还有联系，告诉他，就说我说的，我有办法让他报仇。”

“是。”温先生心中惶恐：这个关少冰到底是怎样的人，怎么什么都知道？

温先生走后，关少冰走到镜子前面，看着镜子里面的自己，自言自语：“哦，她常做噩梦？我怎么不知道？傻瓜，她怎么会告诉你呢？她躲你都来不及呢。”

6

“美枝子，坐。”

面对关少冰异乎寻常的热情，美枝子显出几分狐疑，小心坐下。

“我有几个问题想问你一下。”关少冰坐到美枝子对面，“温先生，你可以出去了。”

温先生应声出去。

“雷欢是不是告诉过你，她有一段被遗忘的记忆，而杨静宜知道记忆的内容？”关少冰开门见山。

“你怎么知道？你在监视我们？房间里装了监视器？”

“没有，我以人格担保，你们的寝室没有装监视器，我没那么无耻，是温先生无意中听见的，”关少冰解释，继而说，“这么说，有这事了？”

“对，有。”

“她经常做噩梦？”

“她说，以前打雷才做，现在不打雷也做。”

“她——唉，”关少冰语气沉重，“肯定有什么心病，我一定要帮她解开。你愿意帮我一个忙吗？”

美枝子总算知道关少冰今天为何这样热情了：“怎么帮？”

“穆利斯，动手。”关少冰扬声道。

话音刚落，美枝子所坐的椅子就弹出几十根坚韧的丝带，把美枝子缠得像个木乃伊，只剩头部还能自由活动。“你想干什么？把我弄去做实验吗？”美枝子挣扎着。

“没那么恐怖，”关少冰依旧坐着，“我只是想让你出去，到枭阳市，把杨静宜带到这里来。对你而言，这是小事一桩，可是，我不敢肯定，你出去以后还会不会回来。”

“回来干什么？”美枝子冷笑，“继续当‘高级囚徒’？”

“所以嘛，我想了个办法，就是给你打一针‘日日夜夜焚烧你的名字’。”

“什么鬼东西？毒品？”美枝子知道太子熊死于“心想事成”。

“不是毒品，是一种细菌，它很小，能随血液流动，遍布你的全身。放心，现在它处于休眠期，不会对你有丝毫的影响。但是，休眠期一过，它醒来后会从你的体细胞中吸取营养来维持生存，其代谢产物为一种内毒素，这种内毒素唯一的本领就是能不间断地刺激你的神经末梢，让你时时刻刻感受疼痛，你死又死不掉，活又活不了，在生死之间挣扎。所以，它的名字叫‘日日夜夜焚烧你的名字’。当然，我手里有一种药能克制它，让它长时间处于休眠状态，没法在你体内兴风作浪。”

“注射完毕。”卡里·穆利斯报告。

什么？美枝子先是奇怪，根本就没有觉察到任何不适，怎么就完了呢？继而推测，大概是太紧张的缘故。她吸了口气，让自己镇静。“你就是这样让温先生他们听你话的？”她问。

“你想知道？其实很简单——知道震惊世界的‘湛江生物碱’事件吗？”

美枝子摇头。

“2006 年，广东湛江一家生物制药厂发生一起原料泄漏事故，近十吨‘生物碱’流入河中，污染面积达 500 多平方公里。‘生物碱’，其实是一种多用途生物内激素，它通过饮用水和食物等途径进入人体，干扰了人体内原有内激素的分泌，致使人体出现浮肿、脱发、头痛、便血异常等症状，而且，在不同人体内，因体内环境的差异，所表现出不同的症状。当时，有 8000 人受害。”

“这和温先生有什么关系？”

“温先生是那 1/8000。那年，他 12 岁，正处于青春期发育前期。‘生物碱’的侵入，干扰了促性腺激素的分泌，使他的生殖系统未能如期发育，说明白一点，就是温先生个子是长高了，可生殖器官还停留在12岁的样子。”

“难怪林凤娇——”

关少冰继续说：“所以，他长成现在这副女人相也没什么好奇怪的。像他这种情况，有200多人。当我查出他老家在湛江时，猜想他也是受害者，果然如此。我同意为他治病，他就答应跟我了。”

“难怪。”美枝子想起了过山黄，“那你能治好吗？”

“希望不是没有，只是太过渺茫。毕竟，他早过了青春期，要想让一个近于枯萎的器官复活，实在太难太难。”

美枝子感慨：“我发觉你这人好可怕。”

“可怕？”关少冰似乎头一次听到这个词，“我很可怕吗？”

“没人对你说过吗？”美枝子也觉得奇怪，但看关少冰的样子，又不像是装的。“你看，你一眼就看出温先生的致命弱点，轻而易举就将他降服，要知道他可是黑道上出了名的诸葛亮。你这不是可怕是什么？”

“我不觉得，我——”关少冰斟酌着词句，“只是想怎样才能让他听我的指挥，没想到要耍什么阴谋诡计，我讨厌阴谋诡计——这就叫可怕？”

美枝子点头。

“我，我，我没想过，真的，我只是觉得自己不爱说话，不喜欢交往，讨厌废话连篇的家伙，没觉得我有多可怕。我只是做我想做的事，有时说话是直白了一点，但是——难怪他们会叫我‘独狼’，独来独往的动物可不只狼一种。”

“当然，别人是不会给我注射什么名字的。”

关少冰笑道：“是‘日日夜夜焚烧你的名字’，我取的，很特别吧。刚才扯远了，现在谈正事。这种药的休眠期为一个月，也就是说，你必须在一个月内把杨静宜带到我面前，我就给你解药，否则，你就准备好体会徘徊在生死之间的巨大痛苦吧。”

“算了，我去。立刻就出发吗？”

“不不不，你就这样走了，雷欢会以为我把你做实验了。你回去告诉她，我派你去采购设备，明天出发。”

“那好，我明天去采购设备。”

目送美枝子离去，关少冰自言自语道：“孤独的人，不是天使就是魔鬼。那我是天使，还是魔鬼？”

在“子宫”的另一间屋里，温先生关掉了监视器，他那张白如女人的脸上满是狡黠，全然没有早先的温文尔雅。

7

寻找地外智慧生物，是钟扬的终身事业，他默默寻找了十五年，从未放弃过。工夫不负有心人，他终于找到了一个与地球人类完全不同的异类。他以为他实现了人生目标，欣喜若狂，然而，现实是残酷的，独狼其实是基因工程的产物。在得知这一消息后，他并未极度失望，在他看来，这不过是又一次与众不同的人生经历。

有几个人能有这样的经历？

现在，他在进行另一种寻找，目标是一群地球人，包括关少冰、温先生和雷欢，还有何水红。十个月前，他们在公安的重重包围下，安然逃遁，尔后不知去向，仿佛人间蒸发了一般。

他找了十个月，足迹遍布大江南北，长城内外，动用了一切可以动用的力量，仍未找到。

他没有放弃，连想都没有想过。他希望寻找能够创造奇迹。

奇迹出现了，在锦州笔架山，他的金知了响了。

“喂，你好。”

“是我。”

这两个简单的字音是那样熟悉又是那样陌生，钟扬激动得心都快从胸膛里跳出来了。他的嘴唇哆嗦着：“你在哪里？我找你好久啦。”仿佛隔了一世纪，从遥远的地方传来何水红幽幽的回答，“我在林强家里，你快回来。”

“怎么——”

金知了的“嘟嘟”声告诉钟扬，对方已经关机了，他还不死心，又“喂”了几声，没人回答。他惆怅至极，他有太多的话想对何水红说，只是现在得——立刻赶回枭阳市。

还有独狼。

钟扬赶紧与独狼联系。

与钟扬一样，独狼也在寻找。

从有记忆的那一刻起，他就在寻找。他的怪模怪样令所有看到他的人都惊恐万状，畏惧万分，他们无法接受他的与众不同。他的孤独与生俱来，如影随形。他在城市和乡村游荡，像孤魂野鬼一般。他并不知道自己在寻找什么，直到在人行天桥上遇见了雷欢，他才明白自己今生今世所要寻找的是什么。

没错，是雷欢。

自那以后，雷欢在他身边，雷欢就是他的一切；雷欢不在他身边，一切都是雷欢。苍天弄人，令他们总是聚少离多，他饱尝相思之苦，这一回尤为厉害。整整十个月，雷欢下落不明，他遍寻不着，心中焦躁万分，仿佛即将爆发的火山。

接到钟扬的信息，他立刻从新疆喀什赶回枭阳市。

8

清晨，杨静宜与林强手挽手走出家门。林强比以前胖了许多，将军肚很明显。静宜给林强整理衣领，两人吻别。静宜目送林强上了红旗 3000 型豪华轿车，轿车发动，驶出花园，上了公路，消失在拐角处。

他们每天都是如此，整整五年了。

静宜轻叹了口气。小怡早就上学去了，家里又只剩下她一人了。

她转身，回屋。

红旗轿车又开了回来，林强忘了一件东西。他下车，走进花园，听见客厅里有陌生人的声音。侦察兵的习性促使他立刻低姿态潜行，悄无声息地靠近客厅。他听见一个女人说“……关少冰想见你……”心里顿时咯噔一声响，陷入了混乱，下边的话一句都没听清楚。

在他和杨静宜看似完美的婚姻生活里，隐藏着一枚威力无比的炸弹。这枚炸弹是在他们的新婚之夜启动的：那天晚上，漂亮的新娘没有“落红”。谁都知道，如果这枚炸弹爆炸，所有的完美都会化作泡影。

到底那个时候她是不是处女？这个几千年来困扰男人的问题缠上了林强。他知道这样想是不对的，都 21 世纪了，还提什么处不处的，但他忍不住不想。他认真观察过，杨静宜与别的男人——同学、同事、熟人、朋友、邻居——没有任何过分的言行，但这并不能否定她以前……一想到她不曾为他“落红”，他的心就直痒痒，甚至睡觉的时候，他脑袋里也会回想那个问题：到底……

他一直强忍着，控制着自己的情绪，不让静宜发现自己的企图。那枚炸弹是不定时的，在暗地里滴答作响，一直在等待爆炸的那一刻。爆炸，也许在下一秒，也许在一年以后，也许永远不会……很多时候，等待爆炸，比爆炸本身还可怕……

现在，它终于爆炸啦！

关少冰！

客厅里有新的动静，林强敏捷地躲到一旁，看到妻子和一个陌生女子走出客厅。不，那女子并不陌生，她是“辣妹”春水美枝子，猎人公会的五妹！怎么会是她？

林强一边悄悄跟踪妻子，一边给局里打了个电话，叫秘书安排好这几天的工作。显然，这事儿是不可能交给别人去查的，他需要自己去查出谜底。

9

美枝子带着杨静宜，并没有立即返回“子宫”，而是走走停停，停停走走，甚至还到公园里闲逛，虚耗了许多时间。美枝子这个样子，杨静宜倒十分着急。她也看出美枝子表面悠闲，心底其实焦急万分，仿佛热锅上的蚂蚁。她多次看见美枝子抬头四处张望，开始，她以为美枝子在找跟踪者，但看美枝子的表情又不像：那神色应该是等待。

她在等待什么？

磨蹭了三四天，美枝子才带着杨静宜乘车来到枭阳市南部的云雾山。云雾山在大江边上绵亘数百公里，山因云雾多而得名。下了车，美枝子带着杨静宜走上了一条崎岖的山间羊肠小道。长年生活在都市里的杨静宜何曾走过质量这样差的路：窄，很多地方仅能放下一只脚；陡，上下坡处足有八九十度，需手脚并用方能爬上滑下；滑，有青苔处甚多，稍不留神，就会跌个四脚朝天或者饿狗扑屎；曲，七弯八拐，一会儿穿林，一会儿爬山，一会儿过溪，一会儿山沟，比迷宫还迷宫。

“还要走多远？”杨静宜不停地抱怨。美枝子的回答总是“马上就到”或者“没有多远”再或者“翻过这座山就到了”。结果，是翻过了这座山，越过了那条岭，爬过了这道坎，淌过了那条溪，还是没到目的地。

等到杨静宜走得大汗淋淋，气喘吁吁，精疲力竭，自以为再走下去就会死掉的时候，美枝子停下了脚步。

这时，她俩站在一条峡谷的入口。峡谷由两座两三百米高的大山相对而成，山高峻绵密，覆有绿色灌木，尤其是左侧300米长的陡坡密布着蕨类植物，从山顶一直铺到坡脚，仿佛飞流直下的绿色瀑布，格外令人赏心悦目；谷深而曲折，宽窄不一，宽处二三十米，窄处仅七八米，一条小溪在山谷中流淌。

“哇，小溪！”杨静宜惊呼。她跑向小溪，美枝子跟着。小溪不大，宽处也就五六米，溪水清澈见底，沙石粒粒可数。两人皆以溪水洗脸、洗手。渴极的杨静宜还喝了两口，凉飕飕的，感觉比纯净水好多了。

“这儿景色真美，跟天堂一样。”杨静宜道，“你们就住这里？哇，太舒服了。”

“舒服？”美枝子苦笑，“高级囚犯而已。”

“你们的房子呢？我好想见到雷欢姐姐。”

美枝子走到一块岩石旁。那块岩石与别的岩石并无两样，但见美枝子伸手在岩石下边扭动了几下，旁边的另一块大岩石就自行移开，露出一口井。

“看见了吗？是左转三周半，右转一周，再按中间的启动键，门就开了。”美枝子大声说，“你先下去。”杨静宜莫名其妙地看着美枝子，不明白她为何要告诉自己开门的方法。“你先下去！”美枝子重复了一次，杨静宜这才提心吊胆地踩着井壁上的梯子下去。

美枝子站在井边，环视四周，焦急的神情跃然脸上——钟扬会来吗？

“你不下来吗？”井底传出杨静宜的声音，“我到底了。”美枝子收回目光，转身下井，来到杨静宜站立的平台，这平台其实是一部电梯。她揭开墙上的一个盖子，露出里边的键盘，按下开启键，电梯往地底深处直落下去。

与此同时，岩石自己移动，盖住了井口。

一个人影从树丛里闪出，是林强。他跳到岩石旁，喃喃自语道：“左转三周半，右转一周，再按启动键。”

10

钟扬与独狼现身峡谷时，刚好看见林强跳进秘密入口。

听到美枝子那几句有头无尾的话之后的第二天下午，钟扬就和独狼一起赶回枭阳市，赶往林强家。林强家无人，一打听，只知道，林强提前休假，小怡被寄放到幼儿园，杨静宜没有消息。邻居说，只看见林强一人出门。不用问，出事了，出大事了。

“怎么办？”钟扬没了主意，瞪着一双眼睛瞅着独狼。

独狼说：“这里来过三个人，两个女的，一个是何水红，另一个估计是杨静宜，第三个是林强。两个女的先走，林强后走，我们跟踪他，就能找到雷欢他们。”

于是，他们就跟在林强后边，在枭阳市走走停停，直到林强把他们带到峡谷。

独狼追忆道：“这地方我来过，我的记忆是从离这里不远的长江边开始的，然后我到过这里。我没有那以前的记忆。”

他们翻过两道岭，去找独狼记忆开始的地方。看见浑浊的长江的同时，他们也看见了埋伏在此的袭击。所以，后来钟扬常想：究竟是命运如此安排，令独狼与他的劲敌在此相遇，了结一段宿怨，还是独狼本就知道那里有敌人，故意去决一死战？

11

“那是——”钟扬首先看到敌人。

滔滔江水中，一艘20米长的潜艇破浪而出，带起一朵硕大无朋的水花。水花被波浪抹平时，潜艇两侧各弹出一只七八米长的机翼。紧接着，腹部四组八台推进器一起工作，潜艇垂直升起。它喷出的气流在江面上吹出一个火山口般的“碗”来，而它就像“碗”上的一只苍蝇。它越升越高，“碗”越来越小。

“角斗士！以色列最新装备！第三代海空作战飞机！外接脑神经操纵，指令处理速度世界第一！载弹量8吨，配多种先进武器，按照任务的不同而有所变化；两门35mm速射炮，有‘金属风暴’之称；导弹16枚，内置式弹仓，常用导弹型号有穿山甲、火烈鸟……”钟扬以极快的速度介绍着，恨不得一口气把所有“角斗士”的资料全部说给独狼听。

独狼一边听，一边观察。

“角斗士”驾驶舱里，胡狼卡洛斯也在借助传感器观察独狼。一提到“独狼”这两个字，他就恨得牙根儿直痒痒。如若没有独狼，他胡狼卡洛斯就还是胡狼卡洛斯，自诩天下第一，是个寂寞的高手，但求一败而不可得，随心所欲、无所顾忌地玩着他的猎人游戏。可是，独狼来了，仿佛一个不醒的噩梦。他一败再败……败后他才知晓自己并无想象中那么无敌，失败带给他的只有屈辱，愤怒和恐惧，还有仇恨。那是深如太平洋的仇恨，可以毁灭一切、打碎一切、破坏一切的仇恨。

胡狼卡洛斯命令“角斗士”转向，对准独狼和钟扬。他的大脑由外接脑神经与“角斗士”主控电脑相连，作战指令直接从大脑经外接脑神经传至主控电脑，再由主控电脑具体执行。这正是“角斗士”最先进的地方，当今世界只有三种机型装有此种装置，而“角斗士”的指令处理速度是最快的。温先生正是以“角斗士”先进的火控系统与强大的武器装备令胡狼心动，欣然领命阻击，直至杀死独狼。

第一轮攻击开始。

两门35mm“金属风暴”速射炮同时开火，在30秒内向独、钟二人所在的空地倾泻出近百发炮弹……这种攻击方式，本来是用于对付步坦协同作战的战术编队。实战证实，一次这样的饱和性攻击，足以消灭十辆主战坦克或者二十辆装甲运兵车。

再次进化后的独狼经得起这样的攻击吗？

就算独狼能，与他在一起的钟扬呢？

胡狼卡洛斯紧张地等待着攻击结束。与独狼的两度交手让胡狼卡洛斯明白，自己绝没希望一击得手，使独狼当场毙命。他只希望能让独狼受伤，哪怕就一点点伤，他也会觉得好过一点。那至少表明，独狼不是金刚不坏之身。

然而，没等烟尘散尽，探测器就告诉胡狼：没人，受攻击地域一个人也没有。

胡狼好似挨了一记闷棍。

怎么会呢？独狼明明在那里！接下来该干什么？继续攻击，还是——他吃了一惊，自己竟然想走，远远地离开这里。他为自己的这个念头感到害怕。“我是来报仇雪恨的，”他自言自语，“怎么可以走呢？”

他打开所有探测器，搜索独狼和钟扬的踪迹。他就不信，凭“角斗士”的身手，还斗不过血肉之躯的独狼？除非独狼是能上天入地的神仙。

12

独狼的确能上天入地。此刻，他和钟扬就躲在地下。

当“角斗士”转向时，独狼就知道，暴风骤雨般的攻击就要开始了，钟扬在自己身边，他只有躲才是上策。但往哪里躲呢？唯有地下。在极短的时间内，他变化出两对犰狳似的足，以极快的速度在沙地上打洞……

犰狳是生活在南美地区的一种古老动物，非常善于打洞。当你在马背上看见它，跳下马去捉它时，它已经钻到地下躲起来了。它的脚爪大而有力，特别适合打洞……

当第一枚开花弹在半空爆炸，把无数弹丸射向四面八方时，独狼已经拖着呆若木鸡的钟扬到了地下六米深的地方。到攻击结束时，他们又横着爬了十几米远。什么弹都拿他们没有办法，唯一的不适是地下氧气不足。听着钟扬艰难的喘息声，独狼知道必须离开这里，而且胡狼的第二轮攻击很快就会开始。

独狼向上打洞，在看见阳光以前，他抱着钟扬冲破地面，飞上半空。

因为新一轮攻击已经开始了。

胡狼也不是笨蛋，很快猜到独狼躲到了地下，这难不倒他。战争打到 21 世纪，人们越来越忠爱修造地下建筑来躲避敌方的空中打击。因而，攻击地下建筑的武器应运而生。“角斗士”所载的“穿山甲”式钻地导弹就是目前使用最为广泛的一种攻地武器。

胡狼发射了一枚 3 米长的“穿山甲”导弹，它先向上方飞行了约三公里，然后调头往地面飞去。与此同时，弹体以 200 周 / 秒的转速旋转起来，到达地面时，它的飞行速度与旋转速度都已达到了一个惊人的数值。于是，它轻而易举地钻到了地下。资料上说，就是花岗岩，它也能钻透 5 米，这种沙石混合的地面，起码也能钻进 50 米。但胡狼估计独狼到不了那么深的地方，所以他设定的爆炸深度为 15 米。

炸弹爆炸。

这是一次与众不同的爆炸，因为“穿山甲”导弹的弹药配装的是 80 千克“喷嚏”炸药。“喷嚏”是就炸药的爆发性而言，它能在 0.5 秒内，与空气中的氮氧反应，体积迅速膨胀 6000 倍，其速度之快，堪称世界第一，由此产生的气流足以摧毁一切看上去挺坚固的东西。

独狼就是感觉到“穿山甲”导弹的钻入才提前冲出地面的，在到达空中十米时，他展开了一对蝙蝠似的肉翅，扇动着往高处飞去。

这时，爆炸发生了。

数以百吨计的泥土和石块被高高抬起，在空中暂时形成一座高100米的半圆形大山。而且，这山还在不断地膨胀，仿佛想要追赶空中的独狼与钟扬，把他二人一口吞下。

独狼振翅疾飞。

钟扬抱住独狼的腰，大声惊叫着，他却听不见自己的惊叫声。爆炸的声音太大了，把其他声音全部掩盖了。那声音沉重而绵绵不断，仿佛碾着人的听觉神经在运动。终于，喷嚏炸药的能量耗尽，泥土和石块的大山停止膨胀，开始萎缩，就像它刚开始膨胀时一样突然。

钟扬盯着脚下不断缩小的土山，仍大张着嘴，不敢相信自己的眼睛。脑后传来的声音令他回首，“呀，‘角斗士’！”他尖叫。

“角斗士”在独狼身后500米处，正悄悄地靠近他们。

13

“角斗士”以3倍音速恶狠狠地扑向独狼。

独狼心知在速度上自己无论如何也比不上“角斗士”，所以目前最好的办法不是逃跑，而是勇敢地迎上去。他转向“角斗士”，双翅疾拍。钟扬看去，独狼竟长有三对肉翅。他们导弹一般冲向“角斗士”，一副同归于尽的架势。

胡狼卡洛斯被吓住了。他听说过小鸟与飞机相撞的故事，其结局通常是双方一起去见上帝。可独狼不是一般的小鸟，他刀枪不入，比钢铁还坚硬……说时迟，那时快，短短500米的距离眨眼间缩近为10米，胡狼卡洛斯心虚了，命令机首下沉，改变航线。

独狼与“角斗士”擦身而过，双方距离最近时相距不过一米。

独狼继续疾飞。

“角斗士”也迅速调整姿态，在四组八台可转向推进器的帮助下，机首像眼镜蛇一样立起，速度迅速减慢，然后机身向后倒下，躺到与地面平行的位置时，推进器朝后喷火，随即机身轻转，改倒飞为平飞，奋起追赶独狼。这套令人瞠目结舌的“眼镜蛇”式机动动作用时不超过10秒钟，比回环转向更快更灵活。

独狼仍在疾飞，他得先找个安全的地方，把钟扬安置好，他才能放手一搏。但是——不祥的预感跳进他心头，令他说：“快闭上眼睛！”

闭眼？钟扬虽有疑惑，还是照办了。

天地之间突然被一道强光照亮了，不，不是照亮，天和地本来就是亮的，强光来时，把一切景物都“淹没”了；不，也不是“淹没”，而是——钟扬几乎惊叫起来——自己失明了，什么都看不见了。

那道强光是比一千道闪电还亮的蓝绿激光！

“我看不见了。”钟扬尽量保持平静，以免干扰独狼。独狼双翅一合，石头般往下落去。他绝对不可能抵挡3万度高温的激光，也不可能躲避每秒30万公里的激光。刚才之所以能躲过，纯粹靠预感，但是否每次预感都能准确无误，万无一失呢?

独狼下落，“角斗士”紧追不舍。

下边是绵延数十公里的群山，光秃秃的，像无数和尚聚在一起空念“阿弥陀佛”，仅有几处绿色可作点缀。长江横贯其间，也不过像条浅浅的黄水沟。

独狼向长江飞去。

“角斗士”跟上，临近峡口时又是一记激光炮。蓝绿激光从独狼身边一闪而过，射入下边的长江，无数的水蒸气立即挥发到空中，制造出一大片浓稠的雾。雾弥漫开来，笼罩了大半个峡谷。

炽热的激光灼伤了独狼，他强忍疼痛，飞入雾中。

雾再浓再稠也不会干扰到“角斗士”装备的现代化传感器，它径直飞入雾中。

独狼不见了。

胡狼卡洛斯分析，独狼能去的地方只有一个：长江。

于是，“角斗士”边收回机翼，边作空中悬停，待稳住机身，它向长江落去。四组八台推进器再次在江面上吹出特大号的“碗”……

胡狼卡洛斯暗想：就是追到天涯海角，我也要把你碎尸万段。

“角斗士”落入江中。

在江中，独狼把身体变得像水草一样轻柔，随波荡漾，等着“角斗士”下来。他知道“角斗士”下降需要一定的时间，趁这空当，他已经把钟扬送到岸边，自己到江里等待着“角斗士”。只有靠近“角斗士”，他才有机会战胜它。

“角斗士”下来了，独狼向它靠近。

胡狼卡洛斯命令所有水中探测器开始工作，务必在最短时间内发现独狼。忽然，他想起一件事情来，不由得一哆嗦。

“角斗士”没装水下武器！

“角斗士”是海空两用的，可以配备多种先进武器，但个子不算太大的它不可能装载全部类型的武器，只是在临出发前，根据此次的作战环境、作战方式与作战目的，选配不同的武器。这一回，胡狼卡洛斯选配的全部是空对空与空对地武器，没有水下武器。

这可怎么办？

逃！

胡狼卡洛斯拿定主意，立即命令刚没入水中的“角斗士”重又返回天空。天空可是我的天下，他自我安慰，心底却一阵阵害怕：难道独狼知道我没装水中武器故意引我下来？他是怎么知道的？

“角斗士”不降反升，这一反常举动也唬住了独狼。他知道胡狼已经发现自己，急忙停止靠近，树叶似的飘向江底。

“角斗士”排开江水，浮到水面，弹出机翼，腹部四组八台推进器喷口转向下方，一齐工作，再次玩吹“水碗”的把戏。不一刻，“角斗士”升到江面上方 40 米处，直升机一样悬停着不动。

它一左一右，一前一后抛出四枚浮标式声呐，继续在江中搜寻独狼的踪影。声呐的信息尚未传回，另一个监视器报告，发现目标。胡狼把目标定格放大，惊喜地看到钟扬藏身在左边江岸上大如房子的岩石后边。

钟扬的眼睛还是很痛，像被人暴打了几十拳一样，虽然已经恢复了视力，但眼泪还是不时自己冒出来。他明白，幸亏当时自己闭着眼睛，激光只使自己暂时失明，否则，绝对是永久性的——

他看见“角斗士”转向自己，紧接着，“角斗士”腹部裂开，掉出一枚细长的导弹。导弹下落两米后，推进器开始工作，一道白烟推着它如离弦的箭一般射出。

射向钟扬。

14

钟扬明白，不管那导弹里装的是什么炸药，也不管自己如何躲闪，这一回难逃一死。死，他并不怕。他早就知道，从帝王将相到平民百姓，人人都要死，若说这世上真有公平可言，唯有死亡可算一件。他心理上不怕，但他生理上怕。

那真的是纯粹的生理反应，根本不受他的控制：心跳加速，两眼圆睁，大嘴空张，毛发倒竖，呼吸加速，肌肉痉挛……

是独狼救了他。

独狼突然浮出水面，左臂上举，指向空中，只听得“轰”的一声，左臂齐肩断开，同时如导弹般飞出，飞向空中。

手臂与导弹在空中相撞。

爆炸。

钟扬是离爆炸最近的人，他只听得“轰”的一声巨响，就什么也听不见了，只是张着大嘴，木然地看着天空。天空绽放出一朵火烧云似的礼花，有好几十秒，峡谷上方蓝得泛白的天空被艳丽的橘红所取代。与此同时，无数的弹片伴随着灼人的气浪射向四面八方，至少有40块弹片飞到钟扬附近，其中有6块与钟扬擦身而过，更有一块，从钟扬头顶3厘米处飞过，射入他身后的岩石。

礼花即开即收，由亮变暗，散作几大块，坠入江中，其中一部分落到钟扬前面十米处的岩石上，刺耳的撞击声才把钟扬从迷惘中解救出来。他连忙蹲下身，双手本能地捂住耳朵。等他发觉爆炸已经结束时，耳膜仍在嗡嗡作响，就像有千百只马蜂在他脑海里飞翔。

事情远未结束。

胡狼卡洛斯用导弹射钟扬的目的就是要引出独狼，他的确没想到，独狼居然用手臂打掉了导弹。但不管怎样，独狼现身了，果然在江里，他立刻射出两枚导弹，目标直指长江。

两枚导弹射入水中，从独狼身边掠过。独狼扭头看着它们一前一后击中江底，爆炸，强烈的冲击波把几百吨水推向空中，形成一座黄白相间的“水山”。水山顶现出独狼的身影。他本在爆炸点上方，冲击波把他和江水一起推向空中，借那非比寻常的一推之力，他流星般地飞向悬停在空中的“角斗士”。

胡狼卡洛斯已经察觉，急忙命令“角斗士”快飞。但动作慢了，“角斗士”毕竟不是他的手臂，执行起命令来需要一定的时间，就在这片刻时间内，独狼在“角斗士”飞走以前抓住了它的翅膀。

“角斗士”以3倍音速飞行。胡狼卡洛斯想用高音速来甩掉独狼，但他自己也知道这没有用。果然，3号发动机首先失灵，伺服系统接着罢工，燃油大量流失……

失控的“角斗士”往上飞了一段距离，一头扎向大地。独狼跳离“角斗士”，看着它像只陀螺一样旋转着，呜咽着，拖着一条长长的黑尾巴，径直落到钟扬身后200米高的山顶上。

15

山顶滚下大大小小几十块岩石。

钟扬避开掉落的岩石，朝山顶爬去。只能说爬，那山如墙壁般峭直，需手脚并用，像猴子一般地爬。

费了好大的劲，钟扬才爬到山顶。首先看到的是“角斗士”的残骸堆在一处山坡上，仍在冒烟。离残骸三十米处的坡脚，趴着一个身着飞行服的人，鲜血浸润着他和他身下的岩石。无疑，他是胡狼卡洛斯。

钟扬跑过去，在离胡狼卡洛斯十米的地方，他看见了先前被残骸挡住的独狼。独狼向他摆手，示意他不要过去。他停住了。

独狼一步步走向胡狼卡洛斯。刚才的连续变形让他体能消耗极大，他感觉非常疲倦。他已经休息了一会儿，此刻，他必须查看胡狼卡洛斯是死还是活。

胡狼卡洛斯没有死。

胡狼卡洛斯的手臂上装着他最后的希望，那是关少冰给他的最后一件武器——聚合射线枪。

顾名思义，射线枪发射的是射线，射线与子弹相比，优势是很明显的：一，射线几乎能“穿透”一切障碍物，但不会对其造成破坏；二，射线只对生物体有危害，射线聚合在一点上，足以像刀切豆腐一样杀伤、分解、消融有机体……

此时此刻，胡狼卡洛斯手臂上的射线枪已充满能量。他知道，自己必须一击而中；他还知道，这枪曾经严重射伤独狼，独狼是怕射线的。

独狼走近胡狼卡洛斯，蹲下，伸手翻转他的身体。

胡狼卡洛斯右手递出，以迅雷不及掩耳之势抵住独狼的左胸——

那里是独狼超脑所在的位置，独狼身体上唯一的弱点。

“去死吧，独狼！”胡狼卡洛斯开枪。

仿佛冰块遇上烈焰一般，独狼左胸现出一个贯穿身体的大洞，透过它，胡狼卡洛斯看见了不远处的钟扬。

独狼仰天倒下。

胡狼卡洛斯紧张地盯着独狼，怯怯地踢了他两脚，然后闪电般跳到一边，继续观察。独狼没有动。“哈哈哈，我报仇啦，报仇啦。”胡狼卡洛斯仰天狂笑，“我才是真正的天下第一！”

“独狼！”钟扬扑过来。

胡狼卡洛斯抬脚踢倒钟扬。“他是我的，我要吃了他。”

“你不能。”钟扬大喊。

“谁说的？我是胡狼卡洛斯，我想干什么就干什么。”

“我说的。”

这声音来自胡狼卡洛斯身后，一字一板，毫无人味儿。胡狼卡洛斯的猝然回头，看见独狼那双惨绿的冰惊的没有生气的眼睛，立刻心惊胆寒，魂飞魄散。

独狼嘴一张，把一种黏糊糊的东西吐到胡狼卡洛斯的脸上。

胡狼卡洛斯又惊又怒又怕，竟似烂泥般瘫倒在地。但很快，他就如尾巴着了火的兔子一般不要命地狂奔起来。他一边狂奔，一边撕扯自己的脸，同时发出不知是高兴还是痛苦的号叫。只一会儿工夫，他就消失在那边山坳。

“他疯了吗？”钟扬目送胡狼卡洛斯，回过头来看独狼，“你的身体？”他透过独狼身上的巨洞看到了后边的“角斗士”的残骸，“——是那一枪打的？”

独狼摇头：“这个洞在开枪以前就有了。”

“哦，这么说，那一枪并没有打中你，而是从你的身体，从那个洞，穿过去了！太不可思议了——你提前变出来的？”

独狼突然跌坐在地上。

“怎么啦？”钟扬上前扶他。独狼再度摇头，“我只是太累了。”钟扬这才醒悟，原来独狼也非金刚不坏之身，也知道累，也需要休息。

16

“这里叫‘子宫’，它的主人叫关少冰，雷欢也在这里。”电梯里，美枝子介绍说。

关少冰？这名字对杨静宜来说，并没有熟悉感，虽说同学三年，可她对关少冰近乎一无所知。如果不是因为雷欢，她很可能根本就不知道关少冰是何许人也。

电梯停住了，她们走出电梯。关少冰和温先生及四名猎人在门外恭候。“你好吗？老同学。”关少冰说。

“好。”杨静宜随口答道。她在人群里搜寻雷欢姐姐。

“我的任务完成了。”美枝子盯着关少冰。

“哦，对，你先回去休息，辛苦了。”关少冰的目光停留在杨静宜身上。

关少冰安排一名猎人护送美枝子回住处，自己带着杨静宜到了总控制室。端上饮料，关、杨二人坐好，关少冰对温先生道：“你们可以出去了。”

“包括我吗？”

“对，包括你。”

这时，“卡里·穆利斯”说话了：“电梯内发现入侵者，男性，身份不明。”

关少冰命令：“去把他带过来。”

温先生扫了三名猎人一眼。这几人全是他的心腹，逃离金光大厦时顺便带出来的。他们鱼贯走出总控制室。

“雷欢姐姐呢？”杨静宜开门见山。

“和我在一起。”

“怎么会呢？雷欢姐姐对我说过，你们不适合——”

“什么叫不适合？王母娘娘还说织女和牛郎不适合呢。”

“我不和你争这个，雷欢姐姐呢？”

“她一会儿就到，你先回答我几个问题。雷欢曾经遇到过一件对她伤害特别巨大的事，你知道吗？”

“打听这个干吗？我怎么知道？你应该直接去问她。”

“如果可以问她，我早就问了。问题是，那件事连她自己都忘了，我就只好来问你了。”

“我不知道，我什么都不知道。”

“你是她最好的朋友，从小玩到大，你不知道谁还知道？”

“我就是不知道。”

“你知道的，只是你不想说而已。”

“我知道你死皮赖脸地追了她三年，她就伤心害怕惊慌了三年，这算不算巨大的伤害？”

“那件事情上，她伤得有我重吗？”

“那是你自找的，你是癞蛤蟆想吃天鹅肉——”

“住口！没错，我长得不帅，又没钱，不是你们心目中的白马王子，但这并不表示我没有权力爱一个人，更不意味着我没有权力追求我所爱的人。”

“你凶什么凶？事情本来就是这个样子。”

“是什么样子？我丑，我穷，我一无是处，我就不该爱？不能爱？没有爱的权利？这是哪个混蛋规定的！”

“你——简直不可理喻？”

“谁不可理喻？我？不，是你们，是你们这帮在人背后胡说八道的混蛋。我追雷欢，是我和雷欢之间的事，关你们什么事？要你们来评头论足？”

“我不和你说了。”

“今天不说不行，你，今天，现在，必须告诉我那件连雷欢也忘了的事。”

“我不说你能把我怎么样？”

“你不说……你不说我杀了你！”

“雷欢姐姐会让你这么干吗？”

空气紧张得令人窒息。这时，温先生走进总控制室，“闯入者抓住了，是林强，现任枭阳市公安局长。”他报告说。

“把他押过来，”关少冰怒视着杨静宜，“如果你不说，我就一刀一刀把他割成碎片给你看。”

说这话的时候，关少冰的手指极速颤抖着，仿佛苍蝇的翅膀。

17

快到住处时，猎人对美枝子突下杀手，幸好她机警，及时出招，杀死了那名猎人。美枝子从猎人身上搜出识别卡，有了这玩意儿，她就可以自由进出了。

她跑进房间，雷欢还在屋里玩纸牌。

“快跟我走。”

“出什——”

“没时间了，出去再说。”美枝子拖着雷欢就往外走，“这次再逃不出去，我们就永远没有机会了。”

两人一前一后在走廊里飞奔。

前面一个 90 度的拐弯，再过去就是一道密封门，她们的“世界尽头”。美枝子刚拐过弯，又退了回来，撞到雷欢身上。“该死！”她轻声道，同时偷偷地看着密封门前站着的电子警卫“霹雳火”。

“现在怎么办？”雷欢低声问。

“我去引开它，你逃出去。”

“那你呢？”

“我没事，关键是你，你逃出去了，关少冰就没有挡箭牌了。”

“独狼来啦？！”

“来的是杨静宜。”美枝子把识别卡递给惊讶着的雷欢，“这个，你拿好。实验区有一部电梯，是进出‘子宫’的唯一通道。”

“可是，你——”

“反正我也没多少时间了，就当我最后做一件好事吧。”

“什么——”

“没时间给你解释，记住，一会儿我引开‘霹雳火’后，你只管自己逃，逃出去就是胜利，另外——”美枝子道，“遇见钟扬的时候，告诉他，我想他。”

美枝子说完，闪身出去，把自己暴露在“霹雳火”的监视范围之内。“霹雳火”说：“回到你的房间，否则，我将强制执行。”

美枝子转身飞奔。她知道“霹雳火”的本领，前一次自己逃跑，就是栽在它手上，这一回，恐怕也是凶多吉少。

雷欢等机器人消失在那边走廊，她跑到密封门前，用识别卡刷开门。门外，走廊纵横交错，一时间雷欢竟不知道该走哪一条。对了，电梯！美枝子说过，它是进出“子宫”的唯一通道。

但是，电梯在哪里呢?

这时，左边传来脚步声，很密集，显然是一群人的。

雷欢赶紧躲起来。那群人走过来，为首的是温先生，后边三个猎人押着一个人，是林强！她大着胆子，轻手轻脚地跟着他们来到总控制室。

她小心地靠近总控制室，在玻璃墙下找到了一处既可藏身又可看到室内一切的绝佳位置。她听见关少冰在对杨静宜咆哮，“……我就一刀一刀把他割成碎片给你看。”

她的心顿时悬了起来。

18

总控制室的审讯仍在继续。

“说吧，说出来，对你只有好处，没有坏处。”关少冰晓之以理。

杨静宜神情木然，不言不语。

“对雷欢也有好处。你知道吗，她经常做噩梦，就是因为她脑中有一片‘死亡区域’。你说出来，不但可以帮她恢复记忆，而且可以帮她治好心病。你是她最好的朋友，你难道不肯帮她？”关少冰动之以情。

杨静宜依旧沉默如石。

“不要逼我！”关少冰说。

杨静宜还是紧闭嘴唇。

关少冰命令：“打他！打到他吐血！”

两名猎人架住林强，另一名猎人像打沙袋一般打他。只打了几下，林强的鼻血就出来了。“不要停，我没叫停就不准停。”

杨静宜尖叫起来：“你到底想知道什么？”

“我已经说过了。”

“你叫他们停手，我告诉你。”

“停。”关少冰挥手。

“我想起一件事来，但不知道是否就是你想知道的那件。”

“你说吧，我会证实的。”

杨静宜说：“那是十几年前的事了，哦，那年我们都 16 岁。有一天放假，雷欢姐姐约我到郊外龟山去玩。”

“龟山？”

“在武汉，我和雷欢姐姐都是武汉人，上高中才到的枭阳市，你不知道？”

“我想起来了，她喜欢吃糍粑鱼，武汉名菜。你继续。”

“那天我们在龟山玩了很久，天黑才想起回家。路上突然下起了雷阵雨，我们到路边的凉亭躲雨，就遇上了那两个人。那两个坏蛋，一高一矮，脸上涂着油彩，画的是狼，眼睛里不知戴了什么东西，妖怪一样放着绿光。”

“就是他们！”

“他们对我们动手动脚，我们吓坏了，就拼命地跑。那个时候，雨下得正大，像瓢泼一样，雷也是一个接着一个，吓死人了。雷欢姐姐说，我们跑不过他们的，不如躲起来吧。于是，我们就找地方躲。雷欢姐姐躲到一片草丛里，我躲到路边的石桌子底下。那两个坏蛋过来了，一边搜索，一边狼一样的号叫。其中一个说，到石桌子那儿坐一下，另一个说，好。他们一齐走向石桌子。那时，我可以看见他们的脚了，而他们只要再走一两步就会发现我。当时，我真是怕极了，浑身哆嗦。就在这时，闪过一道特别明亮的闪电，天地一片惨白，我看见雷欢姐姐突然从藏身的草丛里跳出来，跑向远处。事实上，她藏身的地方那两个坏蛋根本看不见。”

“她是在救你！”

“当时我没有这样想，只是奇怪，她藏得好好的，干吗跑出来，后来我才明白她是不想让我落入那两个坏蛋的魔爪。”

“后来呢？”

“那两个坏蛋立刻追了过去，不久就追上了。我没看见那一幕，只听见雷欢姐姐的责骂声，不久就什么都听不见了。等了一会儿，我战战兢兢地从石桌子底下爬出来，去找雷欢姐姐，她和那两个坏蛋都不见了，我赶紧去报警！”

“她……她怎么样了？”

“三天以后，警察才把雷欢姐姐解救出来。绑架雷欢姐姐的两个坏蛋就是此前在广东、广西犯下十几桩杀人案件的张氏虐杀二人组。他们是堂兄弟，因为长期吸毒而使性格扭曲……”

“我是问雷欢！”

“雷欢姐姐被救出来的时候，赤身裸体，浑身是伤，整个人跟木头一样，不说话，也没表情，任谁叫她都没反应，连爸爸妈妈她也不认识了。警察把她送到医院，五个月后才出来。之后，她从未向我提过那几天的遭遇，我也没有问过她。若不是你刚才逼问得及，恐怕我也早忘了这件事，毕竟已经过去 12 年了。这就是你想要知道的事吗？”

“是的。雷雨，狼，比噩梦还可怕的遭遇。”关少冰一字一顿地说。他慢慢展开紧握的双手，指甲早已深深陷进手心的肉中，留下几个红月亮似的凹痕。

突然，总控制室外，有人高叫“啊呀”。就是白痴也能听出这一声“啊呀”压抑了很久很久，这一声“啊呀”包含了太多内容。不用看，关少冰也知道，高叫的人是雷欢，他深爱的雷欢，遭受过巨大伤害的雷欢，刚刚知道自己悲惨经历的雷欢！

19

看着跌坐在地上的独狼，钟扬忽然想起 10 个月前的情景。那时，独狼刚从金光大厦逃出来，浑身漆黑，双臂断了，连头都没有，非常恐怖。可是在床上躺了两天以后，独狼的手臂和头颅竟然重新长出来，而且拥有了更为快速的变形能力。他把语音合成器吞进肚子，让一个器官负责书写，于是他就能“说话”了——似乎独狼受的伤越重，他恢复后的本领就越强大。真的是这样吗？

半晌，独狼站起来，钟扬看见他的左臂已经再生出来，只是比原来的小了许多。独狼说：“刚才我在江底看见了一个入水口，我要从那里潜进‘子宫’。我想起来了，实验室的名字叫‘子宫’。”

他们走回江边。独狼潜入水中，来到进水口，撕掉进水口的三道过滤网，然后将手臂伸进去，身体其余部分逐渐变细，如同蛇一般，慢慢滑进直径只有 20 厘米的水管。水管一直向下，弯拐不多，后来突然变平。原来是到了尽头，独狼就和江水一起掉进下边的巨大水池里。

这时，他没来由地感觉到一阵疲倦，极度的疲倦。这疲倦占据了他的全部身心，令他窒息。有那么几分钟的时间，他漂浮在水池里，木头一般，仿佛灵魂已经离他而去，留在这里的，不过是副臭皮囊而已……

如果可能，他愿意永远这样。

20

“死亡区域”骤然复活，无数往事潮水般涌现：

那天，星期六，天气晴朗，阳光明媚。

天快黑时，暴雨突然降临。

雨来得太突然了，似乎一分钟以前还碧空如洗，一分钟后就电闪雷鸣，大雨倾盆。

那两个家伙走向石桌子，静宜妹妹就躲在那里，心都快从嗓子眼儿蹦出来了。

是我把静宜妹妹带出来的，我不能让她受到伤害。

静宜，快跑！

雷欢蓦地站起来，向远处跑去，带着惊惧，带着恐慌。

高个子伸出泛白的舌头舔着通红的嘴唇。

“没有用的，你逃不了的。”

“知道我们杀一个人要多长时间吗？四十九天！”

“妹妹，你怎么哭啦？”

矮个子玩弄着一把小刀，让它在食指和中指之间快速转动，同时，一双凶恶的眼睛狠狠地盯着她。

他咧着嘴，兔子似的大暴牙在空气里耀武扬威。

“我要抱紧你。”

“来，我的宝贝。”

“小宝贝，我要……”

白光，耀眼的白光。

“怦！”高个子的脑袋像被铁棍击中的西瓜一样爆裂开来，他倒了下来。

枪声！枪声！枪声！

一片血红。

身上沾满了高个子的脑浆和鲜血，白的白，红的红，都黏糊糊的。拼命用手去擦，却怎么也擦不掉。怎么会擦不掉呢？是不是成了身体的一部分？

呕吐。

警察来了，一个，二个，三个……

“回家睡一觉，就什么都忘了。”

“小宝贝，我要……

小宝贝，我要……

小宝贝，我要……”

这最后一句话成了一个无限循环，雷鸣般反复回荡在她脑海里，小宝贝我要，小宝贝我要，小宝贝我要……

她不由自主地抱住脑袋，“啊呀”一声尖叫，叫出心中所有的痛苦，叫出心中所有的委屈，叫出心中所有的忧伤。

她总算知道那些问题的答案了——

为什么她会在雷雨之夜梦见恶狼？

为什么她会惧怕男人？

为什么她会到枭阳市读高中？

她看见关少冰走出来，她冲他喊：“为什么要这样对我？我到底做错了什么？”关少冰走近她：“你没有错，错的是这个荒唐的世界。”

她连哭带喊：“为什么会这样？我该怎么办？告诉我，我该怎么办？”

“简单，”关少冰说，“和我在一起，在子宫里，我当国王，你当王后——你当国王也可以。我们永永远远隐居，不踏入尘世半步。”

21

美枝子还想逃，可惜“霹雳火”的动作比她快十倍，左臂一伸，钳形手掌开合之间就已锁住了她。“霹雳火”将她扔进一间空屋子，关上门，扬长而去。

屋子里其实不是空的，里面还有一个人，那人居然是钟扬！

“干吗，不认识我吗？”钟扬笑吟吟地说。

“你……你怎么会在这里？”

“我跟独狼一起来的，他从供水系统进来，叫我在外面等他。我等得不耐烦了，想从电梯进来，结果让机器人抓住了，就被关到这里来了。”钟扬依旧笑着，丝毫不觉得当囚徒是件可耻的事，“你呢？”

“我？也差不多，该死的机器人！”

两人会心一笑，仿佛两颗心之间架设着一道灵犀制成的桥梁。温馨的空气在四周萦绕，有那么一刻，两人都没有说话，似乎一开口，所有的温馨就会飞走。

“就这么一直站着？”钟扬傻笑着说。

“当然不，我们得出去。我要去找关少冰拿解药。”

“什么解药？”

“关少冰要我去绑架杨静宜，怕我不回来，就给我注射了一种叫‘日日夜夜焚烧你的名字’的毒药。”

“该死的！太歹毒了！”钟扬顿时着急起来，“你没什么不舒服吧？”

“现在还没到发作时间。”

“吓死我了！”

美枝子走向房门，“该怎么出去呢？”她自言自语道。

钟扬仍旧傻笑着，与何水红的重逢令他心情激动，像无数条暖流在他全身欢畅。但他不知道，这快乐只能持续十分钟。因为十分钟后，他与何水红之间的那枚炸弹将会爆炸，粉碎一切美好与快乐。

22

“不可以！”

这声音来自头顶。众人抬头，吃惊地发现天花板上趴着一个黑乎乎的怪物。

雷欢先喊：“独狼！”

独狼自天花板上石头般直落下来，临近地面才猫一般调整姿势，稳稳地站到众人面前。他保持着接近人类的模样，却因为那几分差异显得古怪别扭，以至可怖。

“你会说话？”关、雷二人不约而同地问。

借着语音合成器的帮助，独狼说话的声音非常机械："雷欢，你不能听关少冰的？"

"为什么不能？"关少冰反问，"没有人能真正理解另一个人。从某种程度上讲，每一个人都是精神病患者。萨特没有说错，'他人即地狱。'甚至，你自己都无法理解你自己。亚里士多德说'认识你自己'的时候，实际上你已经忘了自己是谁。既然外面的世界那样冷酷，那样无情，我们为什么还要在那里受罪？为什么不能对自己好一点儿？让自己过得舒服一点儿？我的要求并不高，我只希望待在僻静的角落里，做我想做的事情。"

"那你想要做什么？"

"陪雷欢，给雷欢幸福。还有……就是做几个实验，发明几样东西。我的要求真的不高。我需要安静，需要快乐，需要幸福……"

"还说不高——我看你是想把世间的好事全独吞了。"说这话的是钟扬。他笑吟吟地挽着何水红的手，从容步入总控制室，大有"春风得意马蹄疾"之慨。

"辣妹！"温先生惊呼。刚才他命令猎人送美枝子回住处的时候干掉她，她居然没事！

"什么？你是…是辣妹！？"钟扬的震惊写满整张面孔，无数的词语在他脑海中回响：辣妹、黑帮、杀手、杀人如麻、淫荡、无耻之极、鲜血、死尸、刀、枪，难怪那天……何水红——美枝子。美枝子微微点头。这细小的动作把钟扬打进了寒冰的地狱，连空气都冻结着，他不能动弹一下。恍惚中，有种无形的东西断裂了，碎成无法修复的千片万片。钟扬记不得这东西的名字，只是依稀觉得可能很珍贵。可那又能怎么样呢？它毕竟已经断裂了。

“何水红是我的真名……”她还想辩解，说她不是故意欺骗他，说她早就想告诉他一切，说……然而，已然变冷的手告诉她，虽然这个男人近在眼前，但他的心却已经到了天边，无论她怎样说，说什么，都唤不回来。她闭上了嘴，不再说话。

“该来的都来了。”关少冰扫视众人，目光如火——冰冷的火。“雷欢，你呢？”他问，“你如何选择？”“我，我——”雷欢神色恍惚，宛如云里雾里，陡然记起的往事让她难以承受，几近崩溃，“我不知道。”

钟扬大惊，雷欢对关少冰的影响是决定性的，现在她都不知道——笑声。笑声从关少冰嘴里挤出来，夜枭一般。“瞧，杰作！邪恶世界的！”

“都不知道你们在说些什么。”林强道，“快点放了我，不然有你们好看。不怕告诉你们，来的路上，我已经通知了黑猫特警队，他们马上就到。”

“那又怎么样？”关少冰抽出手枪，对准林强的头。林强怒睁着眼睛，却无计可施。他此行的目的是来捉奸的，可谁承想……

温先生说：“还犹豫什么？杀了他们。”

“不可以！”雷欢喊道。

“关少冰，你到底想建立一个怎样的世界？”独狼问。

关少冰愣了片刻，道：“不要问我！我不知道，我不知道！”

“好笑，真是好笑。”在一种奇怪的情绪控制下，钟扬说的话恶毒起来，“你连你想建立一个什么样的世界都不清楚，还敢奢谈什么建立新世界！根本就是痴人说梦！完全不可能的事情！简直比猪都不如！”

关少冰掉转枪口，“怦”的就是一枪。钟扬没有中弹，倒下的是何水红，她替他挡了这致命的一枪。

关少冰又开一枪。

旁边闪过独狼，双臂展开，护住钟扬与何水红，子弹正中后背。他对钟扬说：“带她走！去找特警队。”

关少冰又连开两枪。

独狼以身体作盾牌，掩护他们离开。

钟扬抱起何水红，大步而去，一路洒下无数殷红的鲜血。

他们冲出主控制室。

独狼返回。

关少冰冲温先生喊：“你们站着等死啊！”

站在温先生旁边的那名猎人急忙摘下肩上的突击步枪射击。枪声大作中，独狼一步步走向他。他惊恐万状，扣住扳机的手指使劲压着，一直打到弹匣里没子弹为止。这时，独狼已到他面前，手指一伸，点中他的前额，他软绵绵地倒下。

独狼的身体兀自颤抖几下，像狂风吹过平静的湖面。子弹全部射进他的身体，他已失去刀枪不入的本领，他的身体脆弱无比。

他转身，面对关少冰。

就这一会儿的工夫，总控制室里的局势已经发生了天大的变化。

23

林强忍耐得太久了，所以爆发的时候格外猛烈，他只用了一招就将他身后的两名猎人干掉了。一击得手后，林强跑向呆立一旁的杨静宜："我们走。"他抓住了杨静宜的手。这时，他看见了枪，枪口对着自己的妻子。他一侧身，挡在了妻子的面前。枪声响起，他倒下。

开枪的人是温先生。

杨静宜扶起林强："强，你怎么样了？你说话呀！你倒是说话呀。"林强勉强睁开眼睛，嘴唇翕动几下，却没有说出话来。"强，别离开我。"杨静宜大喊。林强面容抽动了几下，似乎是在微笑。他想对妻子说对不起，不该无端怀疑她的清白，不该……可是不行了，他头一偏，陷入了永远的黑暗之中。

杨静宜放下丈夫，站起来，巨大的悲痛让她忘记了危险。她扑向温先生。

温先生嘴角抽动着，抖手又是一枪。

杨静宜惨叫着仰天倒下。

“静宜妹妹！”雷欢哭喊着跑向杨静宜，手臂却被一人拉住。“放开我！”她扭头看见拉住自己的人是关少冰。关少冰把雷欢拉到自己身旁，用枪指着她的头，“不要逼我，独狼。”他说，“不要逼我做我不愿意做的事情。”

独狼停住前进的脚步。

“这个世界对我太不公平，所有我想得到的东西我都得不到。我的要求其实不高，就希望有一个角落能让我安安静静地做我想做的事。可是，就连这样一个卑微的梦想我都实现不了。不要再破灭我的梦想好不好？”

独狼没有说话。

关少冰自顾自地继续说：“谁也不能破灭我的梦想，你也不能。照我的话做，不然，我就打死雷欢。”

雷欢说：“不要这样，你听我说，关少冰……”

关少冰大声道：“穆利斯，喂不饱。”

话音刚落，靠墙的一块地板移开，露出一个桌子大小的洞。洞口涌出一股令人作呕的腥臭气息，洞内一片黑暗，不知何物。“实话告诉你，”关少冰说，“那洞口其实是食肉植物‘喂不饱’的嘴，你跳进去就是直接跳进‘喂不饱’的消化道，里边的消化液会把你彻底消化掉，连根骨头都不会剩下。我要你跳进去。”

雷欢急道：“不要啊！”

独狼深情地看了一眼雷欢，直直地跳落洞口。

洞口自动合上。雷欢挣脱关少冰的手臂，几步跑到洞口处，拍打着地板。“你快把他放出来，你这个疯子。”她边打边喊。

“他死了吗？”温先生问。

“死定了。‘喂不饱’是高贺设计用来对付入侵者的，其消化液的腐蚀本领比王水还强几百倍。”

“那么，你也死定了。”

关少冰回头，看见温先生手里的枪正指着自己的头。

24

关少冰看着黑洞洞的枪口，沉默不语。

温先生伸手夺去关少冰的枪：“不想知道为什么吗？”

“我知道原因。”关少冰很平静。

“说来听听。”

“你是个权力欲望非常强烈的人，你想做人上人，你甚至想统治世界，当地球的球长。”

“如果我说我是为太子熊报仇呢？”

“我不会相信的，在这一点上，我对自己有充分的信心。我不会看错人，所以从一开始我就知道，光用你妻子和治疗疾病是要挟不了你的。你最害怕的，其实是失掉在猎人公会呼风唤雨的权力，而我的出现，让你燃起了重掌大权的希望。”

“关少冰，我一直以为你非常笨，笨到连个女人都追不到。但是，我不得不承认，有时候你也挺聪明。你说对了，我的确是个权力欲望非常强烈的人。谁不希望前呼后拥，左右逢源？谁不希望人人尊敬，个个畏惧？谁不希望一呼百应……”

“我就不希望。”关少冰微笑着。

“你不是我，你不知道无权的痛苦。”温先生咬牙道，“‘生物碱’污染事件过去了三年，我才知道自己也是受害者。我爸爸四方拜佛，八方求医，想治好我的病，可那些医生趁机勒索，治疗费高达 900 万，我们一个工人家庭，哪来的那么多钱？于是，我爸把那家生化制药厂告上法庭，要求他们赔偿。官司打了三年，我爸头发都跑白了，他那时才三十多岁呀。判决结果下来了，生化制药厂无须赔偿，因为没有证据表明我发育不良与他们厂的那次污染事件有直接联系，他们不会赔一分钱。我爸当时就哭了，一个大男人，哭得跟个三岁小孩似的。没有钱，我只得放弃治疗。后来有人告诉我，那家工厂拿出 50 万给法院修了一个高级车库，50 万！从那时起，我就立誓这辈子一定要做一个有权有势的人，我要让所有人都来求我，而我不必在乎任何人的脸色，唯我独尊。”

“可你没去当官。”

“我试过，不行，我没有任何关系。所以我协助太子成立猎人公会，从另一个方向实现我的梦想，我成功了。那个时候，我何等风光，人人都怕我，人人都敬我。可是，你来了，让我失去了一切。我答应跟你，不是为了凤娇，虽然我真的爱她；不是为了治病，虽然我很想治好，而是我认为你能让猎人公会重整旗鼓，再现昔日辉煌，雄霸枭阳市。”

“现在，你重掌大权的机会来了。”关少冰冷漠至极，仿佛在说一件跟自己完全无关的事，“杀了我，你就可以统领群狼，为所欲为。”

“我要成为世界之王。告诉你一个秘密，在帮你修改DNA的时候，我给新狼加了一条信息，那就是对我的无限忠诚。”温先生说，“我偷看了你的档案，要做到这一点并不难。”

“难怪当时你那么热心。”关少冰揶揄道。

“我要让所有人都拜倒在我脚下，向我俯首称臣，我要成为世界之王，成为有史以来最——雷欢，别动！”

温先生的枪指向雷欢。

雷欢不再靠近温先生。

但是另一个人动了。

杨静宜。

她醒了好一会儿，等待着反击的机会，现在机会来了，温先生的注意力在雷欢身上，而她就在温先生的旁边。她突然跃起，抱住温先生的右臂，张嘴就咬。温先生“哎哟”一声惨叫，手一松，枪掉到地上，杨静宜抬脚就踢，踢给不远处的雷欢。

“姐姐接着！”

这是杨静宜在人世间的最后一句话，她刚说完，胸口就中了一枪。她没有注意到，温先生还有一把枪，在左手上，是刚从关少冰那里缴来的。

她后退，倒下，再也没能起来。

她倒地时，脸上挂着一丝欣慰的微笑，不知是因为能与丈夫同赴黄泉，还是因为总算报了雷欢的大恩。

雷欢捡起手枪，双手握紧，也不瞄准，照着温先生就是一枪。子弹擦过温先生左臂，手枪掉地。“你杀了我妹妹！我要杀了你！”雷欢逼近温先生，杀气腾腾。

“不要开枪，”温先生双眼紧盯着雷欢，“你不是一直想知道是谁杀了你班上的小孩吗？告诉你，是关少冰，是他杀了那些小孩！”

“什么！？”雷欢把枪口转向关少冰，“是你干的吗？”她的声音变得连她自己都觉得陌生，“是你杀了那些无辜的小孩吗？”

25

关少冰看着雷欢手中的枪。

枪是武器，枪没有生命，但是枪能消灭生命。

拥有了枪，再柔弱的人都拥有了杀戮的本领，拥有了生杀予夺的权力！

这不正是无数人所梦想的吗？

“再问一次，是不是你？”雷欢尽量控制自己的情绪，以免误信人言，冤枉了好人。在她心底，关少冰虽然是个怪物，做过许多让人无法理解的事，但从本质上讲，她认为他还不算是个彻底的坏蛋。

关少冰舐了舐嘴唇，道：“是我干的。”

“为什么？”雷欢觉得自己快要疯了，歇斯底里地尖叫。

“杀第一个小孩是为了引起独狼的注意，让他以为同类出现了，自己来找我。所以，我特地戴了绿色眼罩，还穿了变色服。”

“想引起注意，也用不着杀人呀。”

“你也知道，现在是信息爆炸时代，一条新闻用不了十分钟就会过时。世界上每分每秒都有事发生，只有像死人——而且是死得蹊跷，古怪神秘——这样的事才能引起大家的广泛关注，所以……对不起，我不知道那是你的学生，这事纯属巧合。”

“那后面几个呢？”

“后面几个——”关少冰垂下头，看着自己的双手，显出难为情的样子，继而甩头，像要甩掉什么不要的东西，然后抬起头，一脸的坦然，“也是我杀的。因为杀了第一个小孩之后，我发现自己喜欢上杀小孩了，就像染上毒瘾，越想克制越克制不了，甚至克制本身也是一种诱惑，最后总会说服自己去再杀一个。或许，我天生就是个杀人狂，只是此前不知道罢了。我的血管里流动着一份残忍。事情就是这个样子。”

“这不是真的。”雷欢不敢相信自己的耳朵，杀人也会上瘾？这是哪儿来的理论？

“别说你不信，连我自己都不相信，但这是事实，容不得我否认。”关少冰把左手举到眼前，手指纤细而修长，哪里像嗜血的恶魔呢？然而，就是他颤抖的手告诉他自己心中的欲望，那欲望如此强烈，如此难以抗拒，如此难以抵挡。

他不愿意杀人，他知道杀人不对，杀人不好，杀人不该。但是，他就是抵挡不了，抗拒不了那强烈如洪水的欲望。

每次欲望来临的时候，他都警告自己：不准去，不能去，不该去，不能被那欲望征服，要克制住那欲望。开始时还有效，到后来，他就开始劝自己：何必呢？把自己限制得那么死，不就是杀个人吗……

“你真杀了那些小孩？”雷欢还是一脸狐疑。

“我不会骗你，我什么时候骗过你？”关少冰一脸真诚，“何况，承认这件事对我只有坏处，没有好处，我又何苦把它揽到自己肩上？”

雷欢无话可说。

关少冰轻轻叹了口气：“要杀我你就开枪吧，能死在你手上，我也心甘了。”他看着雷欢的眼睛，那双曾给他无限遐想的眼睛此刻低垂着眼睑，不让他看清里面的内容。

雷欢握枪的手颤抖着。

她下不了手。眼前的这个男人曾那么痴情地追求过她，而她却那么绝情地拒绝了，伤他至深，她欠他的……

这时，从旁边伸来一只手，夺走了她的枪。趁雷欢不备，温先生夺走了她的枪："你下不了手，让我来吧。"

26

温先生说："你还有什么话说？"

关少冰说："我在思考一个问题，一个与现在完全无关的问题。以温先生的儿童之身是怎样娶到娇美的妻子的——我的确笨，以温先生的聪明才智与奸猾狡诈，娶一个名义上的妻子又怎么会办不到呢？"

"你在拖延时间，我不会给你逃跑的机会。"

"我想，你肯定修改了第 8213−8224 号碱基对的排列。"

"没错，我修改了，让它携带的信息只为忠诚我一个人。我会带领它们去统领全世界的。关少冰，我开始佩服你了，你死到临头了还在想这些事情？"

关少冰冷冷地说：“死有什么可怕？不过就是在我浑身是伤的身体上再插上一刀而已，你刚才已经插了我三刀，我连痛的感觉都没有。我心如死灰，对什么都无所谓，与其像现在这样活着，还不如死了省心。”

“这么说，我是在帮你啦。”

“也算，想听我说声谢谢吗？”

“哦，不必了，还可以告诉你一件事，新狼们再等——再等十分钟就要出生了，是我让他们提前的，可惜，你见不到了。”

说罢，温先生开枪。

一旁的雷欢跃起，扑到温先生身上。她绝对知道此刻该帮谁。

子弹打偏。

两人滚落地上。

“你快走，那些新狼——”雷欢喊。

关少冰没走，扑过来抢枪。

三人扭作一团。

“怦！”，枪响。关少冰滚到一旁，子弹贴着他的大腿飞过，刮走一大块肉。“怦！”，枪又响了。子弹打在地板上，钻到下边去了。这一枪迫使雷欢放弃了对枪的争夺，退坐在地板上。

枪完全落入温先生的控制中，他站起来，枪指着坐在地板上的雷欢：“臭女人，我不会再让你坏我的事了。”

他开枪，连开五枪。

开第一枪之前，他觉得地板动了一下。开枪的同时，一道黑影撞破地板，腾空而起，横在他和雷欢之间，像一堵墙。

他连开五枪，枪枪命中那黑色的墙。

那不是墙！那墙有两只鬼火般忽闪的惨绿的眼睛。

独狼！

温先生退后两步，眼里流露出犹豫，但他到底还是转身逃走。

“独狼，你没事吧？”雷欢喊。独狼没有回答，摇晃两下，石像般栽倒在地。“独狼！”雷欢去扶独狼，又对关少冰喊，“关少冰，快，那些新狼，去阻止他。”

关少冰捡起地上的枪，一瘸一拐地走出总控制室。出门时，他回头看见独狼像只温驯的兔子躺在雷欢怀里。

那是他无数次幻想过的姿势。

27

温先生闪身进入繁育区。

关少冰握紧手枪，跟了进去。

一排排一行行子宫瓶同往日一样整整齐齐排列着，所不同的是，瓶里的“新狼”此刻都异常兴奋。伸手，曲腿，扭头，侧身，动作格外频繁，好像知道自己立刻就能到外面的世界一展身手。

前面人影一晃，关少冰开枪，打中一个子宫瓶。人造羊水倾泻而出，里面那只新狼失去依托，吊在七八根导线上，作最后的挣扎。

“你忍心杀死你的孩子吗？”温先生在暗处大笑，“不用我说，你也知道，独狼其实是你的克隆变体，这些新狼，都是你，或者你的孩子。”

“是这样，”关少冰依声寻找温先生，“但那又如何？”

“你的确是个怪物，有时善良得可笑，有时却——”

关少冰跳出藏身之处，举枪欲射。温先生早有防备，先开一枪，打中关少冰身后的一个子宫瓶。关少冰就地一滚，躲到另一列子宫瓶后边。

“如此残忍。”

“我想你没有说错。”关少冰检查了一下手枪，还有 12 发子弹，“告诉你，我，才是真正的独狼。”

他走出隐蔽处，边走边说边开枪，宛如身经百战的枪神。

“其实，每个人都是独狼，你是，我是，雷欢也是，我们都是孤独的，孤零零地来到这个冷酷的世界，又孤单单地去往另一个黑暗的地狱。”

枪声中，温先生低头含胸，侧身疾奔。在他身旁，子宫瓶纷纷爆裂，羊水四溢，浓厚的腥味充塞整个空间。

“这是命里注定，没法改变的事实。你有你的心思，我有我的想法，他有他的烦恼，每个人都与众不同，彼此隔膜，彼此陌生，以致彼此排斥，彼此敌视。大家都各自为政，为着各自的梦想，孤独地与整个世界对抗。每个人都是不同程度的精神病患者。他人即地狱。”

枪声中，关少冰疾步追赶温先生。左右都是子宫瓶，里面的新狼蠢蠢欲动。

“虽然地球上有近百亿同类，但你能感觉到他们的存在吗？不能，你不能。你能感觉到的就只有你自己，甚至连你自己都感觉不到。你只是麻木地游荡在人群里，不知从哪儿来，不知要到哪儿去，不知道自己是谁，就跟孤独的狼游荡在荒原上一样，茫然，不知所措。”

温先生腿上中枪，跌倒在地。关少冰走近他。温先生举枪。

“怦！”

关少冰只觉左上臂被什么东西猛撞了一下，整个身体为之侧转，接着，异样的麻木传到他的大脑。他低头去看，左臂已不知去向，只剩一小部分骨头渣子和肌肉碎片残留在肩膀上。起初没有血，在他看时，那种鲜红的液体才喷涌而出。好痛！他眼前一黑，差点昏过去。他咬紧颤抖的牙齿，不让自己叫出声来，几步跨到另一排子宫瓶后面。

温先生挣扎着爬起来，满身都是腥臭的羊水，腿上的伤不重，他蹒跚着走向关少冰的藏身之处。

关少冰背靠一个子宫瓶，坐在地上，鲜血染红了大半个身体。

温先生说：“你还没死呀？”

“没那么容易。”关少冰勉强笑了笑，“你不知道么，我的耐力和韧性没几个人比得上。”

“是吗——”

关少冰背后的子宫瓶突然发出怪声，温先生抬眼去看。瓶内的羊水正在被迅速抽走，紧接着子宫瓶被机械从瓶底吊起，露出蜷缩在基座上的新狼。

“新狼出世啦！”温先生不禁兴奋起来。

28

关少冰扭头看着那新狼。

他全身鹅黄，没有毛发，皮肤光滑而细腻，仿佛婴儿，比独狼更接近人类。他双臂抱着双膝，头埋在膝盖中间，一动也不动。

温先生和关少冰都呆呆地看着他，忘了周围的一切。

他动了，手和头先动，很慢很慢。动了几下又停下来，就像人在梦中活动手脚一样。下一刻，他又动了。这一回，他慢慢坐起来，能听见他沉重的呼吸声，似乎喉管被岩石堵着。他的眼睛缓缓睁开，春草一般嫩绿，却没有一丝神采，瞎子一般。

他站起身来，动作慢得像蜗牛。

温、关二人屏住呼吸，猜测他下一步要干什么。

他迈动步子，鹅黄的脚抬起，踩下，落到基座边缘，第二步踩到关少冰身边的地上，第三步继续前行。他低着头，双臂并不随身体的摆动而摆动，两眼也无神，显得十分古怪。

他走向温先生。

温先生高兴极了。他知道，新狼是来朝拜他的，他是他们的主人。还在修改新狼DNA时，他就幻想过新狼皆以他为领袖的情景，那是多么令人心动的一幅场景呀！没想到这么快就变成现实了。世界是我的啦！他兴奋地想。

“你，快去杀死他。”温先生指着关少冰。

新狼浑然未觉，径直朝前走。

“喂，没听见我的命令吗？”温先生大喊。

新狼依旧前行。

温先生抓住新狼的手臂：“喂，你到哪里去？怎么——哎哟！”

他没能把话说完，新狼的那只手已钢刀般砍进他的身体，从胸口一直切到小腹。

砍进即抽出。

鲜血喷涌而出。

怎么会这样？看着自己身体裂开的大缝，温先生不敢相信自己的眼睛。

怎么会这样？

新狼丢开温先生，继续前行。

温先生双膝无力，跪下，犹自不明白事情怎么会这样。怎么——他朝前扑倒时，看着新狼远去的背影，还是这样想。

关少冰也莫名其妙，只是现在他没有时间考虑这个问题，因为更多的子宫瓶被吊起来，每一个基座上都躺着一头新狼！

29

独狼和雷欢走进繁育区。

几乎所有的子宫瓶都已被吊起，新狼们有的还在沉睡，有的刚刚坐起，更多的在四处游荡，对独狼和雷欢的到来，他们没有任何反应。

独狼牵着雷欢的手，小心地避开孤魂野鬼似的新狼。很奇怪，就算他们从新狼眼前走过，新狼也像没有看见他们一样。

雷欢先看到了温先生的尸体，接着看到了断了一臂的关少冰。

“他死啦？”雷欢指着温先生的尸体。

“嗯，不是我干的，是新狼。他去命令一头新狼来杀我，那新狼不知怎么的，突然动手切开他的肚子，结果他就死了。”

“我明白了，”独狼望着到处游走的新狼，“他们此刻还没有清醒，处在混沌当中，我当初就是在混沌当中离开这里的。杀温先生，显然只是一种条件反射，生物防御的本能。”

“哦，”关少冰点头，“这大概是催化技术的副作用。”

“可是，”雷欢着起急来，“温先生死了，就没人能控制新狼了。他们憎恨人类，如果到了外边，肆意屠杀，不知要死多少人。”

关少冰说：“怕什么，几十亿人，死几个算什么？”

“你怎么还不明白？”雷欢更急，她知道能制止新狼的只有新狼的创造者——关少冰。可怎么能说服以固执闻名的关少冰呢？一时之间她想不出什么办法，所以更急。

忽然，繁育区外面传来密集的脚步声，好像来了许多人。

大门被猛地推开，跳进来两名全副武装的特警。“呀，怪物！”他们俩一齐尖叫着开枪射击，目标自然是那些新狼。

更多的特警冲进来，其中有个人没穿制服，显得特别惹眼。

“钟扬！”独狼喊。钟扬兴奋地跑过来：“我出去就遇见蒋队长他们，他们正愁找不到入口，我就把他们带来了。”他看见温先生的尸体和关少冰，吃惊地问：“这里发生了什么事？你没事吧？这都是你干的？”

独狼说：“不是。”

钟扬还想再问，雷欢说话了：“你们看，看那些新狼！他们，他们醒啦！”

30

特警们进入繁育区即分成若干个小组，协同作战，以期在最短的时间内消灭怪物。此前，他们曾听说过独狼的战绩：独自消灭枭阳市最大的黑社会组织；从几十层楼上摔下没受一点伤；胸口穿了一个大洞，甚至头都没了，依然活着……他们都不信，“这不可能。”他们说。

但现在，他们信了。

他们不得不信。

他们甚至开始怀疑，给他们讲故事的人是否只讲了怪物最平常的本事，因为他们怎么打都打不死那些怪物。

开始时，怪物们只是四处游走，仿佛没有灵魂的行尸走肉。打在他们身上的子弹，就像遇上柔软但却无比坚硬的合金，只使他们改变了身体的姿势，却没有造成任何伤害。

然后，事情变得不妙。

岂止是不妙，简直是血腥，恐怖，可怕起来。

一头怪物的眼睛忽然绿光大盛，先前无神的眼睛陡地神采奕奕，神采奕奕里包含的内容却让所有注视着它的人心冷胆寒。

那目光里只有恨！只有将一切毁灭的恨！

怪物缓慢的动作突然变得迅猛起来，他三步并作两步，冲到对他射击的一名特警面前，巨爪高举，猛力拍下，顿时将那名特警的头盔连同脑袋一起拍成碎片。旁边两名特警至少向他开了三十枪，他却浑然未觉，而是转身走向那两名特警。一名慌忙逃走，另一名仍旧拿枪射击。他大手一挥，立刻斩断射击者的脖子，脑袋滚落地上。他双足一顿，高高跃起，落地的同时，锋利的手爪已从逃跑者右肩切下，直切到左腰，把那人切成两半。

更多的新狼从混沌状态中清醒过来。

醒来后的第一件事就是杀人。

杀人，杀死所有的人。这条指令附在他们的基因里，与生俱来，是他们活着的唯一目的，也是他们的生存方式。

他们是纯粹的杀人机器，是真正的魔鬼终结者。

“我们怎么办？”雷欢问。此刻，已经有新狼注意到他们的存在了。关少冰说：“先回总控制室。”没有别的办法，雷欢和钟扬扶起关少冰，在独狼的掩护下，逃往总控制室。

身后，一名特警朝两米外的怪物发射了一枚火箭弹，剧烈的爆炸将他自己也炸得倒飞十余米。他身受重伤，趴在地上不能动弹，仍努力睁开双眼，去看对手的情况。

他看见，那怪物依然站着，并且正向他走来……

31

独狼断后，掩护众人逃跑。他心里很清楚，这一回比以往任何一次战斗都要凶险，他的对手和他一样强大，而这样的对手不是一个，也不是两个，而是好几十个。突然，他发现一头新狼把头转向他们，显然已经注意到他们了。

他们正走出繁育区大门。

那头新狼连续五个箭步就到了他们背后，伸手就向雷欢抓去。

新狼的手在最后关头被抓住了。

他扭头，见是同类，尖吼一声，示意对方放手。

独狼不放，“快走！”他说。

新狼已察觉这个同类的异样，长逾半尺的手爪自下而上，切向独狼胸腹。

独狼身形后移，险险避过，手却没放。

新狼一击失手，奋力往前一冲，带着独狼一起撞破繁育区大门，滚落到走廊上。

走廊远处，钟扬扶着关少冰在前快步奔走，雷欢在后，频频回首。

独狼还是抓着那头新狼，他放出电来击打对手。

第一次还有效，新狼浑身颤抖。第二次就不行了，只是胸膛起伏了几下。到第三次，就同击打在木头上一样，完全没有效果。看来，新狼的适应能力远远超过独狼。

新狼反击，只一拳就把独狼打得老远。

独狼觉得自己非常疲倦，说不出原因，只觉得从精神到肉体都想躺下休息，最好是永远不再起来。他从未这样疲倦过。但是，他还得站起来，还得掩护雷欢逃走，还得与那个与他从前一样甚至更加强大的家伙战斗，这是他的宿命。

独狼站了起来。

新狼饿狗般扑向他，立刻将他撞到墙上，撞塌了一大片墙。

32

“穆利斯，打开所有的监视器，关闭所有通道。”

走进总控制室，钟扬扶着关少冰直奔有监视屏幕的那面墙。墙上二十四个屏幕一排排打开。一个屏幕上，一头新狼将一名特警拦腰斩断。另一个屏幕上，一名特警引爆了身上的手雷。“在那儿！”雷欢率先找到独狼所在的屏幕。屏幕上，独狼被新狼扔到墙上，撞出一个大坑。新狼赶过去，又是一脚，将正在爬起的独狼踢出老远。

“好像独狼不是他的对手？”钟扬奇怪地说，“怎么会这样呢？”

独狼半蹲起来，挡住新狼的又一脚，紧接着揉身上前，贴近新狼，挥拳猛击新狼头部。新狼倒下时顺势给了独狼一脚，两狼都倒下了。

“怎么办？”雷欢着急了，“得想办法救独狼。”

钟扬说：“你不是有个机器人警卫吗？”

关少冰坐在椅子上，看着屏幕。

雷欢更急：“我知道你不愿意救他，可是——算我求你了，好不好？”

“哦，你误会了，我之所以没回答，是因为我在想一个问题：为什么独狼今天的战斗力这么差。”关少冰说，“穆利斯，召唤‘霹雳火’，让它到繁育区门口，对付新狼，把独狼救出来。”

“是呀，为什么？”钟扬自言自语，“刚才可不是这样，连天上的导弹都打下来了，这次——”

“那就是‘霹雳火’？”雷欢指着屏幕。

“对，四轮驱动兼四足行走，RBT−5 型，国际知名品牌，战斗力还可以，就是脑子不太灵光，同我差不多。”

屏幕上，“霹雳火”缠住新狼，独狼退向总控制室。

“看样子，‘霹雳火’也支持不了多久。”钟扬说。

“新狼比独狼更优秀。”关少冰自豪地说。

“到这个时候了你还在炫耀自己？”雷欢道。

关少冰想说什么，连续的咳嗽却堵住了他的嘴。咳完，他说：“我值得骄傲的东西本来就不多，不可以多说几次吗？——穆利斯，打开密封门，放独狼过来。”他把目光转向雷欢，“说实话，最初研制独狼的目的只是为了圆一个梦，圆高贺制造最具适应性生物的梦，这梦在我手里变成了现实。”他又是一阵咳嗽。

“你没事吧？”雷欢问。

“没什么大不了的，不就是断了条手臂还流了点血——”又是咳，咳完他接着说，“你放心，死不了。”

又是剧烈的咳嗽。

这时，独狼踉踉跄跄走进总控制室。雷欢迎上去，“你怎么样了？”她问，关切之情溢于言表。独狼摇头，努力向雷欢证明自己没事。

“独狼，你过来，”关少冰道，“我有话对你说。”

独狼走过去，步履蹒跚。

33

“你很累，是吧！”关少冰问，随即自己答道，“不用说了，我知道答案。我们是同一个性格的人，我怎么会不知道你在想什么？我知道原因。你的身体是最适合进化的，而且每次受到劣性刺激都会让你更加优秀，趋于完美。只是，你频繁进化，使身体长期处于极限。

还有，你是在子宫里发育成年的，那催化技术有后遗症，其结果就是使你的身体提前老化，累，只是老化的第一步。很可能，虽然你才来到人世间不过一年多，但实际上，你可能一千岁了，你的身体已处于崩溃边缘。”

听关少冰这样一说，大家都沉默了。

“这么说，他会死？”雷欢打破沉默。

“嗯，任何个体的死亡都不可避免，区别只在于时间、地点和方式上。所以，人生是荒谬的，世界是痛苦的。”

“我们恐怕就在此时此地了。”钟扬指着屏幕。

屏幕上，繁育区的战斗——准确地讲是屠杀——已经结束，地上横七竖八摆放着特警的尸体。新狼们三五成群，分散走向“子宫”的各处，他们没有领袖，就依着本能行动。密封门根本挡不住他们，一阵横削竖劈就解决了。

“真的就没办法消灭他们吗？”雷欢问。关少冰没有说话，双眼渐渐合上。“关少冰！关少冰！……”雷欢喊。钟扬蹲下，摇晃关少冰，“关少冰，醒醒，你不能死啊！”

关少冰缓缓睁开眼睛，“你以为一个人流多少血才会危及生命？”他慢慢地说。

钟扬急道：“我有话要问你。”

“我知道你想问什么，你等一下，我先回答雷欢的。是的，我有办法消灭他们。”

“那你怎么——你还坚持什么！？”雷欢喜怒交加。在这个时候，必须冷静，愤怒是于事无补的，只会让事情更糟，她对自己说。她深吸了一口气，尽量控制自己的情绪。“这个时候，如果再来长篇大论就没什么意思了。”她说，“我只问你一个问题，你父母双亡后，是谁供你读书的？”

“希望工程！”关少冰脱口而出，脸上立刻放出异样的神采，“你不用说了，我明白。”

“明白就好。”

“同很多惊险故事的情节一样，‘子宫’也有自毁装置。当初设计的时候，高贺就考虑到有朝一日可能需要毁掉‘子宫’，他不希望有人发现他的秘密。没想到，会是我来开启它。”

“既然这样，那我们快离开这里。”

“你们三个走吧，”关少冰说，“我累了，不想走了。何况，只有我一人知道怎样开启自毁装置——那可不是件简单的事。”

“不，关少冰，你不能——”

“不用多说了，我的个性你还不清楚吗？我是个一条路走到底，绝不回头的人。”关少冰抬起手来挥了挥，“你们快走吧，趁我还清醒，有能力开启自毁装置。”

“可是——”

“哦，差点忘了，钟扬，我告诉你，根本没有什么‘日日夜夜焚烧你的名字’。我骗美枝子的，你放心好了，她没事的。你们快走，时间不多了。”

钟扬嘴唇翕动着，却没有发出声音，他不知道说什么好。此刻，他替何水红询问，完全是出于道义，出于责任，而与爱或不爱无关。

雷欢等三人走出总控制室。

“雷欢！”关少冰大声说，“你做噩梦的原因找到了，去找心理医生，以后就不会再做噩梦了。”

雷欢的眼泪流了下来。

34

雷欢手里拿着通话器，在前引路。从总控制室到电梯有十一道密封门，他们得一道一道地过。前边又是一扇门，雷欢对着通话器说：“我们到了。”门呼啦一声裂为 4 半，缩回墙里，他们鱼贯走过，门又呼啦一声合上。

“还有几扇？”钟扬问。

“我不知道。”

通话器响了：“不好，你们前面发现新狼，不能再往前了。”

“怎么办？”

“穆利斯说可以绕过去，但要多走六扇门。”

雷欢回头看了一眼独狼。他们三个中，唯一可以和新狼战斗的，就只有独狼了。可独狼现在这个样子——独狼仿佛一下子老了九千岁，步履蹒跚，面容憔悴。

又过了三道门："你们快点，他们发现我了——这样吧，我把三扇门一块儿……"

"关少冰！关少冰！"

"我还在，他们在进攻。我不知道总控制室还能坚守多久，毕竟它不是用来打仗的。我开门了，你们快一点。"

前面三扇门打开。

他们看见了尽头的电梯门，就飞快地跑向那里，短短的三十几米，此刻竟似有到火星那么远。来到电梯门前，雷欢按开启键，没有反应，连按几下，还是没有反应。

"密码！"钟扬提醒。

"关少冰，告诉我密码。"雷欢说。没人回答，隐隐约约听见什么东西撕裂的声音，刺耳极了。"关少冰，你还在吗？"她把声音提高了八度，会不会——

仿佛等了一个世纪，通话器传来关少冰的声音，"密码是——"他连续咳嗽几声，"是2017090，我们相识的日子。快，快，快，你们背后，背后有新狼！"

雷欢在数字键盘上飞快地按着。"709，709后边是什么？"她大喊。

"0-1！"

电梯门开了。

“我们进去。”雷欢一步跨进电梯，却只有钟扬跟着，独狼呢？她跨出电梯，侧首看见独狼背对着她站在走廊那边，双臂展开如同护翼。

在他面前，站着三头新狼。

“独——”雷欢刚张嘴就意识到不对，忙捂住自己的嘴。

但已经晚了。

三头新狼的目光立即集中到雷欢身上。雷欢觉得自己像掉进了满是利刃的陷阱，又像被吞进了蟒蛇的肚子里，更像是泡在寒冷的北冰洋里，难受极了。

一头新狼运动起来，一脚踏到走廊墙上，两步跨到天花板上，头下脚上，想从上边越过独狼。独狼早有防备，跃起，凌空奋力一拳，左臂暴长两丈有余，拳头直接打到那头新狼身上。新狼不提防有此一招，没能避开，被打落下来，撞到另一头新狼身上。

“要爆炸了，雷欢！”在遥远的地方，关少冰着急地说。

“我去帮独狼。”钟扬冲出电梯，跑向独狼。

听见钟扬的脚步声，独狼缓缓但却毅然地平举起了双手。他双臂陡然变亮，淡绿的荧光充塞整个走廊，诡异至极。就在众人猜测他想干什么时，他双手互握，幻化为一个亮绿的火球。火球瞬间膨胀数十倍，化作一道江水般的光流，以一泻千里的气势冲向三头新狼。

新狼被亮绿色的光流所淹没。

与此同时，独狼亦如断了线的风筝，倒飞十几米，跌落到钟扬身前。

光流消失了。

新狼不见了。

钟扬扶起独狼："怎么样了，你？"他找不到独狼的双臂。

独狼摇头，非常坚决地摇头。

雷欢急得大喊："你们快进来，要爆炸了！"钟扬扶着独狼快步跑进电梯。

"没想到我会亲手破灭自己的梦想。"关少冰的声音似近在耳边，又似远在天边。

雷欢按下上升键，电梯启动了。

"再见了，雷欢。"关少冰的语气非常平静，"我爱你。"

"关少冰！关少冰！"雷欢对着通话器喊，通话器里只有丝丝的电流声。"他死了吗？"她问。没人回答她这个问题。她的眼泪再一次流下来。

就在这时，大地颤动了一下。

35

大地颤动的瞬间，他们全部摔倒了，七手八脚地爬起来，却发现电梯停住了。

雷欢拼命按动上升键。

没用，怎么使劲都没用。

“没时间了，”钟扬说，“爆炸很快会传到这里来……”

独狼突然用头撞了钟扬一下，把他撞到雷欢身上。“你干什么？”两人几乎同时发问。独狼用实际行动作了回答。他将整个身子向两边延伸，仿佛被压扁了一般，当变得像张毯子时，他倒下，裹住了雷欢和钟扬，缝隙处迅速合拢，团成一个大“肉球”，然后，“肉球”飞起，“怦”的一声撞穿电梯顶，沿电梯井往上飞升。

这时，大爆炸来了。

真的是大爆炸。仿佛地底蛰伏千年的老妖无意中醒来，陡然发觉自己被困洞中，盛怒之下把自己积蓄了千年的能量全部释放出来。能量幻化为一条条巨大而炽热的火龙，所到之处，无论是岩石还是金属，尽皆熔化坍塌。在火龙面前，几乎没有东西可以称作坚固。

火龙肆虐，万物崩塌。

其中一条火龙突破层层阻碍，直抵电梯井。电梯井给了它一个自由发挥的空间，它在别处受的怨气此刻都化作动力，不顾一切地向上冲。

“肉球”飞得极快，一下子冲破电梯口，连同外面的岩石一块儿撞得粉碎，而且还在继续飞。前面有个“肉球”在逃跑，它可容忍不了这事的发生。于是，火龙以更快的速度追赶上去。

此刻，日正当午，火热的太阳照耀着大地。

火龙紧随其后，冲向泛白的蓝天，眼见着就要追上独狼他们时，它却去势已尽，顶部翻卷回来，看上去像一条横亘在天地之间的巨大无比的眼镜蛇。

独狼他们也开始回落。沿一条斜线，他们落到了峡谷边的绿色“瀑布”上。那由繁茂的铁线蕨组成的“瀑布”从山顶一直铺到山脚。他们从坡顶滚下，速度极快，身后留下一道绿色的伤痕。

滚落，如石球一般。

三百米转瞬即完，他们到了坡底，仍未停住，一直滚到谷底小溪里。水花四溅，像鱼雷爆炸。

独狼放开雷欢与钟扬，身体自行回缩为人形，仍没有双臂。他第一个站起来，走上了岸。雷欢从水里站起来，浑身哆嗦，一句话也说不出来。钟扬躺在水里，说：“我们，我们得救了。”

就在这时，大地再次颤动。雷欢摔回水里，独狼倒在岸上。

钟扬趴在水里，不敢站起来，怕有新的颤动。然而，等了好一会儿都没有。但是——他惊奇地发现，溪水正在迅速消失，这肯定和爆炸有关。他刚想把这事告诉雷欢，抬头却见雷欢跑上岸去，扶起了独狼。他也跑了过去。

“独狼，你说话呀，告诉我你好好的，什么事都没有。”

独狼轻轻摇头，身体却不受控制地剧烈抽搐，嘴一张，吐出几块细小的金属碎片，紧接着，又吐了好几块。

那碎片显然是语音合成器。

独狼看着雷欢，眼神里满是爱怜。他嘴唇翕动着，仿佛藏了千言万语，却不知如何说出口。

独狼用微弱的气息发出几个声音。“你说什么？”雷欢问。独狼又把刚才的话重复了一次。这回，雷欢听清了，眼泪夺眶而出。

没有词语可以形容雷欢此时此刻的心情，今天她是第二次听到这三个字，没错，独狼说的是“我爱你”，她敢肯定，只会说自己名字的独狼刚才的的确确说的是“我爱你”。

啊，我爱你！多么神奇而玄妙的三个字！多么苦涩而沉重的三个字！

独狼缓缓闭上眼睛。雷欢摇了摇他，他没反应。“独狼，醒醒，”她连哭带喊，“你不能死啊，留我一个人在世上多孤单呀！”

钟扬说：“雷欢，你没事吧？”

“独狼不会死的，独狼怎么会死呢？”雷欢自言自语道，“老天爷不会对我这么残忍的，在我刚刚得到幸福的时候又让我失去它。”她抱起独狼。独狼很轻，仿佛云一般。

钟扬急道：“你要去哪里？”

“去一个安静的地方，”雷欢边走边说，“不要来打搅我们，好不好？”

钟扬一时语塞，无言以对，更忘了阻止，只是眼睁睁地看着雷欢抱着独狼一步步远去。

尾声

钟扬静静地坐在岩石上。在他面前，两座巍峨的大山夹成一道狭长而幽深的峡谷，谷底已没有溪水，只剩下沙石和死鱼。目之所及，山谷尽头有一大帮穿军装的人正在忙碌着，有的在测量地形，有的在搭建帐篷，有的在操纵机械，更多的人在张罗着从运输直升机上卸货。地上停着五架，空中还有五架等着降落。货一卸完，直升机马上升空飞走，抓紧时间再运一次。看样子，他们准备在这儿干上一段时间。

何水红捧了一束野花走来，“钟大哥，给你。”她笑意盎然，“漂亮吗？”

钟扬接过花：“当然漂亮。”

“什么叫当然漂亮？一点儿诚意都没有。”何水红不依。

“你摘的，当然漂亮了。”钟扬还是那副死气沉沉的样子。

何水红默然了。她知道，曾有的默契，曾有的灵犀，曾有的希望，全部都失去了。某种看不见的东西在她心灵深处悄然破碎，犹如冰下的一丝暖流，无声地冻结了，表面看来却全无痕迹。她靠着钟扬坐下，良久，问：“你在想什么？”

钟扬看着远处：“我在想雷欢和独狼，他们会去哪里？”

“你不是说独狼死了吗？”

“那只是我的猜测，独狼不是那么容易死的。像上次，头都没了，还不是照样活过来了。这次——”钟扬想起关少冰的话，自己打住了。

“我也不希望独狼死，如果他也死了，雷欢就太可怜了。”

“命运不会对雷欢这么残忍的，她是个好姑娘，善良，勇敢，美丽，命运之神不会在她得到幸福的刹那又让她失去的。”

“不会这么残忍的，我想，他们现在一定生活在一个世外桃源里，过着美满幸福的日子，一天到晚快快乐乐，无忧无虑。”因为心情的缘故，何水红的语气非常沉重。

“但愿。”钟扬发觉自己语气好沉重，“换个语题，说说关少冰。”

何水红想了想，说：“我不知道该用什么词来形容他，很怪。雷欢也说，她了解关少冰，但是无法理解他。关少冰的确是个不折不扣的怪物。”

“怪物？或许是吧。他才华横溢，只是不善于与人沟通和交流罢了。可是——他说得对，每个人都是孤独的。”

何水红默然。

“沟通，沟通，沟通。”钟扬似自言自语，“我想起一个典故，与蚂蚁有关。蚂蚁是地球上最为成功的物种之一，在几亿年前它就活跃在地球上了。它的生物质量是人类的 10 倍，从某种意义上讲，它们才是地球真正的主人。你想想，假设地球少了人类，自然界的运转不会受到多少影响，但如果没有了蚂蚁呢？那将是彗星撞地球一样可怕的灾难。那么，是什么使得蚂蚁如此成功呢？说出来你也许不会相信，它们得益于它们会出现差错的通讯方式。”

“怎么可能呢？”

“事情的确如此。如果有一只蚂蚁在某处发现了食物，它就把这个消息传递给窝里的其他蚂蚁。但并不是所有得到消息的蚂蚁都能准确到达那个地方。由于各种因素的影响，信息边传递边改变，所以，有些蚂蚁到了其他地方。这样一来，它们就能发现新的食物，进而开始新一轮的搜索行动。而这正是蚂蚁社会得以改进的真正原因。从蚂蚁身上，我想到了同为群居动物的人类。”

“你说的是蚂蚁，怎么和人扯上关系啦？”

“我知道，在你眼里，蚂蚁社会与人类社会是两个完全不同的概念。但沟通和交流信息是必需的，不管在哪个社会。”

“还是不太明白，太深奥了。”

“那好，说点你能懂的。你知道，独狼是最具适应性的生物，环境越是恶劣，他进化得越快也越优秀，所以——”钟扬看着天空，没有看何水红一眼，“我们只能祈祷，那废墟里没有一头活着的新狼。”